Paul Harding

BLUTACKER

Paul Harding

BLUTACKER

Kriminalroman aus dem mittelalterlichen London

Aus dem Englischen von
Iva Salminen

Eichborn.

Die Deutsche Bibliothek – CIP-Einheitsaufnahme

Doherty, Paul C.:
Blutacker : Kriminalroman aus dem mittelalterlichen London /
Paul Harding. [Aus dem Engl. übers. von Iva Salminen]. –
Frankfurt : Eichborn-Verl., 2000
Einheitssacht.: The field of blood <dt.>
ISBN 3-8218-0372-X

Titel der Originalausgabe: Field of Blood

Umschlaggestaltung: Christina Hucke
Lektorat: Susanne Aeckerle, Doris Engelke
Satz: Fuldaer Verlagsagentur, Fulda
Druck und Bindung: Wiener Verlag, Himberg
ISBN 3-8218-0372-X

Verlagsverzeichnis schickt gern:
Eichborn Verlag, Kaiserstraße 66, D-60329 Frankfurt am Main
www.eichborn.de

Prolog

»Eine Stätte der Geister! Die Erde blutgetränkt! Häuser und Paläste auf dem Schweiß der Tagelöhner erbaut! Friedhöfe voller Leichen, deren Seelen Gott um Rache anflehen! Ein Abgrund der Finsternis, dessen Boden fruchtbar genug für tausend Judasbäume ist!«

Mit diesen Worten beschrieb der Prediger die Stadt London, in der er im Herbst 1380 Einzug gehalten hatte.

»Die Hure Babylon!« hatte er von den Stufen der Cheapside gedonnert. »Stätte des Großen Drachens!« Sahen die Einwohner denn nicht, daß Satan samt all seinen gefallenen Seraphim wie dunkle Wolken und schwarzer Rauch vom Schlachtfeld der Seelen aufstieg und über den Himmel von ganz London zog?

Ein Strom solch blumiger Sprüche ergoß sich aus des Predigers Mund. Doch seine Worte machten wenig Eindruck auf die Einwohner Londons, und noch weniger wirkten sie auf die edle Flotte des Königs, die gerade von der Patrouille aus dem Kanal zurückgekehrt und an den Kais an der Themse vor Anker gegangen war. Die Matrosen waren an Land geströmt, und die Schenken und Straßen hallten von ihren heiseren Stimmen und Ausgelassenheiten wider. Angewidert zog der Prediger seine Sandalen aus und schüttelte den Staub ab, ein Zeichen dafür, daß er seine Aufgabe für beendet hielt. Mit den Bewohnern dieses neuen Babylon wollte er nichts mehr zu tun haben.

Jetzt saß er in der Schenke »Zum Löwenherz«, die sich

auf der anderen Seite der Themse, am Rande von Southwark befand.

Der Prediger war durch die engen, elenden Straßen gegangen, wo der Schmutz aus den offenen Kloaken die schmalen Gassen und Rinnsteine überschwemmte. Er hatte die Bordelle und Freudenhäuser, die Aleschenken und Wirtshäuser gesehen. Bevor der Abend kam, hatte er sogar vor dem Pranger gestanden und zugesehen, wie ein Mann seine Ohren vom Holz losreißen mußte, an das sie genagelt waren; seine zerfetzten, blutenden Ohren, die ihn bis ans Ende seines Lebens brandmarken würden, waren ein eindeutiges Zeichen dafür, daß Recht und Gesetz des Königs zur Geltung gebracht worden waren.

O ja, das Leben war voller Unbill! Der Prediger hatte seine Schuldigkeit getan. Er würde London verlassen und hinunter zu den Fünf Häfen ziehen. Einige brave Damen auf der Cheapside hatten ihm Silbermünzen gegeben. Der Prediger hatte sie an sich gerissen und ihnen dann ins Gesicht gespien.

»Frauen von London! Noch immer zeigt ihr keine Reue!«

Dabei hatte er anklagend auf ihre geschminkten Gesichtern und gezupften Augenbrauen, auf ihren prächtigen Kopfputz mit den zarten Batistschleiern gezeigt. Er hatte ihre damastenen Kleider verspottet, die schmalen Taillen und tief ausgeschnittenen Brokatleibchen über dem schwellenden, elfenbeinweißen Fleisch und den schlanken Schwanenhälsen, deren Schönheit von Gold- und Silberkrägen noch betont wurde.

Der Prediger lehnte sich an die Wand des Schankraums und leckte sich die Lippen. Eine war ihm aufgefallen: Sie war noch jung, mit großen Brüsten und breiten Hüften, einem frechen Blick und keck aufgeworfenen Lippen. Ob sie im Bett wohl lebhaft und einfallsreich war? Er sah sie vor sich, mit offenem blonden Haar. Anders als die gemeine Hure, die er in der Wiese am Watt genommen hatte.

Eine Welle der Erregung überlief den Prediger, und er öffnete die Augen. Die junge Hure auf der anderen Seite des Schankraums war wirklich keck und wohlgeformt. Ja, sie erinnerte ihn an eine Frau, die er an diesem Morgen auf der Cheapside erspäht hatte. Der Prediger, ein Heuchler übelsten Kalibers, rieb sich den Bauch. Er hatte gut gegessen und getrunken. Er hatte im Dienste des Herrn gewirkt. Wollte der Herr ihn so belohnen? Hatte nicht auch König David wohlgestaltete junge Mägde in sein Bett geholt, damit sie sein Blut erwärmten und ihn noch bereiter machten für den Dienst des Herrn? Er strich sein fettiges schwarzes Haar zurück und lächelte der Hure auf der anderen Seite des Raumes zu, dann hob er seinen Alekrug. Die Hure wandte sich ab, warf ihm aber aus dem Augenwinkel schäkernde Blicke zu. Der Prediger musterte sie aufmerksam. Er wollte sich nicht hinhalten lassen. Er sah ihr glattes Gesicht, das volle blonde Haar, die hochgetürmten Locken. Jetzt nahm sie ihren fadenscheinigen Umhang ab und beugte sich vor. Der Prediger erhaschte einen Blick auf milchweiße Brüste, das lose geschnürte Mieder und stöhnte leise vor Lust. Er nahm eine Silbermünze heraus und drehte sie zwischen den Fingern. ›Kommt nicht jeder Heilige einmal in Versuchung?‹ dachte er. Wie sollte er denn den Abgrund der Sünde kennen, wenn er ihn nicht selbst erforschte? Er würde büßen. Er würde in sich gehen, doch jetzt war sein Bauch voll, und das Ale ließ sein Blut wie eine Leier singen. Die Hure kam auf ihn zu, die hohen Absätze ihrer Pantinen schlurften über den Boden. Sie bewegte sich träge, unterwürfig, mit leicht gesenktem Kopf und hängenden Armen.

»Mehr Ale für den Herrn?« Ihre Stimme war wie das Schnurren einer Katze, ihre grünen Augen musterten den Prediger von Kopf bis Fuß. »Ihr seid durstig und müde und braucht Trost?«

»Ich brauche Gesellschaft«, erwiderte der Prediger. Die junge Hure nahm kokett auf einem Schemel an der anderen Seite des Tisches Platz. Sie beugte sich vor, den Kopf zur Seite gelegt, die Augen halb geschlossen, und gönnte dem Prediger einen ausgiebigen Blick auf ihren Hals und ihre Brust. »Ein Matrose«, dachte sie. Die Suche nach frischem Fleisch hatte ihn wohl auf diese Seite der Themse geführt. Und die Silbermünze in seiner Hand? Er würde ein großzügiger Kunde sein, auch wenn er recht wild und ausgemergelt aussah.

»Ich habe Durst«, verkündete sie.

Der Prediger hob die Hände, wie er es bei den jungen Böcken in den Schenken gesehen hatte. Der Wirt, der neben den Fässern stand, lächelte und rief nach seinem Schankburschen.

»Mir scheint, Prudentia hat heute abend viel zu tun«, flüsterte er.

Der Schankbursche eilte mit zwei überschwappenden Humpen Ale durch den Raum.

»Wie heißt du?« Der Prediger prostete ihr zu.

»Prudentia.«

»Bist du eine Hure, Prudentia?«

»Ich bin weder gezeichnet noch gebrandmarkt«, versetzte sie. »Mich hat am Pranger noch keiner ausgepeitscht.«

»Aber du würdest gerne gepeitscht, Prudentia?«

»Ein bißchen«, erwiderte sie neckisch, doch ihre Hand griff instinktiv nach dem kleinen Messer in ihrem Gürtel.

Prudentia war vom Lande, wußte jedoch Bescheid, was die Dunkelheit in den Herzen und Seelen der Männer anging. Sie hatte vor, in dieser goldenen Stadt Erfolg zu haben und ihr Glück zu machen, wollte die Mätresse eines Kaufmanns werden. Sie hatte alte Huren und Weiber mit pockennarbigen Gesichtern und zahnlosen, sabbernden Mündern gesehen und die Narben und Schnittwunden, die ihren Körper bedeckten. Prudentia war mit allen Wassern gewaschen; dieser Mann würde gut daran tun, sich nicht an ihr zu vergreifen. Er liebte ganz offensichtlich sein

Ale; mit vollem Bauch waren Männer leichter zu handhaben. Sie leerte ihren Humpen schnell. Der Prediger tat es ihr nach und bestellte mehr. Er fragte sie nach ihrem Leben aus. Sie tischte ihm die üblichen Lügen von verlorener Unschuld auf, schäkerte dabei vielversprechend mit den Augen. Der Prediger trank, bis er die Spannung nicht mehr aushielt. Er knallte den Humpen auf den Tisch und erhob sich torkelnd. Prudentia blickte erschrocken auf.

»Ihr wollt gehen, Herr?«

»Wenn du willst.«

Prudentia nahm seine Hand und zog ihn durch die Tür, ohne dem anzüglichen Getuschel und unterdrückten Gelächter der anderen Gäste Aufmerksamkeit zu schenken. Draußen war es inzwischen dunkel geworden. In der kalten Nachtluft wurde der Prediger wieder nüchterner.

»Wohin jetzt?« fragte sie. »Hast du eine Kammer?«

Der Prediger schüttelte den Kopf. Seine Begierde kühlte ab. Ihm stand der Sinn nicht danach, in einem Gasthausstall erwischt und zur Bestrafung in die Stadt zurückgekarrt zu werden.

»Komm, wir gehen irgendwohin«, sagte er mit schwerer Zunge.

Prudentia zeigte auf eine kleine Gasse, die weiter unten in die Straße einmündete.

»In den Feldern dort drüben steht ein altes, verfallenes Haus.«

»Was für ein Haus?« lallte der Prediger.

»Von Simon, dem Geizkragen. Abgebrannt ist es, mitsamt dem alten Geizhals. Es heißt, daß es dort spukt, aber« – Prudentia sah ihn aus den Augenwinkeln an – »das stimmt nicht. Ich bin selbst schon dort gewesen.«

Der Prediger griff ihre Hand fester. »Komm schon, Mädchen.«

Ein Ort wie dieser war ihm ganz recht. Das Haus lag außerhalb der Stadt in einer Gegend, wo keine Leute des Sheriffs, keine Büttel oder Konstabler Streife gingen.

Schlitternd und rutschend legten sie den Weg durch die Gasse zurück, bis die Reihe der krummen und schiefen Häuschen einem Stück Gemeindeland wich. Der Prediger legte den Arm um Prudentias Taille.

»Schwarz wie im Höllenschlund ist es hier«, zischelte er. Er blieb stehen und machte sich an ihrer Brust zu schaffen. »Ich will sehn, was ich kaufe.«

»Das sollst du auch«, flüsterte sie kokett und schmiegte sich an ihn. Ein kühner Plan reifte in ihrem Kopf. Sie erinnerte sich daran, daß der untere Raum im Haus des alten Geizkragens voll mit dicken Holzscheiten lag. Ein gezielter Schlag auf den Kopf, dann würde sie den Beutel dieses Tölpels leeren und sich aus dem Staube machen. Was konnte er schon tun? Sie bei den Bütteln anzeigen?

Sie folgten einem holprigen Pfad und überquerten eine Holzbrücke. Die Augen des Predigers hatten sich inzwischen an die Dunkelheit gewöhnt. Im Mondlicht zeichnete sich der dunkle Umriß eines verfallenen Hauses scharf über einer Hügelkuppe ab. Er begann seinen Handel zu bedauern, aber Prudentia stieg vor ihm den Weg hinauf.

Schließlich standen sie vor dem verfallenen Gebäude. Das Dach des einstmals prächtigen zweigeschossigen Steinhauses war zusammengefallen, die Fensterhöhlen gähnten schwarz im Mauerwerk. Sie führte ihn durch die Tür und über einen Gang aus geborstenen Steinfliesen. Der Prediger hielt inne.

»Ich habe etwas gehört. Schritte?«

»Unsinn«, erwiderte Prudentia flüsternd.

Sie führte ihn in den Raum hinein und quer hindurch zu einer Ecke, wo sie erstarrte. Sie verwünschte sich selbst und ihren beduselten Verstand. Der Raum war warm, es roch nach Rauch, als habe ein Feuer gebrannt. Rasch ließ sie die Hand des Predigers los und drehte sich um. Ein schattenhafter Umriß verstellte nun den Eingang. Sie hörte das Kratzen von Zunder, dann wurde eine Kerze angezündet. Prudentia und der Prediger standen wie gelähmt. Im Schein der Kerze erblickten sie einen Leichnam mit offenen Augen und durchschnittener Kehle auf dem Boden liegen, und daneben ragte die entsetzliche Gestalt auf. Der Prediger erholte sich zuerst von dem Schrecken.

»Was?« Er stolperte hinüber.

Der Armbrustpfeil traf ihn mitten in die Brust, während Prudentia gelähmt vor Entsetzen auf die dunkle Gestalt starrte, die durch den Raum auf sie zukam.

Wenn London schon als Kloake der Verderbnis galt, so war das Gefängnis von Newgate, das in die alte römische Mauer hineingebaut war, eine wahre Vorkammer der Hölle, eine Labyrinth von Gängen, Gruben, verdreckten Zellen und feuchten Verliesen.

Alice Brokestreet musterte die düstere, schimmelbedeckte Zelle. Bei jeder Bewegung scheuerten die Fesseln an ihren Hand- und Fußgelenken. Die Talgkerze auf dem steinernen Vorsprung, die sie gekauft hatte, war schon fast niedergebrannt. Alice, die zweifellos bessere Zeiten erlebt hatte, rümpfte die Nase über die übelriechenden Dünste, die von dem verfaulenden Stroh aufstiegen, und betrachtete die Schale mit Suppe, einer dünnen Brühe mit ein paar fettigen Fleischstücken und hartem Roggenbrot, das obenauf schwamm. Sie versuchte, etwas zu essen, brachte es aber in ihrer Angst nicht fertig. Sie schloß die Augen. Wenn sie nur die Schatten nicht zu sehen brauchte, ihre Ohren vor dem Quieken und Rascheln der Ratten verschließen könnte. Dann wäre alles gut.

Sie fühlte sich ins »Fröhliche Schwein« zurückversetzt, eine Schenke mit Bordell, die an der Ecke der Ropery unweit von Pulteneys Inn stand. Sie war im Schankraum, und der Gast, ein fettbauchiger Schreiber, taumelte unter unflätigem Geschrei auf sie zu. Alice griff nach dem Spundhahn, und ehe sie noch einen Gedanken fassen konnte, hatte sie ihn schon mit beiden Händen um den

Schaft gefaßt und tief in die fette Brust des Schreibers gestoßen. Er brach zusammen und würgte an dem Blut, das ihm sprudelnd in die Kehle stieg.

Alice hatte von den anderen Gästen Hilfe erwartet. Diese aber starrten sie nur aus ungerührten Augen an, so daß sie aus der Schenke flüchtete und durch die schmale Gasse davonstürzte. Hinter ihr ertönten laute Schreie: »Zu Hilfe! Zu Hilfe! ...« und »Haltet sie! Haltet sie!« Alice, die keine junge Frau mehr war, rannte wie eine Verrückte, wie von Sinnen vor Angst. Entsetzt bog sie in einen schmalen Durchgang und lief weiter, bis sie erkannte, daß es keinen Ausgang gab. Sie rutschte im Rinnstein aus, und bevor sie sich noch aufrappeln konnte, griffen schon Hände nach ihr und rissen an ihren Kleidern und ihrem Haar; man schlug sie ins Gesicht, trat und stieß sie am ganzen Körper. Man hatte sie auf frischer Tat ertappt, sie war des Mordes schuldig, und die Büttel brachten sie nach Newgate.

In zwei Tagen würde man sie aus dieser Hölle holen, in einen Karren werfen und vor die Richter bringen, die jetzt in der Guildhall zu Gericht saßen. Doch wie sollte sie sich rechtfertigen? Daß es Notwehr war? Der Schreiber war nicht bewaffnet gewesen. Sie war eine Frau, deshalb war ihr auch das Kirchenasyl verwehrt.

Alice sprang auf und schrie, als die Ratten ihre bloßen Knöchel streiften. Sie starrte voller Jammer auf das Gitter in der Tür. Der Wärter hatte ihr angeboten, die Nacht bei ihr zu verbringen. Alice hatte abgelehnt. Sie schüttelte verzweifelt den Kopf. Sollte ihr das nicht alles egal sein? Die Geschworenen würden sie für schuldig befinden, die Richter sie zum Tod durch den Strang verurteilen. Wenn sie nur den »Paradiesbaum« nie verlassen hätte. Mistress Kathryn Vestler war doch gut zu ihr gewesen. Es war eine saubere Schenke mit einem großen Garten, der sich bis zur Themse hinabzog. Von ihrer Dachstube konnte Alice die Zinnen und hoch aufragenden Mauern des Tower sehen.

Ja, dort war sie glücklich gewesen. Alice stammte aus

Maidstone in Kent. Sie war ein ordentliches Mädchen und hatte auf ihr Äußeres geachtet, so hatte sie eine Stelle als Kammermagd bekommen. Mistress Vestler hatte sie an der Si-Quis-Pforte von St. Paul's gefunden, wo sich die Frauen und Männer versammelten, die eine Anstellung suchten. Drei Monate hatte sie im »Paradiesbaum« gearbeitet, hatte Zimmer geputzt und manchmal Mistress Vestler, einer Witwe, im Garten geholfen. Bei gutem Wetter war sie abends dann und wann über die Schwarze Wiese geschlendert, die bis zum Fluß hinunter führte, eine einsame, unheimliche Gegend. Alice hatte Gerüchte und Gemunkel gehört, angeblich war die Schenke auf den Trümmern einer alten Kirche erbaut, aber Alice war das egal, und sie kümmerte sich auch nicht darum. Nur hier und da hatte sie etwas von dem Gerede aufgeschnappt. Alles aber hatte sich gewandelt, als ein Gast Alice erzählte, wieviel mehr sie im »Fröhlichen Schwein« verdienen konnte. Sie war präsentabel genug dafür. Sie konnte als Kammermagd arbeiten und sich sogar ein paar Pennies aufsparen. Sie könnte sich selbständig machen. Vielleicht als Schneiderin? Und mit der Zeit ihre eigene Aleschenke oder Taverne kaufen? Alice ließ sich umschmeicheln und umgarnen, ließ sich ködern wie ein Fisch. Doch das »Fröhliche Schwein« entpuppte sich als reines Hurenhaus. Vielleicht war das der Grund, weshalb sie den Schreiber erstochen hatte?

Alice schloß die Augen, und Zorn wallte in ihr auf. Sie hatte versucht, zum »Paradiesbaum« zurückzukehren, aber Mistress Vestlers Gesicht war steinern geblieben und ihre Augen ungerührt. Alice seufzte. Kannte sie irgendwelche Geheimnisse, die Mistress Vestler hatte? Vielleicht konnte sie ihr eine Nachricht zukommen lassen? Sie um Hilfe bitten? Der Wärter war ein grober Kerl, aber wenn sie ihm nun zum Gefallen war? Sie zuckte zusammen, als der Schlüssel im Schloß knirschte und die schwere Türe sich auftat. Der Wärter stolperte herein. Alice' Entschluß kam ins Wanken, er war ein so tölpelhafter Klotz von einem Mann.

»Geh weg!« zischte sie.

»Ich will gar nicht zu Euch, Mistress«, nuschelte der Wärter.

Er trat beiseite. Eine schattenhafte Gestalt in einer dunklen Kapuze stand hinter ihm.

»Der gute Bruder hier will wissen, ob er Euch die Beichte abnehmen soll.«

Eins

In der Pfarrkirche von St. Erconwald in Southwark kniete Bruder Athelstan, Dominikaner, Gemeindepfarrer und Sekretär von Sir John Cranston, dem Coroner der Stadt, auf den Stufen des Hochaltars. Er betete darum, daß die neue Woche ereignislos verlaufen würde. Er wollte sich auf das Gebet konzentrieren, doch die vielen verschiedenen Dinge, die derzeit vor sich gingen, wirbelten ihm durch den Kopf, denn der Gemeinderat sollte bald tagen. Insgeheim betrachtete Athelstan diese Sitzungen als einen Anlaß zur Sünde, vor allem, wenn die Frau von Pike, dem Grabenbauer, weiter gegen alles und jeden wetterte. Der Maler Huddle wollte im Altarraum ein neues Fresko beginnen, aber Athelstan war zurückhaltend. Die geplante Szene sollte Noah darstellen, der die Tiere in die Arche führte, aber Huddle konnte es sich nicht verkneifen, dabei seine Feinde in der Pfarrei zu verspotten. Athelstan wußte, wenn die beiden Affen auch nur die entfernteste Ähnlichkeit mit Pike und seiner Frau aufwiesen, würde es Mord und Totschlag geben. Der Dominikaner blickte zu dem Messingkruzifix auf, das auf dem weißen leinenen Altartuch stand.

»Es sind brave Leute«, betete er. »Sie sind arm und schmutzig, und die Großen und Mächtigen sehen in ihnen nichts als Würmer, die auf der Erde kriechen. Gib mir deshalb Geduld.« Athelstan hielt inne. »Und guten Mut beim Umgang mit ihnen.«

Athelstan dachte an die guten Dinge, die geschehen waren. Watkin, der Mistsammler, und der Grabenbauer Pike hatten den Friedhof gesäubert, ein neues Beinhaus war gebaut worden, und das alte war nun Obdach für den Bettler Godbless und seine kleine zahme Ziege Thaddäus. Athelstan fiel ein, daß er mit Godbless sprechen mußte. Der Bettler trug seinen Namen, weil er bei der Messe den Friedenskuß zum Anlaß nahm, die Taschen der anderen zu erleichtern. In St. Erconwald war es noch nicht vorgekommen, aber andere Pfarrer hatten berichtet, daß ihren Gemeindemitgliedern beim *osculum pacis* Münzen abhanden gekommen waren.

»Ich bin nicht bei der Sache.«

Athelstan warf einen Blick auf seinen ständigen treuen Begleiter, den großen einäugigen Kater Bonaventura. Der Kater liebte den kleinen Ordensbruder, der ihn großzügig mit Milch und Salzheringen versorgte. Doch um die Wahrheit zu sagen, war es nicht liturgische Ehrerbietung, die Bonaventura veranlaßte, so still neben seinem Herrn zu sitzen. Vielmehr hatte Bonaventura, der Schrecken aller Ratten und Mäuse, in den Gassen von Southwark entdeckt, daß eine Schar von Kirchenmäusen sich hier eingenistet hatte. Nun beobachtete er angestrengt eine ferne Ecke des Altarraums, um sich auch keine plötzliche Bewegung entgehen zu lassen.

Athelstan stand auf und bekreuzigte sich. Dann beugte er das Knie vor der silbernen Monstranz, die an einer Goldkette über dem Altar hing, legte sich die Stola um den Hals und ging hinüber zu dem kleinen Holzverschlag, der sich in einem der Seitenschiffe befand. Das war der Beichtstuhl, den Crispin, der neue Zimmermann, aus Eiche gefertigt hatte.

Jedermann hatte ihn bewundert. Es war ein einfaches sechs Fuß hohes Stück Holz, das auf einem hölzernen Sockel stand. In der Mitte war ein Gitter eingelassen, vor dem ein violettes Tuch hing. Auf der einen Seite befand sich ein kleines Betpult für den Büßer, auf der anderen ein Stuhl, auf dem der Priester saß und die Beichte abnahm. Athelstan hatte verkündet, daß er zur Vorbereitung auf das Allerseelenfest in dieser Woche jeden Tag zwischen der neunten Stunde und Mittag hier sein würde, um Beichten abzunehmen, den Sündern eine Buße aufzuerlegen und die Absolution zu erteilen. Die Gemeindemitglieder hatten alle zugesagt, daß sie kommen würden. Als Athelstan sich auf seinem Stuhl zurechtsetzte, schickte er ein kurzes Stoßgebet zum Himmel, daß Sir John Cranston nicht mit Nachrichten von einem ruchlosen Mord oder einer anderen Bluttat hereinstürmen möge, der er sich dann widmen mußte.

Bonaventura lag zu seinen Füßen. Athelstan las seinen Psalter und betete leise das Brevier des Tages. Die Türe öffnete sich. Athelstan blickte kurz hinter dem Vorhang hervor. Seine Pfarrkinder kamen zur Beichte, deshalb legte Athelstan den Psalter beiseite und läutete ein silbernes Handglöckchen. Der erste Büßer kniete nieder.

»Bruder, ich habe keine Sünde begangen!«

»Stimmt das, Crim?« fragte Athelstan seinen Ministranten. »Dann hast du großes Glück, mein Junge. Bist du zu Hause brav?«

»O ja, Bruder.«

»Und hilfst du deinen Eltern?«

»O ja, Bruder.«

»Und du machst auch Pikes Frau gegenüber keine unflätigen Gebärden mehr?«

»Nur hinter ihrem Rücken, Bruder.«

»Und du trinkst nicht vom Meßwein?«

Crim hustete. »Nur, wenn ich Halsweh habe, Bruder.«

»Sprich ein Gebet für mich«, sagte Athelstan lächelnd.

Er erteilte Crim die Absolution, und andere Gemeindemitglieder folgten. Athelstan empfand tiefes Mitgefühl, wenn er die Litanei der Sünden hörte, die sie beichteten. Das waren Männer und Frauen, die mit entsetzlicher Armut und erdrückenden Gesetzen zu kämpfen hatten und dennoch bemüht waren, gut zu sein, und sich fürchteten, wenn sie gefehlt hatten.

»Bruder, ich habe unkeusche Gedanken an die Kurtisane Cecily.«

»Bruder, ich trinke zuviel.«

»Bruder, ich fluche.«

»Bruder, ich habe an einem Marktstand Brot gestohlen.«

Athelstans Antworten waren immer gleich: »Gott ist gnädig. Das Ausmaß seines Erbarmens wird uns stets überraschen. Versuche, Gutes zu tun. Hiermit spreche ich dich von deinen Sünden frei.«

Der Morgen verging. Athelstan war zufrieden. Zahlreiche Gemeindemitglieder waren erschienen. Manche waren ehrlich, andere heuchelten. Pernell, die Flämin, die ihre Haare immer wieder in anderen grellen Tönen färbte, beichtete, daß sie mit diesem und jenem Mann geschlafen hatte.

»Pernell, Pernell!« unterbrach Athelstan sie. »Du weißt, daß das nicht stimmt. Du träumst.«

»Ich sag es ja nur aus Sorge, Bruder, nur für den Fall, daß ich es vielleicht doch getan habe.«

Schließlich wurde es still in der Kirche. Athelstan schaute Bonaventura an, froh, daß keine grausigen Sünden gebeichtet worden waren: kein Mord, kein Sakrileg, keine Versuche mit der Schwarzen Kunst.

Wieder öffnete sich die Tür. An dem Hüsteln und dem leichten, raschen Schritt erkannte Athelstan, daß es eine junge Frau war, die eben die Kirche betreten hatte. Sie kniete sich an das Betpult.

»Vergebt mir, Bruder, denn ich habe gesündigt.« Ihre Stimme war leise und weich.

»Ich vergebe dir.«

»Meine letzte Beichte habe ich vor dem Fronleichnamsfest abgelegt. Ich habe in Gedanken, Worten und Taten gefehlt.«

»Es ist schwierig, immer gut zu sein«, murmelte Athelstan. »Ich habe weiß Gott dieselbe Sünde zu beichten.«

»Wirklich, Bruder?«

»Ich bin ein Sünder wie du. Ein Kind Gottes. Er kennt unser Herz und unsere Seele. Fahre fort.«

»Bruder, ich möchte einen Mord begehen.«

Athelstan fiel fast von seinem Stuhl.

»Ja, das will ich! Ich will eine Frau umbringen, ich will ein Messer nehmen und es in ihr Herz stoßen!«

»Das ist nur Zorn!«

»Nein, ich werde es tun! Ich schwöre bei Gott, daß ich es tun werde!«

»Still, still«, erwiderte Athelstan. »Die Beichte ist ein Sakrament im Haus Gottes. Kann ich den Vorhang zurückziehen?«

»Das ist nicht notwendig, Bruder.«

Die junge Frau kam auf die andere Seite der Trennwand und kniete vor ihm.

»Du, Eleanor!«

Athelstan faßte ihre Hände und blickte in das schmale, doch hübsche Gesicht der ältesten Tochter von Basil, dem Schmied, eine blasse junge Frau mit feuerrotem Haar und den herrlichsten grünen Augen, die Athelstan je gesehen hatte. Beim Anblick der scheuen und dennoch willensstarken Eleanor hatte Athelstan immer gedacht, so müsse ein Engel sein: schön, bescheiden und mit einem trockenen Humor gesegnet.

»Eleanor«, fragte er eindringlich, »was ist geschehen?«

»Bruder, ich liebe einen Mann.«

»Wer hätte das gedacht.«

»Doch, Bruder, es ist wirklich wahr. Ich liebe wirklich und wahrhaftig ...« Sie lächelte.

»Ist es ein Geheimnis?« fragte Athelstan.

»Nun ja, bisher waren wir sehr ...«

»Diskret?«

»Was heißt das, Bruder?«

»Nicht offen, aber auch nicht hinterhältig«, erklärte Athelstan rasch.

Ein träumerischer Blick trat in die Augen der jungen Frau.

»Es ist Oswald Fitz-Joscelyn.«

Athelstan kannte den ältesten Sohn des Besitzers des Wirtshauses »Zum Gescheckten«, der bevorzugten Schenke seiner Gemeinde.

»Ich liebe ihn wirklich, Bruder.«

»Wie alt bist du, Eleanor?«

»Ich komme in den achtzehnten Lenz, das sagt meine Mutter jedenfalls.«

»Und Oswald?«

»Er liebt mich auch, Bruder, mehr als alles auf der Welt. Das hier« – sie berührte ein Medaillon, das an einer Bronzekette um ihren Hals hing – »das hat er mir zum Himmelfahrtsfest geschenkt. Oswald hat gesagt, wenn er mit mir zusammen ist, fühlt er sich, als sei er in den Himmel aufgestiegen.«

Athelstan unterdrückte ein Lächeln und nickte. Oswald war ein ansehnlicher junger Mann. Sein Vater hatte ihn in seinem florierenden Geschäft schon zum Partner gemacht. Joscelyn hatte vor, noch eine Schenke an einem anderen Ort zu kaufen und sich sogar um Mitgliedschaft in der Gilde der Viktualienhändler zu bewerben.

»Doch wenn dem so ist, warum sinnst du auf Mord?« fragte Athelstan.

»Wegen Imelda!«

»O nein!«

Athelstan stöhnte und schloß die Augen. Die Frau von Pike, dem Grabenbauer! Diese selbsternannte Chronistin, Künderin und Born allen Wissens in der Gemeinde.

»Was hat sie denn damit zu tun?«

»Sie hat Oswald und mich in den Feldern jenseits des Grabens gesehen.« Eleanor blinzelte, um ihre Tränen zu verbergen. »Und sie ist zu Oswalds Vater gegangen und hat es ihm erzählt.«

»Und dann?«

»Diese Vettel!« Eleanor spie die Worte aus. »Sie behauptet, meine und Oswalds Urgroßmütter seien Schwestern gewesen.« Sie sah den bekümmerten Blick auf dem Gesicht des Priesters.

»Was für Beweise hat sie dafür?«

»Ihr wißt doch, Bruder, was sie damit bezweckt? Sie hat mich nie gemocht und macht Joscelyn dafür verantwortlich, daß Pike trinkt, aber die Gemeinde hat kein Kirchenbuch.«

Athelstan warf einen Blick auf die gegenüberliegende Wand der Kirche, wo Huddle die Verwandlung von Lots Frau in eine Salzsäule dargestellt hatte. Er erinnerte sich an den wütenden Streit, der darüber entbrannt war, daß Huddle Lots Frau die Züge der Frau von Pike, dem Grabenbauer, gegeben hatte.

»Das ist ernst, Bruder, nicht wahr?«

»Jawohl, Eleanor.« Athelstan strich ihr sanft mit der Hand übers Haar. »Wir haben kein richtiges Kirchenbuch. Der letzte Priester dieser Gemeinde ...« Athelstan zuckte resigniert die Schultern: »Du weißt ja selbst, was das für einer war.«

»Er hat sich an der Schwarzen Kunst versucht, nicht wahr?«

»Nicht nur das«, erwiderte Athelstan. »Er hat jedes einzelne Dokument der Kirche entweder gestohlen oder verbrannt. Wir haben keine Eintragungen, Eleanor, aber die Kirche verbietet jegliche Heirat zwischen Blutsverwandten aufs strengste.«

»Das habe ich gehört, Bruder. Was heißt das?«

»Daß eure Kinder, wenn Oswald und du verwandt seid ...«

»Das weiß ich schon«, unterbrach Eleanor ihn hitzig. »Das hat Imelda auch gesagt. Daß in abgelegenen Dörfern solche Ehen Ungeheuer hervorbringen!«

»Immer mit der Ruhe. Solche Greuelmärchen nützen in dieser Situation auch nichts. Wir haben jetzt wieder ein

Kirchenbuch, Eleanor. Ich habe aus allen Dokumenten und Zeugnissen, derer ich habhaft werden konnte, eines angelegt, aber es reicht bestimmt nicht so weit zurück.« Er seufzte. »Und die Frau von Grabenbauer Pike ist sicher, daß es stimmt, was sie sagt?«

»Bruder, bei ihr könnte man denken, sie käme geradewegs vom Bischof von Canterbury.«

Athelstan machte das Kreuzzeichen über sie.

»Eleanor, ich spreche dich von deinen Sünden frei. Ich bin sicher, daß Gott für deinen Ärger Verständnis hat, aber du darfst nichts unternehmen.«

»Ich würde sie so gerne zum Schweigen bringen, Bruder! Ich möchte dieser Tratschzunge den Mund verschließen. Wäre sie nicht, würden wir zu Ostern heiraten!« Eleanor verbarg das Gesicht in den Händen. »Ich liebe ihn so sehr.« Sie schaute zu ihm auf. »Versteht Ihr das, Bruder?«

»Nein, Eleanor.« Athelstan lächelte. »Das verstehe ich nicht. Liebe läßt sich nie verstehen, weil sie sich nicht messen läßt, weder in der Länge noch in der Breite, noch in der Tiefe!«

Wieder griff er nach ihren Händen. »Gott hat jedem von uns seinen Odem eingehaucht, und dieser Odem ist unsere Seele, die keine Grenzen und kein Ende hat. Wenn wir lieben, Eleanor, sind wir wie Gott, und das schließt Imelda auch mit ein.« Er ließ ihre Hände los. »Du kannst gehen und tun, was du möchtest. Ich kann dich nicht davon abhalten. Oder du kannst es mir überlassen. Aber du mußt dich jetzt entscheiden.«

»Bis zum Allerheiligenfest«, sagte Eleanor knapp.

»Nun gut.« Athelstan seufzte. »Bis zum Allerheiligenfest.«

Eleanor sprang auf. »Ich danke Euch, Bruder.«

»Lächle!« drängte Athelstan sie. »Ich bin sicher, daß wir eine Lösung finden können.« Er zeigte auf die Kirchentür. »Und dort werde ich dich und Oswald erwarten, um euch das Ehegelöbnis abzunehmen.«

Er sah der jungen Frau nach, bis sie hinausgegangen war, dann barg er das Gesicht in seinen Händen.

»Mein Gott, was habe ich da versprochen!«

Er fühlte, daß etwas gegen sein Bein drückte, und sah hinab. Bonaventura hatte sich aufgerichtet und die beiden Vorderpfoten auf sein Knie gelegt; die kleine, rosige Zunge und eine hübsche Reihe scharfer weißer Zähne waren sichtbar.

»Und wie soll ich dir verzeihen, du großer Mörder der Gassen?« fragte Athelstan. »Schlächter im Müllhaufen! Schrecken der Ratten! Nun komm schon!«

Bonaventura sprang dem Ordensbruder auf den Schoß. Athelstan streichelte den Kater und horchte mit halbem Ohr auf sein tiefes Schnurren, während er über Eleanors Problem nachsann. Das neue Kirchenbuch reichte nicht so weit zurück, deshalb würde er sich auf mündliche Aussagen verlassen müssen. Doch wenn die Frau von Grabenbauer Pike entschlossen war, Schaden anzurichten, hatte sie den Erinnerungen anderer womöglich schon entsprechend nachgeholfen. Einerseits ärgerte sich Athelstan über solche Einmischerei, andererseits konnte er Eleanor und Oswald nicht den Ehesegen erteilen, wenn die Frau des Grabenbauers Pike recht hatte. Wo sollte er nun anfangen? Was konnte er tun?

Die Kirchentür flog krachend auf. Athelstan dachte, es sei Sir John Cranston, aber statt dessen kam der Bezirksbüttel hereingestürzt, Luke Bladdersniff mit seiner feuerroten Knollennase.

»Mord!« schrie der Büttel. »O Graus! Ein schrecklicher Mord!«

»Bladdersniff, um Gottes Willen, was ist geschehen?«

»Mord!« kreischte der Bezirksbüttel wieder. »Kommt, Bruder!«

Athelstan folgte ihm auf den Vorplatz. Es war ein schöner Tag, die Sonne schien hell. Zuerst sah er nur Bladdersniffs großen Handkarren, der in der Mündung der Gasse stand. Pike und Watkin bewachten ihn, als berge er den Königsschatz. Dann überlief es Athelstan kalt, denn er erblickte einen nackten Fuß und eine Hand, die unter dem schmutzigen Tuch herausragten.

»In Gottes Namen«, keuchte er, »wie viele sind es?«

»Drei, Bruder.«

Athelstan wußte, was Bladdersniff jetzt sagen würde.

»Ich hab sie hergebracht, weil sie in unserer Gemeinde gefunden worden sind. Ich hab die Toten nicht erkannt, es sind Fremde. Das Gesetz befiehlt, daß solche sterblichen Überreste einen Tag und eine Nacht lang vor der Pfarrkirche aufgebahrt werden müssen.«

Athelstan atmete tief ein. »Bring sie her, Bladdersniff.«

Der Büttel gab Watkin und Pike ein Zeichen, und die beiden rollten den Karren herüber. Mit einer theatralischen Geste zog Bladdersniff das Leintuch zurück, und der Ordensbruder zuckte zusammen. Er war an den Tod in all seinen Formen gewöhnt, an grausigen Mord, an steife, eiskalte Kadaver, an erhängte, erschlagene, erstochene, ertränkte, verbrannte, zerquetschte und verstümmelte Leichen. Aber diese drei Leichen hatten etwas ganz besonders Jammervolles an sich. Die junge Frau sah aus, als schlafe sie, doch ihr Gesicht war bläulich-weiß, und in ihrer Kehle klaffte eine entsetzliche Wunde. Der dunkelhäutige, schwarzhaarige Fremde mochte ein Matrose sein; seine Augen waren noch weit aufgerissen, starr von dem Entsetzen, das er empfunden haben mußte, als ihn der Armbrustbolzen tief ins Herz traf. Athelstan untersuchte die Federn an dem kompakten Geschoß. »Der muß aus nächster Nähe abgeschossen worden sein«, stellte er fest. »Nicht mehr als drei Fuß.«

Das dritte Opfer war ein junger Mann, höchstens im vierundzwanzigsten oder fünfundzwanzigsten Lenz. Das Haar, das sein schmales, vom Tod entstelltes Gesicht umrahmte, war kurz gestutzt. Athelstan murmelte ein Gebet und trat ein paar Schritte zurück. Der Karren setzte sich plötzlich in Bewegung, und die Leiche des jungen Mannes rutschte zur Seite. Sein Kopf fiel zurück, eine klaffende blauschwarze Wunde in seiner Kehle wurde sichtbar, und man sah die zerfetzte Haut, die halb geschlossenen rotumränderten Augen, das Blut, das Mund und Nase verkrustete. Athelstan schlug ein Kreuzzeichen über den Leichen und murmelte die Worte der Absolution. Er fühlte, wie der Anblick dieser grausigen, zugerichteten Toten und das Entsetzen, das sie in ihm hervorriefen, seinen Magen zusammenpreßten. Er hatte ruhig in seiner Kirche gesessen, und im nächsten Moment wurde er plötzlich mit Mord in seiner abscheulichsten Form konfrontiert. Er mußte sich auf die Stufen setzen.

»Gott, habe Erbarmen mit ihnen«, betete Athelstan.

Er versuchte, bei alledem, was ihm durch den Kopf wirbelte, einen klaren Gedanken zu fassen. Wenn Sir Jack doch nur hier wäre! Er würde wissen, was zu tun war. Athelstan betete leise um Kraft und warf einen verstohlenen Blick auf seine drei Gefährten. Erst jetzt bemerkte er, daß Bladdersniff sich offenbar übergeben hatte, sein Kinn und sein Wams waren noch davon besudelt. Watkin und Pike waren kräftige Burschen, aber ihre Gesichter waren leichenblaß, und sie rückten sichtlich von dem Karren mit seiner grauenvollen Last ab.

»Wo wurden sie gefunden?« fragte Athelstan.

»Im Haus von Simon, dem Geizkragen. Ich möchte wetten, daß sie seit gestern abend dort gelegen haben.«

Athelstan betrachtete die Leichen eingehend.

»An welcher Stelle im Haus waren sie? Und wer hat sie gefunden?«

»In der Stube unten«, sagte Bladdersniff. »Zwei Kinder haben auf einem benachbarten Feld mit ihrem Hund gespielt. Sie gingen ins Haus und kamen schreiend herausgelaufen. Ihre Mutter hat dann nach mir geschickt.«

»Kennst du die Toten?«

Bladdersniff schüttelte den Kopf, aber Athelstan sah

den schuldbewußten Ausdruck, der einen Augenblick lang auf Pikes leichenblasses Gesicht trat.

»Pike!« rief er aus. »Weißt du irgend etwas?«

Der Grabenbauer scharrte mit seinen dreckverkrusteten Stiefeln und rieb sich die schweißnassen Hände an seinem verschlissenen Wams ab.

»Ich habe einiges mit dir zu besprechen, Pike, aber zuerst muß ich dich fragen, ob du irgend etwas über diese junge Frau hier weißt.«

»Sie mag wohl eine Hure gewesen sein, Bruder. Ich bin nicht ganz sicher, ich muß mal angestrengt nachdenken.«

»Dann aber los!« fuhr Athelstan ihn an.

Er fühlte sich kräftiger, stand auf und musterte die Leichen näher. Der schwarzhaarige, sonnenverbrannte Mann mit seinem zotteligen, verfilzten Haar und Bart, der wie ein Matrose aussah, trug aber ein Gewand und einen Umhang anstelle von Kittel und Gamaschen. Seine Füße steckten in festen Sandalen, die allerdings abgetreten waren. Die junge Frau sah zweifellos hübsch aus. Sie trug ein Leinenkleid mit Unterröcken darunter und an den Füßen Pantinen aus gutem Leder. An ihrem linken Handgelenk baumelte noch ein billiges Armband. Athelstan trat näher. Er schlug den Umhang des dunkelhäutigen Mannes zurück und klopfte auf seinen Geldbeutel. Der Beutel war leer, und die Börse an dem billigen bestickten Gürtel der jungen Frau ebenfalls. Athelstan streckte die Hand aus.

»Das Geld, Bladdersniff.«

Der Bezirksbüttel lief rot an.

»Bladdersniff, du bist mein Freund und Gemeindemitglied. Ich kenne mich in den Herzen und Seelen von Mördern nicht aus, aber ich glaube, diese Menschen hier wurden nicht des Geldes wegen umgebracht. Dahinter steckt ein anderes, durchtriebeneres Verbrechen.« Er hielt inne. »Tote zu bestehlen ist eine schwere Sünde.«

»Ich hab sie nicht bestohlen, Bruder, ich hab es nur in Gewahrsam genommen.«

Bladdersniff griff tiefer in seine eigene Börse. Er nahm eine Handvoll Bronze- und Silbermünzen heraus und drückte sie Athelstan in die Hand.

»Sonst nichts?« fragte der Dominikaner forschend.

Der Büttel wollte schon leugnen, aber drei weitere Münzen kamen noch aus seiner Börse zum Vorschein.

»Wenn ich jetzt mit dir in die Kirche gehe, Master Bladdersniff, und deine Hände auf den Altarstein lege, würdest du dann sagen: ›Das ist alles‹?«

»Das schwöre ich bei meiner Seel, Bruder.«

»Gut!«

Athelstan fuhr mit dem Finger durch die Gold-, Silber- und Kupfermünzen. Er nahm eine ziemlich abgenutzte Medaille auf, die auf der einen Seite ein Kreuz aufwies und auf der anderen etwas, das wie ein Engel mit ausgebreiteten Flügeln aussah.

»Bei wem hast du das hier gefunden?«

Bladdersniff zeigte auf den schwarzhaarigen Leichnam.

Der Dominikaner ließ die Münzen in seine Tasche gleiten.

»Wenn ich mich recht erinnere, schreibt das Gesetz vor, daß Hab und Gut solcher Mordopfer der Gemeinde gehört, bis jemand Anspruch darauf erhebt. Das hier geht in die Gemeindekasse.«

Athelstan musterte den Körper des jüngeren Mannes. Er trug nur ein Unterhemd und Beinlinge. »Sein Hemd ist aus gutem Leinen«, bemerkte der Ordensbruder. »Beinlinge aus blauem Wollzeug, aber wo sind sein Wams, sein Überrock, seine Stiefel und sein Gurt?«

»Bruder, ich versichere Euch, so haben wir ihn gefunden«, beteuerte Bladdersniff. »Pike und Watkin sind meine Zeugen.«

Athelstan setzte sich wieder auf die Stufen und legte seine Hände zum Gebet zusammen.

»Oh mein Gott!«

Er wandte den Kopf ruckartig nach links. Benedicta war aus dem Friedhof gekommen und stand jetzt da, den Mund vor Schrecken über den grausigen Anblick weit geöffnet und die Hände halb erhoben. Sie kam näher wie eine Schlafwandlerin, ihr olivbraunes Gesicht, umrahmt von einem blauen Schleier und dem schwarzen Haar, das darunter hervorschaute, erblaßte. Die schönen dunklen Augen der Witwe musterten die drei Leichen.

»Du solltest besser fortbleiben, Benedicta«, sagte Athelstan.

»Nein, nein.«

Benedicta kam näher und setzte sich neben ihn auf die Kirchenstufen. Sie zog ihren braunen Umhang fester um sich, als habe der Anblick der Leichen ihr Blut erkalten lassen und Licht und Wärme der Sonne verdrängt. Ein Hauch von ihrem Parfum stieg Athelstan in die Nase, ein liebliches, leichtes Destillat aus Kräutern, ein willkommener Gegensatz zu dem Grauen, das sich seinen Augen bot. Er fühlte ihre Nähe und schöpfte Kraft aus ihrer Wärme, ihrem stillen Beistand. Er lächelte in sich hinein. Einen Augenblick lang fühlte er sich wie ein Mann, neben dem seine liebende Ehefrau sitzt.

»Das ist nichts für dich, Benedicta«, sagte er wieder.

»Ich fühle mich so, wie Ihr ausseht.« Sie lächelte schwach.

»Drei Leichen«, erklärte Athelstan. »Man hat sie im Haus des alten Geizkragens in den Feldern am Rand der Gemeinde gefunden.« Er deutete auf den Mann, in dessen Brust der Bolzen der Armbrust steckte. »Er sieht aus wie ein Seemann oder wie ein wandernder Bänkelsänger. Die junge Frau? Pike meint, sie sei eine Hure, aber der andere junge Mann bereitet mir Kopfzerbrechen.«

»Warum?« fragte Benedicta.

»Die Frau und der Dunkelhaarige waren anscheinend auf der Stelle tot. Erst der Mann mit dem Bolzen aus der Armbrust, und kurz darauf ist wahrscheinlich der jungen

Frau die Kehle durchgeschnitten worden. Sie wiegt nicht viel, ist ziemlich schlank. Wenn der Mörder ein Mann war, hätte er keine Schwierigkeiten mit ihr gehabt. Aber da ist dieser Dritte.«

Athelstan ging zu dem Karren und kauerte sich daneben. Er untersuchte sorgfältig den Kopf des jungen Mannes und bemerkte, daß sein mit Blut verklebtes Haar eine Hiebwunde am Hinterkopf verdeckte.

»Dieses Opfer wurde also auf den Hinterkopf geschlagen. Er fiel zu Boden, dann wurde ihm die Kehle durchgeschnitten, doch im Unterschied zu den anderen wurden ihm Gurt, Wams, Umhang und Stiefel fortgenommen.«

»Ein Dieb?«

»Aber wenn es ein Dieb war«, fuhr Athelstan fort, »warum hat er dann nicht das Armband der jungen Frau gestohlen oder die Geldbeutel der beiden geleert?«

»Und?«

»Ich stelle nur meine Überlegungen an.«

Athelstan hielt inne, als Pike plötzlich zurück auf die Gasse stürzte, um sich zu übergeben.

»Er hat noch nie viel vertragen können«, brummte Watkin. »Damals, als die Katze von Witwe Trimple von dem Karren zerquetscht wurde und ihr Bauch aufplatzte ...«

»Ich weiß, ich weiß«, unterbrach Athelstan ihn. »Du brauchst nicht weiterzuerzählen, Watkin. Bonaventura könnte dich hören.«

»Was habt Ihr über den jungen Mann gesagt?« fragte Bladdersniff.

Er warf einen sehnsüchtigen Blick über die Schulter in Richtung Gasse. Der Bezirksbüttel hatte nur den einen Wunsch, so schnell wie möglich zur Schenke »Zum Gescheckten« zu laufen und so viele Humpen Ale hinunterzustürzen, wie sein Magen fassen konnte.

»Ich glaube, der Mörder hat den jungen Mann in dem verlassenen Haus überfallen«, fuhr Athelstan fort. »Er versetzte ihm einen Schlag auf den Kopf, schnitt ihm die

Kehle durch und war gerade dabei, alles zu entfernen, woran man ihn erkennen konnte, als diese beiden ihn überraschten. Die junge Frau war eine Hure, der andere Mann einer ihrer Freier. Gott möge ihnen vergeben, sie starben beide in Sünde.« Er stand auf, fischte mit der Hand in seinem Geldbeutel und steckte Bladdersniff eine Münze in die Hand. »Ein Arbeiter verdient seinen Lohn, Master Büttel. Die Leichen bleiben vierundzwanzig Stunden hier, ja?«

Bladdersniff nickte.

»Watkin! Pike!«

Der Grabenbauer kam zurückgeschlurft.

»Ihr wechselt euch mit dem Bewachen der Leichen ab. Hig, der Schweinehirt, und Mugwort, der Glöckner, sie alle können Wache stehen.« Er steckte eine weitere Silbermünze in Bladdersniffs Hand. »Unser ehrwürdiger Büttel hier kauft jedem Mann der Gemeinde, der Wache steht, zwei Viertel Ale.«

Bladdersniffs rotes, rauhes Gesicht strahlte vor Vergnügen. Er zwinkerte mit seinen trüben, tränenden Augen.

»Aber Bruder, das ist sehr großzügig von Euch!«

»Unter einer Bedingung!« versetzte Athelstan streng. »Wer Wache steht, muß nüchtern sein. Und jetzt, Bladdersniff, zeig mir, wo die Leichen gefunden wurden.«

»Ich komme mit«, bot Benedicta an. Unsicher erhob sie sich.

»Ich würde dich nur zu gerne mitnehmen«, lächelte Athelstan, nahm ihre Finger und rieb sie zwischen seinen Händen. »Aber ich wäre dir dankbar, wenn du den Beichtstuhl in Ordnung bringen, meine Stola an ihren Platz legen und Bonaventura füttern könntest. Ja, und Philomel braucht frischen Hafer«, setzte er hinzu. Damit meinte er sein altes Schlachtroß, das den größten Teil der Zeit mit Fressen und Schlafen verbrachte.

»Um Himmels willen!«

Athelstan drehte sich zu Godbless, dem Bettler, um, der

mit seiner zahmen Ziege Thaddäus im Schlepptau aus dem Friedhof trat und sich die Augen rieb.

»Benedicta, kümmere du dich um ihn! Bladdersniff!« Athelstan griff nach dem Arm des Bezirksbüttels. »Wenn wir noch länger warten, ist bald die ganze Gemeinde um uns versammelt.«

Er führte Bladdersniff am Arm über den Platz und die Gasse hinab, die in die Hauptstraße einmündete. Athelstan war zwar von kleinem Wuchs, aber er bewegte sich behende, die Augen auf die schmutzstarrende Kloake in der Mitte gerichtet und bemüht, den Blicken etlicher Gemeindemitglieder auszuweichen.

»Gott segne Euch, Bruder!« rief eine mädchenhafte Stimme.

Die Kurtisane Cecily stand am Eingang der Schenke »Zum Gescheckten«. Athelstan sah sie eindringlich an. Sie hatte den Arm um Ronald, den ältesten Sohn von Rattenfänger Ranulf, gelegt.

Auf der Bank neben ihr teilte Ursula, die Schweinebäuerin, einen Humpen Ale mit ihrer dicken großen Sau. Das Schwein grunzte vor Vergnügen. Athelstan blickte grimmig, als er diesen Plünderer seines Gemüsegartens sah. Der Kesselflicker Tab, der Maler Huddle, Henker Manger und Bootsmann Moleskin standen nicht weit entfernt auf der Straße und umringten Tabs Verkaufsstand.

»Stimmt etwas nicht?« rief Huddle und warf sein langes Haar zurück.

Athelstan hielt inne. »Ich brauche eure Hilfe in der Kirche«, sagte er liebenswürdig. »Geht nur hin. Watkin wird euch alles weitere sagen. Für jeden von euch gibt es ein Viertel Ale.« Er hob warnend die Hand, um Bladdersniff davon abzuhalten, grausige Einzelheiten preiszugeben. »Für jeden, der hilft.«

Die ganze Gruppe schoß los wie Windhunde aus ihren Startverschlägen. Jeder war begierig herauszufinden, welche Aufgabe ihnen eine so großzügige Belohnung bescheren würde.

Athelstan eilte weiter. Inzwischen war es früher Nachmittag, und das Gelichter von Southwark kam aus seinen Ecken und Winkeln, um sein Unwesen zu treiben: Taschendiebe, Fälscher, all die zwielichtigen Bewohner der Unterwelt, die drauf aus waren, einen kleinen Gewinn zu machen, bevor die Dunkelheit anbrach. Manche mieden Athelstans Blick, andere hoben die Hand zum Gruß oder stießen laute Spottrufe aus, die Bladdersniff und seiner feuerroten Nase galten.

Schließlich bogen sie in eine Gasse, die zu den Feldern hinabführte. Sie überquerten den Bach auf einer schmalen Holzbrücke und stiegen die große Wiese hinauf bis zur Kuppe des Hügels, wo die Ruine von Geizhals Simons Haus kahl und ohne Dach in den Himmel ragte. Am anderen Ende der Wiese spielten ein paar Kinder. Eine Frau saß bei ihnen und hielt sie dazu an, zum Zeitvertreib Grasgirlanden zu flechten. Athelstan hob die Hand zum Segen.

»Danke!« rief er hinüber. »Haltet nur die Kinder fern.«

Bladdersniff führte ihn durch die zerstörte Vordertür und einen schmalen Gang entlang, bis sie die dunkle, übelriechende Stube erreichten, wo es nach Urin und Tierexkrementen stank. Die Wände waren mit Schimmel überzogen, die Steinplatten am Boden geborsten, und Unkraut drängte sich durch die Ritzen.

»Ein furchtbarer Ort zum Sterben«, bemerkte Athelstan. »Nachts muß es hier dunkel sein wie ...«

»Wie das Fenster der Hölle«, schlug Bladdersniff hoffnungsvoll vor.

»Jawohl, wie das Fenster der Hölle.«

Zuerst konnte Athelstan nichts Verdächtiges erkennen, doch dann bemerkte er die Überreste eines Feuers. Er hockte sich hin, um es näher in Augenschein zu nehmen.

»Ein paar Zweige. Aber die Nächte sind nicht kalt, dieses Feuer wurde eher angezündet, um Licht zu spenden und nicht Wärme.«

Er kroch über den Boden und entdeckte zwei Pfützen von klebrigem Blut.

»Die sind von der jungen Hure und ihrem Freier.« Athelstan zeigte auf den Eingang hinter ihnen. »Gott allein weiß, was passiert ist, aber ich glaube, dieser Raum war Schauplatz eines ruchlosen Mordes. Der junge Mann wurde entweder hierhergelockt und getötet oder er wurde an einem anderen Ort ermordet und seine Leiche hierher geschafft, um alle Erkennungsmerkmale zu entfernen. Der Mörder hat ein Feuer angezündet, das ihm bei seiner grausigen Aufgabe Licht spenden sollte.«

Athelstan ging zur Tür und stellte sich daneben.

»Plötzlich hört er Stimmen«, erklärte er Bladdersniff weiter, der vor Staunen Mund und Nase aufsperrte. »Die junge Hure kommt und bringt einen Freier mit. Der Mörder tritt in aller Eile das Feuer aus, nimmt seine Armbrust und wartet ab, bis seine nächsten Opfer den Raum betreten. Er schießt den Bolzen ab, der Mann ist tödlich getroffen. Die junge Frau bleibt schreckensstarr stehen.« Athelstan schritt energisch quer durch den Raum. »Sie steht wie ein Kaninchen vor der Schlange. Bevor sie sich von ihrem Schrecken erholen kann, ist er bei ihr, hat das Messer gezückt, schneidet ihr die Kehle durch und verschwindet.«

»Bei allen Heiligen!« keuchte Bladdersniff. »Bruder, Ihr müßt das zweite Gesicht haben.«

»Nein, ich hatte Pater Anselm«, grinste Athelstan. »Er hatte einen harten Knauf an seinem Stock.« Er rieb sich die Finger. »Pater Anselm glaubte daran, daß man Logik am besten durch die Knöchel lernt. Es ist eine hervorragende Methode, den Verstand zur Konzentration zu zwingen.«

»Athelstan! Athelstan!«

Der Ordensbruder hob den Kopf.

»Alles hat sich verschworen«, sagte er zu sich selbst. Er ging zum Eingang. »Hier bin ich, Sir Jack!«

Bladdersniff drückte sich an die Wand, als Sir John Cranston eintrat, der illustre Coroner der Stadt London. Mit gerötetem Gesicht, den weißen Bart und Schnurrbart gesträubt, kam er strahlend wie ein Engel des Jüngsten Gerichts in diese düstere Mordkammer marschiert.

»Nun, nun, nun!« Sir John stand mit gespreizten Beinen da, den Daumen unter den Gurt geklemmt, von dem der wundersame Weinschlauch herabhing. »Der Himmel möge meine Kerlchen segnen! Nichts als Morde ringsum, Athelstan, und ich brauche dich in der Stadt!«

Zwei

Bekümmert folgte Athelstan Sir John die Stufen hinab in den wartenden Kahn, der sie über die Themse setzen sollte. Der Coroner hatte ihn gleichsam aus der Ruine und nach St. Erconwald zerren müssen, wo er seinen Umhang und seinen Schreibbeutel holte.

»Du mußt kommen«, ereiferte sich Sir John.

Er setzte noch hinzu, daß etwas Schlimmes geschehen würde, aber ansonsten schwieg er sich aus. Dafür bestürmte er den Ordensbruder mit einer ganzen Litanei von Fragen.

»Drei Mordopfer in der Gemeinde von St. Erconwald!« rief er aus, als sie sich in dem Boot niederließen und Moleskin vom Ufer abstieß.

Athelstan zwinkerte seinem derben Freund zu und warf dabei einen kurzen Blick auf Moleskin. Wenn der Bootsmann seine Kapuze über den Kopf zog und sich über die Ruder beugte, als sei er ganz in seine Aufgabe vertieft, war das ein sicheres Zeichen dafür, daß er aufmerksam darauf lauschte, was gesprochen wurde.

»Der gute Moleskin wird das doch nicht weitersagen!« dröhnte Sir John, daß man es über den halben Fluß hören konnte. »Ich habe die drei Leichen gesehen und Pike, den alten Nichtsnutz. Er hat mir dann gesagt, wo du steckst. Drei Opfer!« wiederholte er. »Und weißt du, was, Athelstan, den jungen Mann habe ich mir gut angesehen, und ich glaube, er ist mir von irgendwoher bekannt.«

Athelstan schaute auf den Fluß hinaus; noch hatte die Ebbe nicht eingesetzt, es war ein warmer und sonniger Tag. Jeder, der einen Kahn, eine Barke oder ein Proviantboot besaß, schien auf der Themse unterwegs zu sein.

Viktualienhändler drängten sich in ihren Booten um die großen Kriegsschiffe, die in Queenshithe vor Anker lagen, und boten der Besatzung ihre Ware an. Ein ganzer Kahn voll mit Prostituierten war da, die Frauen waren eifrig dabei, ihre Reize zur Schau zu stellen, um die wachhabenden Offiziere zu betören. Königliche Barken, die blaue, rote und goldene Wimpel gehißt hatten, waren flußauf und flußab zwischen dem Tower und Westminster unterwegs. Drei flache Barken, in denen sich der Unrat türmte und zum Himmel stank, schwammen in der Flußmitte, und die maskierten Mistsammler waren dabei, den eingesammelten Unrat in den rasch strömenden Fluß zu kippen.

»Alles wie immer auf dem Fluß«, bellte Sir John.

Er nahm schnell einen Schluck aus seinem Weinschlauch und bot ihn dann Moleskin an. Auf seine Ruder gestützt, nahm der Bootsmann einen guten Schluck. Er wollte gerade zu einem zweiten Schluck ansetzen, als ihm der Coroner den Schlauch wieder wegschnappte.

»Drei Opfer«, sagte Athelstan. »Sie sind entweder letzte Nacht oder die Nacht davor umgebracht worden, wann genau, weiß ich nicht. Das Mädchen und der dunkelhäutige Fremde waren eine Hure und ihr Freier. Ich nehme an, sie überraschten den Mörder des jungen Mannes, den Ihr meint erkannt zu haben.«

»Und das Gesetz schreibt vor«, verkündete der Coroner lautstark, »daß sie einen Tag und eine Nacht auf den Stufen deiner Kirche aufgebahrt liegen müssen, damit sie identifiziert werden können. Ich hoffe, es war nicht das Werk eines deiner geliebten Schäfchen. Für solche Bluttaten kommt man an den Galgen.«

»Und wohin bringt Ihr mich jetzt, Sir John?«

Sir John legte Verschwiegenheit heuchelnd den Finger auf die Lippen.

Sie legten bei Dowgate in der Nähe des Steelyard an, gingen eine geschäftige Gasse an der Walbrook entlang und betraten die Cheapside. Auf den Straßen herrschte reger Betrieb, Menschenmengen waren unterwegs. Die Läden und Stände hatten geöffnet, Wirtshäuser und Aleschenken machten ein gutes Geschäft. Eine Gruppe Soldaten auf dem Weg zum Tower zog vorbei. Schuldner vom Marshalsea-Gefängnis, die mit Ketten aneinander gefesselt waren, bettelten an den Straßenecken für sich und andere Insassen. Eine Schaustellertruppe, bestehend aus drei jungen Frauen und einem Mann, führten ihre Kunststücke vor, was besonders eine Gruppe Matrosen vergnügte, die Münzen in die Sammelschale warfen, damit die Frauen weiter ihre Handstände machten, bei denen ihnen die Röcke hochrutschten.

Athelstan wartete, von Sir John in sein Haus oder sein zweites Zuhause, die geräumige Schenke »Zum Lamm Gottes«, geführt zu werden. Doch der Coroner, der das Gelichter, das ihn erkannte, rechts und links mit gutmütigen Schimpfworten bedachte, bahnte sich einen Weg durch die Menge in den Hof der großen Guildhall. Bogenschützen in königlicher Livrée standen Wache. Die Schilde auf den Rücken geschnallt und mit Speer und Schwert in der Hand, patrouillierten Soldaten in Eisenhelmen an den Toren und Durchgängen. Grellbunte Fahnen hingen von dem großen Balkon über dem Hauptportal herab. Fünf Schilde mit prachtvollen Wappen, verziert mit schwarzen Mardern, silbernen Hermelinen, goldenen Querbalken, verzierten Kronen und Helmen, waren an den hölzernen Latten befestigt.

»Natürlich«, sagte Athelstan, »das hohe Gericht hält Sitzung ...!«

»Das stimmt, Athelstan, die Richter des Schwurgerichts tagen.«

»Wer ist dabei?« fragte Athelstan.

»Die meisten interessieren mich nicht, aber der Oberrichter ist Sir Henry Brabazon, der Oberschatzmeister. Ein Mann, der wenig Mitleid hat und kein Erbarmen kennt.«

Sir John zeigte seine Amtssiegel, und die Wachen ließen die beiden ins Vorzimmer ein. Der Coroner zupfte an Athelstans Ärmel und hieß ihn auf einer Bank gleich an der Tür Platz zu nehmen.

»Nun hör gut zu, Athelstan. Was ich dir sage, habe ich aus einer verbürgten Quelle: In Kürze wird Mistress Alice Brokestreet, eine Schankmagd, wegen Mordes an einem Gast vor Gericht gestellt.«

»Ist sie schuldig?«

»Wie der Teufel selbst.«

»Weshalb sind wir dann hier, Sir John?«

Der Coroner tippte sich mit dem Finger an die fleischige Nase.

»Hast du schon einmal etwas von Belastung gehört?«

Athelstan nickte. »Ist das ein juristischer Ausdruck?«

»Das behaupten jedenfalls die schlauen Rechtsanwälte! Ich will es dir erklären: Jack Cranston wird vor Gericht gebracht, weil er Pike, den Galgenbauer, erwürgt hat.«

»Das ist gut möglich«, nickte Athelstan. »Und wenn Ihr es tätet, würde ich Euch wahrscheinlich dabei helfen.«

»Nein, hör zu. Meine Schuld ist erwiesen. Jetzt kann ich untertänigst den König um Gnade ersuchen, zu einem Wergeld verurteilt, über das Meer ins Exil geschickt oder lebenslänglich eingesperrt werden, oder, und das ist es, was üblicherweise geschieht, an den Galgen gehängt werden. Wenn ich aber beispielsweise Watkin, den Mistsammler, erfolgreich sechs anderer Morde bezichtigen kann, dann werde ich begnadigt, und der gute Watkin kommt vor Gericht. Es ist eine ziemlich schlaue und ausgetüftelte Methode, die sich die Anwälte der Krone ausgedacht haben, um mehrere Verbrechen auf einmal zu lösen. Da er ein Mann ist, könnte mich Watkin zu einem Duell herausfordern, um seine Unschuld zu beweisen. Oder ich könnte ihn herausfordern.«

»Entscheidung durch den Kampfausgang?«

»Ganz richtig, mein kleiner Mönch.«

»Ordensbruder, Sir John. Aber was würde passieren, wenn Watkin verlöre?«

»Dann würde er gehängt.«

»Und was würde passieren, wenn Ihr die Herausforderung nicht annehmen würdet?«

»Dann würde Watkin vor Gericht gestellt. Wenn er für schuldig befunden würde, müßte er hängen, und ich wäre frei.«

»Und Ihr glaubt, das hat Alice Brokestreet heute vor? Sie wird jemanden belasten?«

»Es ist nur ein Gerücht, Athelstan. Wie du weißt, rede ich oft mit den Bütteln und Gefängniswärtern von Newgate. Alice Brokestreet ist so schuldig wie Herodias. Du weißt doch, die den Heiligen Petrus umgebracht hat.«

»Nein, Sir John, sie hat Johannes den Täufer getötet.«

»Das ist doch dasselbe! Alice jedenfalls stand einst in Diensten bei einer Kathryn Vestler, einer braven Frau, Bruder. Sie ist kinderlos, Witwe. Ihr Mann Stephen Vestler war ein Patronatsherr in Poitiers. Ich habe dir doch sicher erzählt, daß wir dort gekämpft haben wie die Falken, die auf ihre Beute herabstoßen?«

»Ja, ja, das habt Ihr, Sir John.«

»Die Witwe Vestler ist jetzt die Besitzerin der Schenke ›Zum Paradiesbaum‹, eines recht großen Gasthauses in Petty Wales. Von den Kammern aus sieht man den Tower. Hinter der Herberge liegt ein hübscher Garten und eine Wiese, die sich bis zum Fluß hinunter zieht.«

»Aber Sir John, Ihr wollt doch gewiß nicht damit sagen, daß diese Brokestreet unsere brave Witwe, ein unbescholtenes Mitglied der Gemeinde, bezichtigen will, eine heimliche Mörderin zu sein, die Blut an den Händen hat?«

»Ich weiß es nicht, Bruder. Alles, was man mir gesagt hat – und das sind Tratsch und Tuscheleien –, ist, daß Alice Brokestreet eine überhebliche Zuversicht zur Schau stellt. Sie behauptet, sie habe den Richtern Geheimnisse zu eröffnen, ja, es stimme, daß sie ein Verbrechen begangen habe, aber – und das ist der springende Punkt – sie sagt, sie sei nicht die einzige Frau in London, die einen Mord begangen hat.«

»Aber ich bitte Euch, Sir Jack!« Athelstan empfand Verdruß, weil man ihn hierher geschleppt hatte. »Ist das alles?«

»Nein, Bruder. Die Brokestreet hat durchblicken lassen, daß andere, für die sie gearbeitet hat, schändlicherer Mordtaten schuldig sind als sie.«

»Und wo ist Mistress Vestler jetzt?«

Sir John seufzte und stand auf. »Gehen wir hinein, Bruder.«

Durch eine geräumige Galerie betraten sie die Guildhall selbst. Auf den Steinfliesen lagen frische Binsen, die mit Kräutern bestreut waren. Soldaten standen Wache, doch Sir John, der sein Siegel um die Hand gelegt hatte, wurde durchgelassen. Sie stiegen eine kurze Treppe hinauf und erreichten ein weißgekalktes Vestibül. Die Türen an der gegenüberliegenden Seite standen weit offen, und Athelstan konnte einen Blick auf das Gericht werfen. Auf einem hölzernen, mit blutrotem Tuch verhängten Podium gegenüber der Eingangstür saßen in einer Reihe die Richter in ihren purpurroten, hermelinbesetzten Roben und schwarzen Kappen auf fünf thronähnlichen Stühlen. Unterhalb des Podests hockten die Schreiber an einem langen, mit grünem Filz bezogenen Tisch, auf dem sich Unmengen Pergamentrollen, Tintenfässer und Federn befanden. Zur rechten Seite der Richter saß die Jury: Zwölf Männer aus den verschiedenen Stadtteilen Londons, und zu ihrer Linken waren die Zuschauer, Besucher und Freunde auf einer Holztribüne untergebracht. Am unteren Rand des Podests zog sich eine schwere Holzschranke quer durch den ganzen Raum. An diese Schranke wurden die Übeltäter gekettet und von Gerichtsdienern, Bütteln und Bogenschützen bewacht. Im Raum herrschte angespannte Stille, die Schreiber notierten offenbar gerade eine

Aussage. Von dem Gerichtsvorgang gebannt, blieb Athelstan im Türeingang stehen.

»Bruder, das ist Kathryn Vestler.«

Athelstan wandte sich um. Gleich beim ersten Blick auf das Gesicht der Witwe überfiel ihn ein Unbehagen. Sie war in der Tat eine stattliche Frau, trug ihr silbergraues Haar unter einem nonnenartigen Schleier von dunkelgrüner Farbe verborgen. Ein weißer Kragen hielt ein Kleid in demselben Dunkelgrün um ihren fülligen Hals zusammen. Sie hatte freundliche graue Augen und eine Stupsnase, ihr Mund war groß und ihre Lippen voll, aber was Athelstan ins Auge fiel, war die fast greifbare Angst in ihrem Blick. Er nahm ihre kleine Hand, die weich und eiskalt war.

»Wie gut von Euch, daß Ihr gekommen seid, Bruder, und Ihr auch, Sir Jack.« Kathryn Vestler tupfte sich mit einem zarten, an ihre Ärmelmanschette genähten Taschentuch die Augen. »Ich habe solche Angst! Alice Brokestreet hat eine böse Zunge und Häßliches im Sinn.«

»Sie war in Euren Diensten?«

Die Frau schloß die Augen. »Ich tue ihr unrecht, Bruder. Sie hat gut gearbeitet, aber sie hatte ihre Launen.«

Athelstan sah auf, als hinter der Witwe ein Mann aus dem Schatten trat. Er war groß und grauhaarig, um seinen Hals lag ein weißes Seidenband. Sein Hemd war aus blütenweißem Batist, seine dunkelgrünen Beinlinge, die in weichen, glänzenden Stiefeln steckten, waren aus feinster Wolle. Um seine Schultern hing eine pelzbesetzte Robe mit rotseiden unterfütterten Schlitzen. Athelstan erkannte in ihm einen Anwalt der Rechtskammer. Die Augen in dem mageren, gelblich-bleichen Gesicht waren schmal, die Lippen blutleer. Ein Mann, der die Gesetze kennt, sinnierte Athelstan, ein geübter Gegner. Der Anwalt stand da und ließ eine Silberkette durch die Hände gleiten.

Mistress Vestler begegnete Athelstans Blick.

»Das ist Ralph Hengan, ein Rechtsanwalt und Freund. Er kümmert sich um meine Angelegenheiten.«

Anscheinend waren Sir John und Hengan einander bekannt. Sir John schüttelte ihm die Hand und stellte Athelstan vor. Ein breites Lächeln trat auf das strenge Gesicht des Anwalts. Er schüttelte Athelstans Hand mit festem Griff.

»Ich bitte um Entschuldigung, Bruder, daß ich Rechtsanwalt bin. Im Evangelium haben wir nicht den besten Ruf.«

»Dafür werden Mönche und Ordensbrüder noch nicht einmal erwähnt!« dröhnte Sir John, doch dann fiel ihm wieder ein, wo er war, und er schlug sich die Hand vor den Mund. Hengan zog sich mit einer kurzen, leisen Bewegung die Robe fester um die Schultern. Er warf einen Blick in den Gerichtssaal.

»Mistress Vestler hat Angst«, flüsterte er. »Vielleicht verschwende ich Eure Zeit, Sir John, aber ich glaube, wir sollten hineingehen. Der Fall, der im Augenblick verhandelt wird, neigt sich dem Ende zu. Hinterher können wir die Dinge besprechen. Ich bin sicher, daß es nichts als eitle Drohungen sind. Bald stehen wir wieder in Mistress Vestlers Gasthaus und stechen ein Faß mit dem besten Malmsey an.«

Hengan wechselte ein paar Worte mit dem Gerichtsdiener an der Tür, dann legte er den Finger an die Lippen, um ihnen zu bedeuten, daß sie leise gehen sollten. Sie folgten dem Gang, stiegen ein paar hölzerne Stufen hinauf und ließen sich auf den harten, engen Bänken nieder. Rasch ließ Athelstan einen prüfenden Blick über seine Umgebung schweifen. Den breiten Baldachin über den Richtern zierte das Wappen von England, ein großer Behang an der Rückwand zeigte einen gepanzerten Handschuh, der das Schwert der Gerechtigkeit umklammert hielt. Auf der Spitze des Schwertes saß eine Silberkrone mit den goldenen Leoparden von England auf beiden Seiten.

Die fünf Richter wirkten ernst. Es waren alte Männer. Zurückgelehnt saßen sie in ihren Stühlen, als der Schreiber die Aussage, die gemacht worden war, noch einmal vorlas. Der Richter in der Mitte sah anders aus. Athelstan dachte sich, daß das Sir Henry Brabazon sein müßte, ein schwerer, rotgesichtiger Mann, sauber rasiert, die Wangen ölig glänzend. Die tiefsitzenden Augen verschwanden fast unter Fettpolstern. Er saß da wie ein Jagdhund; von Zeit zu Zeit hob er einen Rosmarinzweig hoch und roch geräuschvoll daran, denn er fand den Geruch der Häftlinge abstoßend. Die Angeklagten, die an die Schranke gekettet waren, boten einen höchst jämmerlichen Anblick. Sie waren in Lumpen gekleidet, Haar und Bart waren verfilzt und schmutzig. Der Schreiber kam mit der Aussage zum Ende.

»Das ist alles, Mylord.« Er verbeugte sich so tief, als stünde er vor dem Tabernakel.

Sir Henry beriet sich mit seinen Kollegen zu beiden Seiten.

»Geschworene!« Brabazon hob den Kopf, seine Stimme war tief und klangvoll. »Müßt ihr euch zurückziehen, um das Beweismaterial zu besprechen?«

Der Vorsitzende der Geschworenen sprang so rasch auf, daß Athelstan es unter anderen Umständen lustig gefunden hätte.

»Ähem, nein, Mylord.«

»Du lieber Himmel«, flüsterte Athelstan. »Auf die wird Brabazon nicht viel Zeit verschwenden.«

»Gut!« Ein Lächeln breitete sich über Sir Henrys Gesicht. »Wie lautet euer Urteil?«

Der Vorsitzende der Geschworenen verstand das als Aufforderung, sich mit den anderen zu beraten. Es wurde hin und her geflüstert und gemurmelt. Die drei an die Schranke geketteten Gefangenen sahen sehr mutlos aus.

Sir Henry klopfte ungeduldig mit dem Fuß auf den Boden.

»Und?« bellte er.

Wieder sprang der wieselgesichtige Vorsitzende auf.

»Mylord, wir haben ein Urteil gefällt.«

»Für alle drei Mordanklagen?«

»Ja, für alle drei Mordanklagen, Mylord.«

»Mylord?«

Ein junger Anwalt, der bei den Gefangenen an der Schranke stand, hob die Hand.

»Was ist, Mann?«

»Mylord, einer der Gefangenen« – dabei zeigte er auf einen jungen Mann von höchstens sechzehn Lenzen – »war zum Zeitpunkt des Verbrechens betrunken wie ein Richter.«

Dem Anwalt wurde klar, was er gerade gesagt hatte, und er schlug die Hand vor den Mund, um seine Bestürzung zu verbergen. Unterdessen ging ein Kichern durch die Reihen der Geschworenen und der Zuschauer.

Sir Henry beugte sich vor und gebot mit einer Handbewegung Schweigen.

»Würdet Ihr das bitte umformulieren, Sir?« knurrte er.

»Ich … ich meinte betrunken wie ein Lord, Mylord.«

Lautes Gelächter brach im Gericht aus. Sir Henry knallte seinen Absatz auf den Boden. Die Gerichtsdiener mit ihren weißen Stäben traten drohend auf die Zuschauer und Geschworenen zu.

»Wir haben die Zeugenaussage gehört«, donnerte Sir Henry. »Geschworene, seht euch die Gefangenen an. Befindet ihr sie für schuldig oder unschuldig?«

»Schuldig, Mylord.«

»In allen drei Fällen?«

»Alle, Mylord, in allen drei Fällen. Aber …«

»Ja bitte!«

»Wir empfehlen, beim jüngsten Gnade walten zu lassen.«

»Ich werde Gnade walten lassen. Gerichtsdiener, Büttel, führt den genannten Gefangenen von der Schranke. Er muß das Königreich innerhalb von einer Woche verlassen. Sieben Jahre lang ist es ihm bei Strafe an Leib und Leben verboten zurückzukehren.«

Der glückliche Gefangene wurde von den Ketten befreit und in eine Ecke des Gerichtssaals gestoßen. Der junge Anwalt dankte überschwenglich, verbeugte sich mit zusammengelegten Händen immer wieder in Brabazons Richtung. Jedermann hatte die Prozedur lustig gefunden, doch als einer der Schreiber ein schwarzes Seidentuch brachte, das der Richter über seine Kappe breitete, senkte sich eisige Stille über den Gerichtssaal. Athelstan unterdrückte ein Schaudern.

»Thomas Shawditch und Richard Hadfield, ihr seid des höchst verabscheuungswürdigen Mordes an drei Männern in der Schenke ›Zum Maulwurf‹ auf der Poultry für schuldig befunden. Wollt ihr noch etwas sagen, bevor das Todesurteil verkündet wird?«

Einer der Gefangenen streckte die Hand zu einer obszönen Gebärde aus, die den Richtern gelten sollte.

»Thomas Shawditch und Richard Hadfield«, fuhr Sir Henry unbeirrt fort, »dieses Gericht hat in seinem Urteil befunden, daß ihr in den Kerker zurückgebracht und an einem festgesetzten Tag vor dem Fest des Heiligen Eduard zum gemeinen Galgen in Smithfield gebracht werden sollt, um dort zu hängen, bis ihr tot seid. Möge sich der Herr im Himmel eurer Seelen erbarmen. Büttel, führt sie ab!«

Die Gefangenen schrien Flüche und Obszönitäten, doch mit Hilfe einiger Bogenschützen wurden die Büttel ihrer Herr und schafften sie aus dem Gerichtssaal. Sir Henry nahm das schwarze Tuch ab und sah Jury und Zuschauer finster an.

»Ich hoffe, mein Gericht wird nicht noch einmal von Heiterkeit und Spott gestört. Büttel, bringt den nächsten Gefangenen herein!«

Alice Brokestreets Name wurde ausgerufen. Es dauerte

einen Augenblick, bis Athelstan eine schattenhafte Gestalt sah, die in Begleitung zweier Bogenschützen durch die Tür kam. Sie wurde an die Schranke gebracht und an den Handgelenken dort festgekettet. Sie trug ein schäbiges graues Kleid, ihr Haar war zurückgekämmt und zu einem festen Knoten aufgesteckt. Athelstan wurde bang ums Herz. Er fand das Sprichwort »Beurteile nie ein Buch nach dem Umschlag« zwar ganz richtig, doch Alice Brokestreet entsprach ganz und gar dem, was Sir John hinter vorgehaltener Hand als »schwieriges Frauenzimmer« bezeichnete. Auf ihrem Gesicht mit seinen hohen Wangenknochen, unverfrorenen Augen und einer herausfordernd vorgeschobenen Unterlippe lag ein mürrischer Ausdruck. Sie schien in der Tat ein Geheimnis zu hegen, und weder das Gericht noch die Anklage gegen sie konnten ihr Angst einjagen.

»Lest die Anklageschrift vor«, brüllte Sir Henry. »Und zwar schnell!«

Der Schreiber sprang behende wie ein Grashüpfer von seinem Sitz auf und leierte die Anklage herunter, nach der Alice Brokestreet bezichtigt wurde, in der achten Woche nach Himmelfahrt Nicholas Taylor in der Schenke »Zum Fröhlichen Schwein« umgebracht zu haben.

»Bekennt Ihr Euch schuldig oder nicht?« fragte der Schreiber Alice.

»Ich möchte einen Eid ablegen«, erwiderte sie scharf.

Eine Bibel wurde gebracht, und sie leistete rasch den Eid.

»Nun?« Sir Henry beugte sich vor.

»Mylord« – Alice Brokestreet schloß die Augen, als sage sie etwas auswendig her. »Ich möchte für Gnade von Gott, dem König und meinen Mitmenschen plädieren.«

»In welcher Beziehung?«

Athelstan sah, daß Sir Henry an der ungewöhnlichen Wendung, die dieses Verfahren nahm, brennend interessiert war.

»Ich bekenne mich schuldig«, sagte Alice. »Aber ich habe in Selbstverteidigung gehandelt. Ich möchte eine Belastung vorbringen.«

»Wißt Ihr, was das heißt?«

»Ja, Mylord. Ich habe ein schreckliches Verbrechen begangen, aber ich weiß von einer Frau, die noch Schlimmeres verübt hat.«

»Fahre fort. Aber mit genauen Angaben.«

»Ich bezichtige Kathryn Vestler« – die Stimme der Brokestreet wurde lauter –, »die Besitzerin des Gasthauses ›Paradiesbaum‹, des ruchlosen Mordes an Margot Haden und Bartholomew Menster.«

Athelstan drehte sich ruckartig um. Mistress Vestler saß stocksteif vor Schrecken.

»Wann haben sich diese Morde ereignet?«

»Vor über zwei Monaten, Mylord.«

»Woher wißt Ihr davon?«

»Ich habe dabei geholfen, die Leichen unter einer Eiche auf der Schwarzen Wiese zu begraben. Die Wiese liegt hinter dem Gasthaus und erstreckt sich bis zur Themse hinab.«

»Wie wurden diese Morde verübt?«

»Margot war Kammermagd im ›Paradiesbaum‹. Bartholomew war Archivar im Tower. Er fand Gefallen an Margot und besuchte das Gasthaus oft. Mistress Vestler war eifersüchtig auf ihre Freundschaft. Eines Nachts blieben sie bis spät abends, weit nach dem Mitternachtsläuten. Mistress Vestler weckte mich auf.« Alice Brokestreet machte eine Pause, weil ihre ehemalige Dienstherrin laut zu weinen begann.

Sir Henry wandte seinen Kopf blitzschnell wie ein angriffsbereiter Wachhund.

»Ruhe im Gericht!« donnerte er.

Master Hengan legte seine Hand auf Mistress Vestlers Schulter.

»Pssst«, flüsterte er, »das ist nur Blendung.«

»Weiter!«

»Sie holte mich in den Schankraum. Bartholomew ...« Die Stimme der Brokestreet wurde leiser. »Er und Margot lagen zusammengesunken halb auf dem Tisch. Mistress Vestler hatte ihnen ein tödliches Gift verabreicht.«

»Nein, nein, nein!« Die Beschuldigte sprang auf, ihre Augen waren schreckgeweitet. »Das sind Lügen! Nichts davon ist wahr!«

Sir Henry begegnete dem Blick von Sir John, ein Anflug von Lächeln huschte über sein Gesicht. Sein Blick schweifte zum Zuschauerraum.

»Master Hengan, Ihr vertretet die Witwe, nicht wahr?«

»Jawohl, Mylord.«

»Und das ist Mistress Vestler? Bringt sie aus dem Gerichtssaal und beruhigt sie. Aber entfernt Euch nicht zu weit. Wir haben vielleicht bald ein paar Fragen an Euch.«

Mit Sir Johns Unterstützung half Hengan der erschütterten, stöhnenden Frau auf und führte sie von der wackligen Galerie hinaus in den Hof des Gerichtsgebäudes. Sir John kehrte zu seinem Platz neben Athelstan zurück.

»Ich bin froh, daß Ihr hier seid. Vielleicht werden wir Euren Sachverstand zu Rate ziehen müssen«, gurrte Sir Henry und ließ seine schwarzen runden Augen zu Athelstan schweifen. »Und auch Euer guter Secretarius ist dabei. Ich habe Euch kommen sehen, Sir Jack.«

Sir John beugte sich nach vorne, um sich, verdeckt von dem Zuschauer vor ihm, einen großzügigen Schluck aus seinem wunderbaren Weinschlauch zu genehmigen.

»Wenn ich nicht so beschäftigt wäre, Sir Jack, würde ich auch um einen Schluck daraus bitten!« rief Sir Henry, ohne auch nur herüberzuschauen.

Bevor es zu fragenden Blicken und Bemerkungen kommen konnte, bedeutete er der Brokestreet, fortzufahren.

»In der Schenke war alles still. Es war eine finstere Nacht ohne Mond und Sterne.«

»In welchem Monat, Miss Brokestreet?«

»Ich glaube, es war im Juni, Mylord. Es war plötzlich gewittrig geworden.«

»Ihr habt ein gutes Gedächtnis.«

»Mylord, Mistress Vestler sagte, der Regen würde die Erde aufweichen.«

»Weiter!«

»Wir holten einen Handkarren und legten die beiden Leichen darauf. Dann brachten wir sie hinaus, an der Seite des Gasthauses vorbei, durch den Kräutergarten und auf die Schwarze Wiese.«

»Wie konntet Ihr den sehen, wenn es dunkel war?« unterbrach Sir Henry sie.

»Mistress Vestler zündete Laternen an, zwei, wenn ich mich recht erinnere. Eine stellte sie am Zugang zur Wiese auf, die andere am Fuß der großen Eiche.«

»Und die Leichen?«

»Die haben wir zusammen auf dem Karren hinausgebracht. Mistress Vestler hatte eine Spitzhacke und eine Breithacke. Wir gruben eine flache Grube und warfen die Leichen hinein. Mylord, ich hatte solche Angst. Mistress Vestler ist eine tückische Frau, und sie drohte mir. Später habe ich ihre Dienste verlassen, und sie hat mir reichlich Silbermünzen gegeben, um mein Schweigen zu erkaufen.«

»Herr im Himmel«, flüsterte Sir John. »Ich erinnere mich an diesen Bartholomew Menster! Er war ein ziemlich hoher Beamter im Tower. Man hat sich allgemein gefragt, was ihm wohl zugestoßen ist.«

Brabazon hob den Rosmarinzweig an die Nase und zog den Duft tief ein, während er seine Augen fest auf Alice Brokestreet geheftet hielt. Sir John mochte recht haben, dacht Athelstan. Der Oberrichter hatte ein Herz aus Granit, aber er ließ sich nicht zum Narren halten. Die Gefangene an der Schranke gefiel ihm nicht.

»Seid Ihr Euch im klaren über das, was Ihr da sagt?« fragte Sir Henry und ließ die Hand mit dem Rosmarinzweig sinken.

»Es ist ein sehr schwerwiegender Schritt, einen anderen Bürger unter Eid des Meuchelmordes zu bezichtigen«, hob nun auch ein anderer Richter hervor.

»Ich will sogar noch weiter gehen«, antwortete die Brokestreet voller Trotz. »Im ›Paradiesbaum‹ ist viel Betrieb. Leute kommen und gehen, wie es ihnen beliebt. Es mag sein, Mylord, daß auf dem Feld dort wohl noch andere Leichen vergraben sind.«

»Ein wahres Haceldama«, zitierte Sir Henry aus der Heiligen Schrift. »Ein Töpfersacker, ein Blutacker. Nun, Mistress Brokestreet, Ihr habt das Gericht um Gnade ersucht, doch natürlich werdet Ihr nicht freigelassen. Ihr werdet nach Newgate zurückkehren, doch in angenehmeren Räumen im Torhaus untergebracht. Das Gericht wird für Nahrung und Unterhalt großzügig bezahlen, während diese Beschuldigungen untersucht werden. Habt Ihr noch etwas hinzuzufügen?«

Die Gefangene schüttelte den Kopf, auf ihrem Gesicht lag ein triumphierendes Lächeln.

»Wenn Ihr unrecht habt«, fuhr der Oberrichter fort, »dann werdet Ihr mit Sicherheit hängen! Sir John Cranston, bitte tretet vor das Gericht!«

Sir John seufzte tief und reichte Athelstan seinen Weinschlauch, doch dann blieb er ruckartig stehen. Der Ordensbruder folgte seinem Blick, der auf einen königlichen Boten an der gegenüberliegenden Wand des Gerichtssaals gerichtet war. Der Mann war gerade eingetreten, seine Stiefel waren lehmbespritzt. Er trug einen kleinen Lederbeutel mit Dokumenten für das Gericht.

»Bei den Titten des Teufels!« zischte Sir John.

»Was ist los, Sir John? Was ist passiert?«

»Ich kenne den Mann, das Mordopfer in deiner Gemeinde!«

»Sir John Cranston!« rief einer der Gerichtsdiener. »Das Gericht wartet!«

Sir John drängte sich vorbei und stieg hinab, um sich

dort mit gespreizten Beinen vor der Schranke in Positur zu stellen.

»Sir Jack, ich freue mich, Euch zu sehen. Ihr seid der Coroner des Königs in der Stadt London? Das Gericht wünscht, daß Ihr Mistress Vestler in Gewahrsam nehmt und unter Hausarrest stellt. Jeder Fluchtversuch wird mit Verlust von Leib, Leben und Besitz geahndet. Dann begebt Ihr Euch zu dem Feld, das als Schwarze Wiese bekannt ist und hinter Mistress Vestlers Gasthaus liegt. Ihr nehmt Büttel und Amtsdiener aus der City mit und prüft, ob die Beschuldigungen der Gefangenen der Wahrheit entsprechen.«

»Wenn es aber Lügen sind, und dessen bin ich mir gewiß, komme ich zurück, um persönlich ihrer Hinrichtung am Strang beizuwohnen.«

»Und wenn es keine Lügen sind«, bellte Sir Henry, »nehmt Ihr Kathryn Vestler fest und bringt sie vor dieses Gericht.«

Drei

Sir John Cranston nahm einen Schluck aus seinem Alehumpen und starrte auf die Schweinelende, die zum Trocknen in einen Leinenbeutel gehüllt von einem Dekkenbalken hing. Er schmatzte mit den Lippen und ließ einen wohlwollenden Blick durch den Schankraum des »Paradiesbaumes« schweifen. Die Sonne war noch sehr warm und tauchte den Spätnachmittag in ein sanftes goldenes Licht, in dem ein Hauch von Herbstlichkeit lag. Der Schankraum war ziemlich leer. Athelstan trat auf einen Fenstersitz zu, von dem aus er über den üppigen Kräutergarten hinweg auf eine kleine rotgestrichene Pforte blicken konnte.

»Das muß der Eingang zur Schwarzen Wiese sein«, bemerkte er.

»In der Tat.« Sir John stellte sich neben ihn. »Und wenn man die Wiese hinabgeht, kommt man geradenwegs zur Themse.«

Er zeigte dem Ordensbruder den Weg durch die Tür und in den Garten. Ganz rechts standen ein paar Apfelbäume, deren Zweige sich unter der Last reifender Früchte bogen. Darüber erhoben sich die schweren Türme des Tower.

»Der alte Vestler war ein gewiefter Soldat«, sagte Sir John. »Er kämpfte in Frankreich und sicherte manches Lösegeld. Nach dem Vertrag von Bretigny kam er zurück, veräußerte alles, was er besaß, und kaufte dieses Gasthaus hier. Selbst in schlechten Zeiten ging das Geschäft im ›Paradiesbaum‹ immer gut.«

Athelstan zog prüfend die Luft ein. Ein leichter Geruch von Holzfeuer und gebratenem Fleisch stieg ihm in die Nase. »Das kommt nicht aus der Küche«, dachte er bei sich. »Ich wüßte gerne, woher der Geruch kommt.«

»Bruder, schau dir das an!«

Athelstan ging zu Sir John hinüber, der auf eine schimmernde Sonnenuhr starrte. Das polierte Zifferblatt aus Bronze mit römischen Zahlen war an einer kompakten Steinkuppel befestigt, die auf einer alten gedrungenen Steinsäule von etwa vier Fuß Höhe saß.

»Das ist eine Antiquität«, sagte Athelstan und betrachtete den Zeiger, der zwischen zwei Ziffern stand. »Ich wüßte gerne, wie genau sie die Zeit mißt.«

»Dazu kann ich nichts sagen«, brummte Sir John. »Der Himmel ist dein Feld und nicht meines.«

»Stephen Vestlers vielleicht auch?«

»Nein, er begnügte sich damit, Altertümer zu sammeln.«

»Ja, das stimmt, die alten Waffen, die an der Schenkenwand hängen, sind mir aufgefallen.«

»Die hat Stephen der Tower-Garnison abgekauft, Erinnerungen an seine Kriegstage.«

Athelstan ging zurück durch den Schankraum und einen steingefliesten Korridor entlang. Alte Streitkolben, Helebarden und Schilde zierten die sauberen Wände, die gekalkt waren, um die Fliegen fernzuhalten. Auf der untersten Stufe der Treppe zu den oberen Räumen kauerte eine schneeweiße Katze. Athelstan griff nach dem Treppenpfosten, der den Baum der verbotenen Früchte im Garten Eden darstellte. Bemüht, die Katze nicht aufzuschrekken, blieb er stehen und lauschte auf das Weinen, das aus dem oberen Geschoß hörbar war. Hengan hatte Mistress Vestler in ihre Kammer gebracht. Die arme Witwe war verzweifelt und ganz außer sich vor Angst und Empörung.

»Gott schütze und behüte sie«, sagte Athelstan zu sich selbst. »Aber die Schlange ist ins Paradies gekrochen und unser goldener Tag wird bald zur Nacht.«

Er hörte Geräusche vom Gartenpfad. Das Tor wurde geöffnet, Stiefel knirschten auf dem Kies. Rotgesichtig, die Lippen wichtigtuerisch geschürzt, kam Henry Flaxwith in die Schenke geschritten. Flaxwith, Sir John Cranstons Oberbüttel, trug in der einen Hand einen Prügel, in der anderen hielt er die Leine, an der er seinen Hund Samson führte. Athelstan lächelte den Hund immer freundlich an. Insgeheim aber hielt er ihn für das häßlichste Vieh, das er je gesehen hatte. Samson war ein gedrungener Mastiff mit bösartigem Gesicht, funkelnden Augen, sabbernden Lefzen und unbeschreiblichen Angewohnheiten.

»Einen schönen guten Tag, Bruder!«

Flaxwith nahm den Prügel in die andere Hand und griff nach der Athelstans. Samson hob sofort sein Bein am Türpfosten. Die weiße Katze erhob sich, machte einen Buckel und zischte und fauchte. Samson knurrte, und die Katze ergriff die Flucht nach oben.

»Du kommst am besten mit mir«, sagte Athelstan und führte ihn in den Schankraum.

In der Tür zur Butterkammer drängten sich inzwischen die Mägde und Schankburschen. Alle sahen mit bangen Augen zu, wie das Drama seinen Lauf nahm. Flaxwith begrüßte Sir John, während sich seine derben Büttel auf die Schemel hockten. Ihre mitgebrachten Hakken und Spaten hatte sie in der Ecke abgelegt. »Also, meine Burschen.« Sir John rieb seine Hände. »Dies ist der ›Paradiesbaum‹, im Besitz von Mistress Kathryn Vestler, einer guten Bekannten von mir. Behaltet eure klebrigen Finger also bei euch. Ihr sollt ein Loch graben, und das ist alles.«

Er führte sie in den Kräutergarten hinaus und durch die kleine Pforte. Die Schwarze Wiese war ein unpassender Name für dieses friedliche Stück Grün, das sich, zu beiden Seiten von Hecken gesäumt, bis an das Ufer der in der Ferne glitzernden Themse zog. Sogar von seinem Standort aus konnte Athelstan die Boote, Kähne, Barken und ausladenden Koggen sehen, die sich auf den Weg zum Meer machten.

»Warum heißt sie Schwarze Wiese?«

»Das weiß der Himmel«, erwiderte Sir John. »Mistress Vestler verpachtet die Wiese als Weide.« Er zeigte auf eine kleine Schafherde. »Natürlich macht sie damit ein nettes Geschäft.«

Athelstan betrachtete das dichte Gras, das üppige Unkraut, das in Büscheln wuchs, und die bunten Blumen, welche die grüne Fläche sprenkelten, so weit das Auge reichte.

»Das muß der Baum sein, den die Brokestreet meint.« Athelstan zeigte auf eine große Eiche, deren ausladendes Geäst großzügigen Schatten spendete.

Die riesige Eiche hatte einen Stamm von mindestens drei Fuß Umfang. Manche der breiten Blätter verfärbten sich zu dieser Jahreszeit, da der Sommer allmählich in den Herbst überging, schon gelb. Es war ein angenehmer Platz für Mußestunden, ein Treffpunkt für Liebende und ein Ort, den an Feiertagen ganze Familien aufsuchten, um mitgebrachten Wein und Brot zu verzehren, im kühlen Gras zu liegen und in den Himmel zu schauen.

»Das ist kaum ein Ort für einen Mord«, bemerkte Athelstan.

Sir John führte seine Büttel zu dem Baum. Bruder Athelstan setzte sich ins Gras und pflückte ein paar Gänseblümchen, drehte sie zwischen den Fingern und betrachtete ihre goldgelbe Mitte und die weichen weißen Blütenblätter.

»Eine vollkommene Schöpfung. Nicht einmal Salomon in seiner ganzen Pracht war so schön wie ihr.« Er lächelte. »Zumindest hat der Herr das behauptet.«

Sitzend schaute er zu, wie die Büttel sich an die Arbeit machten und die friedliche Stimmung dieser Oase mit ihren Rufen und Flüchen zerstörten.

»Die Brokestreet hat nichts davon gesagt, auf welcher

Seite der Eiche die Leichen vergraben wurden«, grölte Sir John. »Hebt einen Graben aus, Burschen, der zwei Fuß breit und etwa drei Fuß tief ist.«

Sie kamen nicht sehr weit. Die harten, weitverzweigten Wurzeln der Eiche waren ihnen im Weg.

»Das sind keine Leute vom Land«, bemerkte Athelstan.

Die Büttel mußten gut drei Fuß vom Stamm der Eiche entfernt wieder neu anfangen. Athelstan beobachtete sie eine Zeitlang, aber dann lenkte ihn eine Rauchwolke ab, die am äußersten Ende des Feldes aufstieg, wo das Grundstück zum Fluß hin abfiel. Der Geruch von Holzfeuer und bratendem Fleisch stieg ihm wieder in die Nase.

»Da unten sollte eigentlich niemand sein«, murmelte er.

Er stand auf, legte die Hand fest um seinen Schreibbeutel und ging an den schwitzenden Bütteln vorbei durch das Feld.

Sir John befahl Flaxwith, sie gut im Auge zu behalten.

»Und halt diesen verdammten Hund von den Schafen fern.«

Diese hatten Samsons starren triefenden Blick schon wahrgenommen und sich so weit wie möglich an die entfernteste Hecke gedrängt.

»Wo gehst du hin, Bruder?«

Athelstan zeigte auf die Rauchwolke.

»Wenn dieses Land hier Mistress Vestler gehört, was ist das dann? Fahrendes Volk? Landstreicher?«

Sie stiegen den Hügel hinauf und sahen hinab. Eine dicke Dornenhecke trennte die Wiese von dem Schlickstreifen am Rand der Themse. In einiger Entfernung stand eine Hütte aus lehmgefülltem Flechtwerk mit Reetdach. Aus einem Lock im Dach stieg schwarzer Rauch in einer Wolke auf, und vor der offenen Tür kauerten mehrere Gestalten um eine mit Ziegeln eingefaßte Feuerstelle, über der ein Drehspieß angebracht war. Athelstan kniff die Augen zusammen, um genauer zu sehen.

»Kennt Ihr die, Sir Jack?«

Der Coroner war aber gerade damit beschäftigt, sich einen großzügigen Schluck aus dem Weinschlauch zu genehmigen. Athelstan schüttelte den Kopf, als Sir John ihm den Weinschlauch anbot.

»Nein, danke, Sir John, dieser Humpen Ale hat mir gereicht. Was sind das für Leute? Auf den ersten Blick dachte ich, es seien Franziskaner.«

»Sie tragen braune, mit Kordeln gegürtete Kutten und sind anscheinend zu viert. Ein Mann und drei Frauen. Der Kopf des Burschen ist kahl wie ein Taubenei. Vielleicht wissen sie etwas?«

Sir John stapfte mit wehendem Umhang davon. Athelstan mußte sich beeilen, um mit ihm Schritt zu halten. Die vier Gestalten ließen sich von ihrem Näherkommen nicht aus der Ruhe bringen und widmeten dem Kaninchen, das sie auf einem wackligen Spieß drehten, mehr Aufmerksamkeit als ihnen. Der Mann war dünn wie eine Bohnenstange, sein Gesicht war ausgemergelt, und sein kahler Kopf glänzte vor Schweiß.

»*Pax et bonum*, Brüder.«

Athelstan fielen die wäßrigen, ständig blinzelnden Augen und der schlaffe Mund des Mannes auf. Ein Mann, der seinen Verstand nicht ganz beisammen hatte, dachte er.

»*Pax et bonum*«, wiederholte der Fremde, als er Sir Johns dicke Hand ergriff und küßte.

»Einen schönen Nachmittag wünsche ich euch«, erwiderte Sir John. »Wer seid ihr? Was tut ihr hier?«

»Ich bin Evangelium eins.«

»Wie bitte?« schaltete sich Athelstan ein.

»Guten Tag!« Evangelium eins trat näher heran und hob die Hand zum Segen.

»Ich bin Bruder Athelstan, ein Dominikaner aus Southwark. Das hier ist Sir John Cranston, Coroner der Stadt London. Was treibt ihr hier? Wie ist dein richtiger Name?«

Der Mann starrte ihn mit halboffenem Mund an, zwei weiße Zähne wurden sichtbar, die locker in wundem roten Zahnfleisch saßen.

»Ich bin Evangelium eins«, wiederholte er. »Und das hier sind meine Gefährtinnnen.«

Er trat zur Seite, um die drei Frauen vorzustellen. Sie sahen alle gleich aus, hatten verfilztes schwarzes Haar und feiste, schmierige Gesichter. Sie schienen recht freundlich und winkten ihm schüchtern zu.

»Dies sind Evangelium zwei, drei und vier. Zusammen sind wir die Vier Evangelien«, schloß der Fremde triumphierend.

Athelstan biß sich auf die Lippe. Sir Johns Gesicht bot einen wunderbaren Anblick. Sein Mund stand offen, seine blauen Augen quollen hervor.

»Bei den Arschbacken des Satans«, stieß er hervor. »Wenn ich es nicht selbst gesehen und gehört hätte, würde ich es nicht glauben.«

Evangelium eins deutete einladend auf einen Holzklotz am Feuer.

»Herzlich willkommen. Möchtet Ihr etwas trinken? Wir haben ein kleines Faß Ale, guten Wein, und das Kaninchen wird bald fertig sein. Essen ist gut für den Menschen. Der Körper mag ein Lastesel sein, aber er muß stark genug sein, um unsere Seele zu tragen, was, Bruder?«

Athelstan nahm neben dem Coroner Platz und tat innerlich Abbitte für seinen Hochmut. Der Fremde schien einen schärferen Verstand zu haben, als er anfangs gedacht hatte. Er beobachtete die vier Evangelien, die sich eifrig am Feuer zu schaffen machten. Religiöse Gruppe wie diese schossen im ganzen Königreich und auch jenseits des Kanals wie Pilze aus dem Boden. Die Erleuchteten, die Bräute Christi, die Blumen des Himmels, die Säulen Jakobs, der Turm der Engel. Sie alle waren voll von abstrusen Gedanken, glaubten, das Ende aller Zeiten sei nahe und

Christus würde wiederkehren, um Gerechtigkeit walten zu lassen und ein neues Jerusalem zu errichten.

Eine der Frauen drehte den Spieß weiter, und Athelstan spürte, wie ihm bei dem würzigen Duft das Wasser im Munde zusammenlief. Die Frauen sahen glücklich und zufrieden aus, nicht so übergeschnappt und heuchlerisch wie die Mitglieder anderer Gruppen, denen Athelstan begegnet war.

»Wer hat euch die Erlaubnis gegeben, hier euer Lager aufzuschlagen?« fragte Sir John. Er hatte Schwierigkeiten, auf dem Holzklotz zu sitzen. Er öffnete die Schließe seines Umhangs und legte ihn neben seinen Biberpelzhut auf den Boden.

»Die Witwe Vestler«, erwiderte Evangelium eins.

»Sie ist eine gute Frau«, sagten die drei weiblichen Evangelien im Chor. »Wir glauben, daß sie eine der Auserwählten ist. In dem neuen Reich, das mit Michael kommt, wird sie für ihren Tribut Anwesen, Paläste und Schätze erhalten.«

»Und wer ist dieser Michael?« fragte Bruder Athelstan.

»Aber Bruder, der Erzengel Michael natürlich.« Evangelium eins zeigte auf eine Lücke in der Hecke. »Wir halten am Fluß nach ihm Ausschau.«

»Entschuldigung.« Athelstan gelang es, keine Miene zu verziehen.

»Hört zu.« Evangelium eins hob warnend den Finger, während seine Stimme zu einem Flüstern wurde. Er beugte sich vor, in seinen Augen lag ein fanatischer Glanz. »Bruder, du wirst es nicht glauben, aber bald wird der Erzengel Michael in einer goldenen Barke den Fluß hinauf kommen.«

»Ganz allein?« unterbrach Sir John ihn. »Oder läßt er sich von Moleskin rudern?«

Evangelium eins machte ein verwirrtes Gesicht.

»Von ihm haben wir noch nie gehört. Nein, nein, der Erzengel Michael wird mit Gabriel und Rafael, den beiden anderen Erzengeln kommen. Und eine Schar Seraphim wird die Barke rudern.«

»Aha«, murmelte Sir John. »Jetzt bin ich ganz im Bilde. Doch warum sollten sie die Themse heraufkommen?«

»Aber Sir – weil sie den Tower in Besitz nehmen werden. Die Dächer des Tower werden zu Gold und seine Mauern zu schimmerndem weißen Elfenbein. Die Engel werden hier ihr Lager aufschlagen und eine kostbare Stätte für die Rückkehr unseres *Bon Seigneur Jesu* vorbereiten.«

Nach dieser verblüffenden Mitteilung beugten sich alle vier Evangelien vornüber, bis ihre Stirn die Erde berührte.

»Und wer hat euch das alles gesagt?« fragte Athelstan, als die vier wieder aufrecht saßen.

»Ich hatte eine Vision«, sagte Evangelium eins. »Einst war ich Schuster in der Stadt Dover. Ich stieg auf die Klippen und hörte Stimmen: ›Geh‹, sagten sie, ›geh zum Ufer der Themse, errichte dein Lager und erwarte unsere Rückkehr.‹«

»Und die drei Damen hier?« fragte Athelstan.

»Das sind meine Ehefrauen. Sie sind auch ein Teil des Großen Geheimnisses.«

»Solche Visionen hätte ich auch gern«, brummte Sir John Athelstan zu. »Gutes Ale, frisches Fleisch und alle drei gleichzeitig im Bett.«

»Psst, Sir Jack«, warnte Athelstan ihn.

»Vor vier Jahren sind wir hierhergekommen«, fuhr Evangelium eins lauthals fort. »Zuerst hat die Witwe Vestler uns abgewiesen, aber dann hat sie es sich anders überlegt. Wir haben hier unser Lager aufgeschlagen. Die Hütte stand bereits.«

»Und wann wird der Erzengel Michael erwartet?«

»Im Jahr des Herrn dreizehnhunderteinundachtzig natürlich, Sir.«

»Warum nicht dreizehnhundertzweiundachtzig?« fragte Athelstan.

»Eins, drei, acht und eins sind zusammen dreizehn«, kam die prompte Antwort. »Wenn man die Ziffern zusammenzählt, kommt man auf dreizehn. Eins und drei aber ergibt vier, und wir sind die vier Evangelien, die den Weg bereiten.«

Athelstan schaute ihn verblüfft an. Von all den teils hochtrabenden, teils lächerlichen Theorien, die er gehört hatte, war dies die befremdlichste. Doch die vier Evangelien machten einen ganz und gar harmlosen Eindruck, pendelten wahrscheinlich zwischen Heiligmäßigkeit und Irrsinn hin und her. Er lächelte in sich hinein. Prior Anselm war immer der Meinung gewesen, daß zwischen beidem nur ein sehr schmaler Grat bestand.

Sir John zeigte auf die Lücke in der Hecke.

»Und ihr geht dort in den Schlick hinaus und haltet Ausschau?«

»O ja, sogar nachts.«

Evangelium eins sprang auf und führte sie durch die Lücke in der Weißdornhecke. Der Wechsel frappierte Athelstan sofort. Es war, als trete man in ein anderes Land. Die saftige grüne Wiese, der liebliche Essensgeruch, der Duft der Blumen wichen dem Schlickrand der Themse, der sogar im hellen Sonnenlicht düster und bedrohlich aussah. Der Boden fiel steil ab wie ein Meeresufer, und über die steile Böschung verlief eine Steinmauer, die wahrscheinlich das Eindringen der Flut verhindern sollte, obwohl das Mauerwerk bröckelig und mit Flechten überzogen war. Sir John und Athelstan stiegen vorsichtig hinab und blieben auf der Mauer stehen. Jenseits der Mauer dehnte sich der braune Schlickrand mit unzähligen Tümpeln, den Jagdgründen von Kormoranen und Seemöwen, die jetzt unter lautem Gekreisch in Schwärmen aufstiegen. Noch war Ebbe, der Fluß selbst lag ganz still da. Nur gelegentlich kam eine Barke oder ein Kahn mit dem königlichen Wappen auf dem Weg zu den Kais am Tower vorbei.

»Was ist das hier?« Athelstan stieß mit seiner Sandale leicht an die Mauer.

»Witwe Vestler sagt, die Mauer stamme von den Römern, aber einmal kam Hengan, ihr schlauer Anwalt, herunter, um nach dem Rechten zu sehen. Er sagte, all diese Ländereien hätten einst Gundulf gehört, dem Mann, der den Tower erbaut hat.«

»Und warum hat die Witwe Vestler euch erlaubt, hierzubleiben?«

»Ach, sie hat ein gutes Herz, sie ist eine gütige Frau. Sie gibt uns Essen und Trinken und sagt, wir seien doch ganz harmlos.«

Athelstan musterte den unteren Rand der Mauer und stellte fest, daß der Boden verkohlt und verbrannt war. Die Asche sah frisch aus.

»Was ist das hier?« Er zeigte auf die Feuerstelle.

»Witwe Vestler hat uns gestattet, hier nachts ein Feuer anzuzünden und eine Öllampe aufzustellen. Wir haben sie um Erlaubnis gefragt«, setzte Evangelium eins ausdrücklich hinzu.

»Natürlich«, stimmte Sir John zu. »Für den Fall, daß der Erzengel Michael nachts kommt und den Weg nicht findet.«

»Sir John, Ihr seid ein weiser Mann!« zwitscherte eine der weiblichen Evangelien, die hinter ihnen standen.

»Schmeicheleien, Schmeicheleien!« Athelstan stieß den Coroner leicht in die Rippen. »Eine neue Verehrerin, Sir Jack, was?«

Sein Blick fiel auf eine der Standarten, die auf einer vorbeigleitenden Barke flatterte, und ihm fiel wieder ein, was Sir John in der Guildhall gesagt hatte.

»Sir Jack, Ihr habt erwähnt, daß Ihr eines der Mordopfer gekannt habt?«

Cranston schlug sich mit der flachen Hand vor die Stirn.

»Beim Herrgott, ja, das habe ich gesagt.« Er führte

Athelstan ein paar Schritte von den Vier Evangelien fort. »Es tut mir leid, in all der Aufregung war mir das ganz entfallen. Weißt du noch, Bruder, wie in der Guildhall mein Blick auf den Boten in der königlichen Uniform fiel?«

Athelstan nickte.

Sir John schluckte. »Ich glaube, der junge Mann, das Mordopfer, das keine Schuhe trug, das war auch ein königlicher Bote. Und wenn mein Gedächtnis mich nicht trügt, war er sogar ein hochrangiger Bote.«

Athelstan erblaßte. »Nein!« stöhnte er.

»Ich glaube, er hieß Miles Sholter.«

»Behüte uns Gott!«

»Das Gesetzt schreibt vor«, fuhr Sir John fort, »daß die Gemeinde oder das Dorf, in dem die Leiche eines königlichen Boten gefunden wird, eine schwere Strafe zahlen muß, wenn sie nicht in der Lage sind, den Mörder ausfindig zu machen.« Er blickte über die Schulter zu den vier Evangelien zurück, die aufgeregt miteinander schwatzten. »Southwark ist als Brutstätte von Aufruhr und Rebellion bekannt. Die Bauern mit ihrem geheimen Rat, der Großen Gemeinschaft des Reiches, haben in der Gemeinde von St. Erconwald und anderen Stadtteilen starke Unterstützung.«

»Ich verstehe, was Ihr sagen wollt«, unterbrach ihn Athelstan. »Man wird behaupten, Rebellen hätten dem königlichen Boten aufgelauert und ihn ermordet, und dieselben Verräter seien auch für den Mord an der Hure und ihrem Freier verantwortlich.«

»Die Geldstrafe würde sehr hoch ausfallen. Vor zwei Jahren mußte die Gemeinde von St. Giles in Shoreditch vierhundert Pfund Sterling zahlen, und weil sie das Geld nicht hatten, kamen die Vorsitzenden der Gemeinde ins Gefängnis.«

»Aber ...?«

»Sir John Cranston, Mylord Coroner!«

Henry Flaxwith stand oben auf dem Hügel und gestikulierte lebhaft.

»Ein ganzes Meer von Ungemach, fürwahr«, bemerkte Sir John. »Komm, Bruder, sie haben wohl etwas gefunden.«

Eilig stiegen sie den Hügel hinauf. Schwitzend und mit hochrotem Gesicht stand Flaxwith auf seine Schaufel gestützt.

»Sir John, Bruder Athelstan, Ihr müßt euch das ansehen! He, hierher, zurück!«

Der Büttel rief Samson hinterher, der mit einem Knochen zwischen seinen sabbernden Kiefern an ihnen vorbeigerannt war und zu den vier Evangelien hinabstürmte. Als sie sich zum Gehen wandten, hörte Athelstan, wie hinter ihnen der Teufel los war. Samson hatte eine gute Nase für Eßbares, wahrscheinlich hatte er den Knochen fallengelassen und sich geradewegs über das Kaninchen hergemacht, das an dem Spieß stak.

Athelstan folgte Sir John. Dieser steuerte mit raschen Schritten auf den Graben zu, der inzwischen rings um die Eiche ausgehoben worden war. Beim Anblick der zwei jämmerlichen kleinen Bündel, die dort im Gras lagen, überkamen ihn düstere Ahnungen. Er warf einen Blick in den Graben und stöhnte. Mindestens vier weitere Skelette lagen darin, die aussahen, als seien sie nach ihrem Tod in ein hastig vorbereitetes Grab geworfen worden.

»Habt ihr sie so gefunden?« schnauzte Sir John.

»Hier sind vier, Sir John, und auf der anderen Seite noch zwei. Die Skelette liegen in einem Abstand von mindestens zwei Fuß. Nicht ausgeschlossen, daß hier noch mehr Leichen vergraben sind.«

Die Skelette lagen in unterschiedlichen Stellungen, auf der Seite, auf dem Rücken oder mit dem Gesicht nach unten. Kleiderfetzen, Stücke von Lederstiefeln und rostende Schnallen waren um sie verstreut. Eine Leiche war offensichtlich weiblichen Geschlechts, ihre Knochenfinger umklammerten noch einen Lederbeutel, während die Spange, die ihr Haar zusammengehalten hatte, neben sie zwischen die Erdklumpen gefallen war.

»Hast du eine Ahnung, wie sie zu Tode gekommen sind?« fragte Sir John, während er vorsichtig in die Grube hinabstieg.

»Sie weisen keine Spuren von Gewalt auf, Sir John«, erwiderte Flaxwith.

Athelstan murmelte ein kurzes Totengebet und stieg auch in die Grube hinab. Gemeinsam drehten sie die Skelette herum, aber sie konnten keine Spuren von Schlägen oder Hieben finden, die ein Schwert oder Dolch vielleicht den Schädeln zugefügt hatte. Athelstan machte hastig ein Kreuzzeichen, kletterte aus der Grube und ging zu den beiden lehmverkrusteten Bündeln. Flaxwith schlug die schmutzigen Leintücher zurück. Die Leichen darunter befanden sich in den letzten Phasen der Verwesung: Das Fleisch war getrocknet und geschrumpft und schälte sich. Das ließ die Totenschädel mit ihren eingesunkenen Kiefern und leeren Augenhöhlen noch grausiger erscheinen. Die eine Leiche war in die Überreste eines Umhangs gehüllt. Die andere war sicher die einer Frau, die gelbblauen Fetzen ihres Rocks hafteten noch an ihr. Ihre Füße steckten in Pantinen, die Stiefel des Mannes waren zwar riesig und grau vor Lehm, doch aus gutem spanischem Leder. Sir John kniete sich neben die Leichen und zog den Ring von dem Finger des Mannes.

»Der Ring trägt die Insignien des Königshauses«, erklärte er, während er sich erhob. »Es besteht kaum Zweifeln daran, daß dies die Leichen von Bartholomew Menster und Margot Haden sind.«

Mit Athelstans Hilfe untersuchte er die Leichen näher und drehte sie um. Von Zeit zu Zeit mußten sie sich entfernen und in tiefen Zügen frische Luft einatmen.

»Eine Grube der Fäulnis«, stieß Sir John hervor. »Keine Spur von Gewaltanwendung, kein Schlag auf den Kopf oder Körper!« Er drehte sich zu dem Ordensbruder um. »Beim Sack des Satans, Alice Brokestreet scheint tatsächlich die Wahrheit zu sagen!«

Sie gingen zurück zur Grube. Sir John gab Anweisungen und steckte allen großzügig einige Münzen zu.

»Henry, ich möchte, daß du und einer deiner strammen Kerls mit mir kommt. Die anderen sollen diese Leichen hier in Laken hüllen und in die Guildhall bringen.«

»Vielleicht sind noch mehr Leichen da«, bemerkte Flaxwith.

»Das mag wohl sein.« Sir John wischte sich den Schweiß von der Stirn. Er schritt davon, ohne auf Athelstan zu warten, der ihm eilends hinterherlief.

»Was ist los, Sir John?«

Der Coroner blieb stehen. Tränen traten ihm in die Augen.

»Vor zehn Jahren, Bruder, stand an der großen Straße nach Norden, die bis nach York führt, die Gastwirtschaft ›Zum Schwarzen Raben‹. Ein geräumiges, gut ausgestattetes Gasthaus. Ein Gastwirt führte die Schenke mit seinen beiden Söhnen. Ein einsamer Ort draußen im Moor, aber einladend. Gerüchte kamen auf, daß Reisende, Pilger, Hausierer verschwanden. Anfangs taten die Leute diese Gerüchte mit einem Achselzucken ab. Immer wieder blieben Reisende im Moor verschollen. Der Nebel treibt in kreisenden Schaden heran, macht Weg und Steg unkenntlich, und der Unkundige kann leicht in einen Sumpf oder das Moor geraten. Doch der Sheriff am Ort ging der Sache nach. Er ist ein Freund von mir, hat einen scharfen Verstand und flinke Augen. Kurzum, Bruder, der Gastwirt brachte die Reisenden um, die allein unterwegs waren, und vergrub sie draußen im Moor.«

»Und Ihr glaubt, Mistress Vestler hat dasselbe getan?«

»Athelstan, Leichen geraten nicht von selbst unter eine Eiche, jemand muß sie dorthin geschafft haben.«

»Aber Ihr habt doch gesagt, Mistress Vestler sei eine gute Frau?«

»Nun ja, sie und ihr Mann waren nett und freundlich, aber sie waren dem Gold und Silber sehr zugetan.« Er stampfte mit dem Fuß auf. »Gott allein weiß, was für Lügen da begraben liegen, doch ich kann mir nicht vorstellen, daß Kathryn Vestler Sir Henry Brabazon mit kokettem Lächeln und Augenklimpern beschwichtigen kann.« Er drehte sich um.

Flaxwith und ein weiterer Büttel folgten ihnen. Triumphierend wie ein Ritter bei der Rückkehr von einem Turnier trottete Samson neben ihnen, im Maul ein halbrohes Kaninchen.

»Bruder, ich dachte schon, das Leben sei zu ruhig und friedlich geworden. Nun haben wir Mistress Vestler als Mörderin, vielleicht sogar als mehrfache Mörderin, und deinen Gemeindemitgliedern steht der Schrecken ihres Lebens bevor.«

Der Coroner stiefelte durch den Garten zurück in den Schankraum. Master Hengan erschien, aber Sir John schüttelte den Kopf und bedeutete ihm, den Raum zu verlassen. Er winkte den Schankmeister heran, der im Durchgang zur Küche stand. Hinter ihm drängten sich die Küchenjungen und Dienstmädchen.

»Kommt hierher«, befahl Sir John. »Kommt alle, setzt euch hin.«

Die Dienstmädchen und Küchenjungen folgten. Die Schankburschen setzten sich auf den Boden, die Bratspießdreher nahmen zu beiden Seiten des Kamins Platz.

»Ich habe ein paar Fragen an euch. Kann sich einer von euch an einen Schreiber namens Bartholomew Menster erinnern, der in die Schenke kam und dem Zimmermädchen Margot Haden schöntat?«

»Aber ja«, meldete sich der Schankmeister zu Wort. »Ein großgewachsener Mann, der Bartholomew, ruhig und gelehrsam.« Er bewegte seinen Körper, um Menster nachzuahmen. »Hochgezogene Schultern hatte er. Er mochte unsere Margot wirklich gern. Er kam oft hierher, wenn er mit seiner Arbeit im Tower fertig war.« Der Schankmeister deutete auf die Ecke des Raumes neben der Tür zum Garten. »Da hat er immer gesessen und gegessen und darauf gewartet, daß Margot Feierabend hatte.«

»Sah Mistress Vestler das gerne?« fragte Athelstan.

»Ja, sie war wohl freundlich«, erwiderte der Schankmeister. »Aber sie schimpfte Margot oft auch aus, weil sie Zeit vergeudete. Zu Bartholomew war sie nett, weil er gut zahlte und andere Schreiber mitbrachte.«

Sir John ließ sich auf einer Bank nieder. Athelstan setzte sich neben ihn. Er griff nach seinem Schreibbeutel, war aber zu angespannt, zu nervös, um zu schreiben. Er würde sich alles merken und später aufschreiben, wenn er wieder in St. Erconwald war.

»Und was ist mit Bartholomew und Margot passiert?«

»Ihr wißt doch, Mylord«, meldete sich einer der Schankburschen.

»Nein, mein Junge, sag du es mir«, meinte Sir John freundlich.

»Vor etwa drei Monaten waren wir alle draußen bei der Mittsommerkirmes. Margot und Bartholomew sind kurz drauf verschwunden. Offiziere vom Tower sind hier gewesen, um sich nach dem Verbleib von Bartholomew zu erkundigen, aber wir konnten ihnen nicht weiterhelfen.«

»Und Margot ist zur gleichen Zeit verschwunden?«

»Ja.« Der Junge rieb sich mit dem Handrücken die Nase. »In Luft haben sie sich aufgelöst, wie Nebelschwaden.«

»Und was hat Mistress Vestler dazu gesagt?«

»Sie dachte, sie wären durchgebrannt.«

»Jawohl, das stimmt«, mischte sich eine Magd ein. »Aber der Offizier vom Tower, eine richtige Bohnenstange von einem Mann, der hat gesagt, das könne nicht stimmen, denn Master Bartholomew habe nichts von seinem Besitz mitgenommen.«

»Bist du ganz sicher?« fragte Athelstan.

»Jawohl, und wir fanden es sehr seltsam, denn kurz nach dem Verschwinden der beiden sagte Mistress Vestler, sie habe Margots Sachen jetzt lange genug in Verwahr gehabt. Es war nicht viel, ein Kleid, ein Umhang, ein paar Kleinigkeiten. Sie war ziemlich übler Laune. Sie hat die Sachen auf dem Müllhaufen im Hof verbrannt.«

»Warum hat sie das getan?« fragte Athelstan.

»Mistress Vestler hat gesagt, im Gasthaus läge genug Zeug herum. Margot würde nicht wiederkommen, und zum Verkauf seien ihre Sachen zu wertlos.« Die Magd zuckte die Schultern.

»Habt ihr irgend etwas Auffälliges in Zusammenhang mit ihrem Verschwinden bemerkt?« fragte Athelstan.

»Nein«, tönte es wie im Chor von allen Seiten. Sir John erhob sich und wies auf den Schankmeister.

»Ich ernenne Euch zum Verwalter. Ihr habt Euch vor der Krone für alles zu verantworten, was hier geschieht.«

Der Schankmeister erbleichte. »Und Mistress Vestler?«

»Mir bleibt keine Wahl«, erwiderte Sir John. »Ich muß sie unter Mordverdacht verhaften und vor die Richter des Königs bringen!«

VIER

Auf diese Ankündigung folgte entsetztes Schweigen.

»Das ist nicht möglich!« sagte der Schankmeister tonlos.

»Ich muß euch mitteilen, daß wir draußen auf der Schwarzen Wiese gewesen sind«, erklärte Sir John. »Den Namen trägt sie in der Tat zu recht. Wir haben die Leichen von Margot und Bartholomew entdeckt.«

Eine der Mägde schluchzte laut auf.

»Aber nicht genug damit«, fuhr der Coroner fort. »Wir haben die Überreste von sechs weiteren Leichen gefunden.«

Einer der Schankburschen begann zu zittern und kroch wie ein kleines Kind zu einer Magd, die schützend den Arm um ihn legte. Athelstan betrachtete sie eingehend. Das waren keine hartgesottenen Männer und Frauen, das waren brave Menschen, die in Liebe und Haß, in Arbeit und täglichem Leben von schlichtem Gemüt waren. Das Verbrechen, das Sir John hier beschrieb, lag weit jenseits ihres Vorstellungsvermögens. Auch wenn sich Kathryn Vestler solcher Greueltaten schuldig gemacht hatte, ihre Dienstboten waren sicherlich unschuldig. Athelstan stand auf und trat in die Mitte des Schankraums.

»Im Namen Christi«, rief er aus, »ich frage euch jetzt und antwortet, so wie ihr vor Christus und seinen Engeln die Wahrheit sagen müßt: Weiß einer von euch etwas von diesen Todesfällen?«

Die Versammelten sahen ihn nur stumm an.

»Dann habe ich meine Antwort. Ich frage euch feierlich im Namen der Eucharistie, des Leibes und Blutes Christi« – er machte eine kurze Pause – »ist in den letzten zwei Jahren irgend jemand hierhergekommen und hat sich nach Personen erkundigt, die im ›Paradiesbaum‹ abgestiegen waren?«

Der Schankmeister trat vor, und zwei Dienstmädchen hoben die Hand.

»Bruder, soweit ich mich erinnere, sind in den letzten paar Monaten Fremde gekommen und haben gefragt: ›Ist der und der hier abgestiegen? Hat er ein Zimmer genommen? Hat er hier gegessen und getrunken?‹«

»Das habe ich auch gehört«, meldete sich eine der Mägde zu Wort.

»Was waren das für Leute?« fragte Sir John.

»Fremde, Kaufleute, Hausierer, Kesselflicker, Leute, die von Stadt zu Stadt ziehen.«

»Jawohl, und man hat sich auch nach Margot und Bartholomew erkundigt«, berichtete ein anderer.

»Da ist noch etwas.« Der Schankbursche trat vor, seine dünnen Arme hingen wie Stöckchen an ihm herab. »Ich habe gesehen, wie Mistress Vestler Habseligkeiten verbrannt hat.«

Athelstan warf einen Blick auf den Coroner, der fast immer seine Jovialität und seine gute Laune behielt, doch sein rotwangiges Gesicht war bleich geworden. Er sah mitgenommen und alt aus.

»Ach, Sir John«, seufzte Athelstan. »Was ist das nur für eine Geschichte!«

»Ihr geht am besten wieder an eure Arbeit«, wies Sir John die Dienstboten der Schenke an. »Bruder Athelstan, du kommst mit mir.«

Sie verließen den Schankraum und stiegen die hölzerne Treppe hinauf. »Paradiesbaum« war ein passender Name für das Gasthaus. Die Bodendielen waren sauber und glänzend poliert. Die Fenster im Treppenhaus waren voll verglast, manche trugen sogar aufgemalte Embleme. In der Holzvertäfelung waren bronzene Kerzenhalter angebracht. Auf Borden und Fensterbänken standen geschmackvoll angeordnete Töpfe mit Blumen und Kräutern. Auf dem Treppenflur im ersten Stock lagen sogar Wollteppiche, um den Lärm zu dämpfen. Kleine Bilder in Goldrahmen verzierten die Wände. Am anderen Ende des Flures stand eine Tür halb offen. Drinnen saß Kathryn Vestler auf einem Stuhl und Hengan auf einem Schemel neben ihr. Das Gesicht der Wirtin war gealtert, sie war blaß, die Augen rotgerändert, Tränen rannen ihr über die Wangen. In der Hand hielt sie ein kleines Tuch, das sie unaufhörlich zwischen ihren Fingern drehte, dabei starrte sie auf einen Punkt an der Decke und bewegte tonlos die Lippen. Neben ihr auf dem Boden stand ein halbvoller Pokal mit Wein. Hengan warf ihnen einen jammervollen Blick zu.

»Sir John, wir haben die Gerüchte schon gehört!«

»Ich bin unschuldig!« beteuerte Mistress Vestler. »Vor Gott und seinen Engeln, Sir John, bin ich keines Verbrechens schuldig!«

Athelstan setzte sich auf einen Schemel an einem kleinen Schreibtisch, Sir John ließ sich auf einem Stuhl gleich an der Tür nieder, wo er der Witwe direkt gegenüber saß. Er beugte sich vor und drückte ihre Hand.

»Kathryn, ich muß Euch mitteilen, daß wir eine schreckliche Entdeckung gemacht haben.«

In kurzen, knappen Sätzen setzte er sie von allem in Kenntnis, was sie seit ihrer Ankunft erfahren und gesehen hatten. Mistress Vestler wurde gefaßter, und Athelstan fragte sich, ob Hengan dem Getränk vielleicht heimlich ein Opiat zugesetzt hatte.

»Ich weiß nichts von den Leichen. Margot Haden verschwand um den Mittsommertag herum, Bartholomew Menster mit ihr. Es stimmt, daß Offiziere vom Tower kamen, aber ich konnte ihnen nicht weiterhelfen.«

»Warum habt Ihr die Sachen verbrannt, die Margot gehörten?«

»Das war doch nichts«, stammelte sie. »Nicht der Rede

wert. Ich ... ich hielt es nicht für recht, sie zu verkaufen oder jemandem zu geben, deshalb habe ich sie verbrannt. Bartholomew war ein Archivar, ein ziemlich wohlhabender Mann. Ich dachte, Margot hätte sie als wertlosen Abfall zurückgelassen. Ihr Verehrer, ihr Liebster würde ihr schon neue kaufen.«

»Mochtet Ihr Bartholomew?«

»Er war ein braver, freundlicher Mann. Aber ich habe genug Bewerber um meine Gunst, Bruder, Bartholomew interessierte mich nicht.«

»Und die anderen?« wollte Sir John wissen.

»Welche anderen?« fragte die Frau scharf.

»Eure eigenen Bediensteten haben davon gesprochen. Leute kamen und erkundigten sich nach Personen, die im ›Paradiesbaum‹ abgestiegen waren.«

»Das ist Unfug!« meldete sich Hengan hitzig zu Wort.

»In welcher Hinsicht?«

»Der ›Paradiesbaum‹ ist ein Gasthaus, in dem viel Betrieb ist. Es liegt in der Nähe vom Tower und vom Fluß. Natürlich erkundigte man sich. Ist der und der hiergewesen? Wohin ist er weitergezogen?«

»Aber sie haben auch gesagt, Ihr hättet die Habseligkeiten von Leuten, die hier abgestiegen waren, verbrannt.«

»Sir Jack«, erwiderte Mistress Vestler. »In diesem Gasthaus gibt es mindestens zwanzig Zimmer. Gäste kommen, sie lassen unbrauchbare Kleidungsstücke und zerschlissenes Sattelzeug hier liegen. Ich halte mein Haus ordentlich und sauber. Was ist daran verbrecherisch, wenn man solch wertloses Zeug verbrennt?«

Sir John stand auf und legte ihr die Hand auf die Schulter.

»Mistress Kathryn Vestler, kraft der Befugnis, die mir der König und der Stadtrat verliehen haben, verhafte ich Euch unter dem Verdacht des Mordes an Bartholomew Menster, Margot Haden und anderen namenlosen Opfern.«

Mistress Vestler senkte den Kopf und schluchzte.

»Ihr werdet nach Newgate gebracht und dort in Gewahrsam genommen, um Euch vor den Richtern des Königs in der Guildhall dieser Anklage zu stellen.«

Hengan sprang auf.

»Sir John, auf ein Wort?«

Die beiden verließen den Raum. Athelstan blickte zu der weinenden Frau hinüber. Er wußte nicht, was er von der Sache halten sollte. Im Laufe der Zeit hatte er die Erfahrung gemacht, daß Mord das reizendste Gesicht und das liebenswerteste Lächeln tragen konnte.

»Ich werde für Euch beten, Mistress Vestler«, murmelte er.

Der Kopf der Frau fuhr hoch, ihre Augen blickten hart.

»Beten, Bruder? Was soll das Beten jetzt nützen? Alice Brokestreet hat bekommen, was sie wollte. Werdet Ihr für mich beten, wenn sie mich in Smithfield von der Leiter nehmen?«

»So weit sind wir noch nicht. Vertraut auf Gott und auf Sir John.«

Athelstan nahm seinen Schreibbeutel an sich und ging zu Sir John und Hengan auf den Flur hinaus. Der Anwalt war sehr aufgeregt.

»Sir Jack, Sir Jack! Was können wir denn nur tun?«

»Master Hengan, ich habe Euch gesagt, wie die Beweislage ist. Welche andere Erklärung könnte es geben?«

»Ist es möglich, daß Alice Brokestreet mit einer anderen Person zusammen Bartholomew und Margot umgebracht und dann auf der Schwarzen Wiese begraben hat?«

»Was für Beweise gibt es dafür?« fragte Athelstan.

Hengan starrte ihn mit bangen Augen an.

»Master Hengan, Ihr seid Anwalt«, fuhr Athelstan fort. »Ich will Euch nur daran erinnern, was Brabazon als Oberrichter fragen wird. Warum sollten Alice Brokestreet und ihr geheimnisvoller Komplize diese beiden Menschen ermordet haben? Warum sollten sie die Leichen dann zur Schwarzen Wiese schaffen und dort vergraben, wo jeder aus dem Gasthaus oder von diesem bunten Häuflein der Vier Evangelien, die wir gerade kennengelernt haben, sie hätte sehen können?«

Ein Lächeln trat auf Hengans Gesicht.

»Mistress Vestler läßt sie in der Güte ihres Herzens hier lagern«, entgegnete er. »Vielleicht können sie uns weiterhelfen? Sie müssen doch bestimmt etwas gesehen haben? Leichen werden nicht so einfach hinausgeschleift und an einem solchen Platz vergraben, ohne daß einer etwas bemerkt.«

»Ganz richtig«, stimmte Sir John zu und nahm einen Schluck aus seinem Weinschlauch. »Genau diese Frage werden die Richter auch stellen.«

Er richtete seinen Blick auf die weißverputzte Decke.

»Master Ralph, Ihr werdet Mistress Vestler verteidigen?«

»Natürlich.«

»Dann möchte ich mit Euch im Vertrauen sprechen.«

Sir John ging zum Treppenabsatz und grölte nach Flaxwith, der die Stufen hinaufgeschnauft kam. Sir John befahl ihm, Mistress Vestler zu bewachen, dann gab er Hengan und Athelstan ein Zeichen, ihm zu folgen. Sie gingen in den Schankraum hinab und weiter in den Garten.

Eine kleine, blütenübersäte Holzlaube stand am anderen Ende des Gartens, ein kühler, abgeschiedener Ort; eine Bank mit Kissen zog sich darum. Sie nahmen Platz, und Sir John rief laut nach Humpen mit Ale. Während sie darauf warteten, daß das Ale serviert wurde, sah sich Athelstan die einzelnen Pflanzen und Kräuter an: Strandlavendel, Sumpfbohnen, Gartenwicken, Septemberkraut. Bienen summten um die Blumen, weiße und bunte Schmetterlinge flatterten von Blüte zu Blüte. Eine Stockente aus dem kleinen Tümpel am anderen Ende des Gartens stolzierte umher. Schwalben stießen im Tiefflug auf den Rasen hinab und flogen dann zur Schwarzen Wiese weiter, irgendwo klopfte ein Buntspecht laut an einem Baumstamm. Athelstan konnte sich kaum vorstellen, daß dieser friedliche, freundliche Ort den Hintergrund für blutige Mordtaten und die verstohlene Beseitigung von Leichen sein sollte.

»Ihr werdet Mistress Vestler verteidigen?« fragte Sir John noch einmal.

Der Anwalt strich sich über die Nasenspitze und schob seine Unterlippe vor.

»Ich kenne mich in solchen Rechtsfragen nicht aus, Sir John. Ich berate Mistress Vestler nur in ihren Geschäftsangelegenheiten. Doch ich werde beweisen, daß sie unschuldig ist.«

»Sie hat keine Kinder?« fragte Athelstan.

»Nein, keine Kinder und weder leibliche noch angeheiratete Verwandte.«

»Aber sie hat doch sicher ein Testament aufgesetzt?«

Hengan nahm einen Schluck aus dem Humpen und wischte den weißen Schaum von den Lippen.

»Sie braut das beste Bier diesseits der Themse«, sagte er. »Sie ist keine Mörderin. Ja, sie hat ein Testament gemacht, und ich bin der Vollstrecker. Mistress Vestler hat klare Vorkehrungen getroffen. Im Falle ihres Todes soll das Gasthaus zum bestmöglichen Preis verkauft werden. Der Erlös soll dann den Johanniterrittern in der St. Johannesabtei in Clerkenwell zukommen.«

»Natürlich«, dröhnte Sir John, dessen gute Laune wieder zurückkehrte. »Stephen, ihr verstorbener Mann, hatte wirre Ideen im Kopf. Er hat immer behauptet, wenn Kathryn vor ihm stürbe, würde er in den Orient gehen und sich den Johannitern im Kampf gegen die Türken anschließen.«

»Das Testament ist kurz und knapp gehalten«, erklärte Hengan. »Es gibt nichts, was daran in Frage gestellt werden kann. Ich necke Mistress Vestler sogar manchmal damit, daß sie mir keinen Penny hinterläßt.«

Athelstan sah ihn scharf an.

»Ein Scherz, Bruder. Ich bin wohlhabend genug.«

»Sie ist eine Witwe«, überlegte Athelstan. »Stattlich und wohlhabend. Sie hat doch sicher Bewerber um ihre Gunst gehabt? Ihr seid ja schließlich selbst ein lebensfroher Junggeselle, Master Ralph.«

Hengan setzte seinen Humpen ab. »Ja, die Bewerber kamen und gingen – Abenteurer, Gewinnler. Kathryn wollte keinen von ihnen. Im Gasthaus gibt es ein Zimmer, Bruder, das ihr verstorbener Ehemann Stephen zu benutzen pflegte. Sie hat das Zimmer ganz seinem Andenken gewidmet. Sein Schreibtisch ist darin, sein Schwert, sein Schild und seine Rüstung und die Fahne, die er in Poitiers trug. Mistress Vestler ist eine zufriedene Frau, die hinter ihren Handlungen steht. Sie hat gelobt, sich nicht wieder zu verheiraten.« Er hob seinen Humpen wie zu einem Trinkspruch. »Und was mich angeht, Bruder« – er seufzte – »ich kann doch im Vertrauen sprechen?«

»Aber natürlich, Master Ralph.«

»Ich bin ein Mann – wie soll ich es sagen, Bruder? Die Gesellschaft von Frauen ist mir wohl angenehm« – er hielt seine sanften grauen Augen auf Athelstan gerichtet – »aber ich habe keinen Wunsch, ihnen beizuwohnen.«

»Und was passiert jetzt – wenn Mistress Vestler für schuldig befunden und verurteilt wird? An diesem abgeschiedenen Ort hier, Master Ralph, will ich es rundheraus sagen, auch wenn es eine unliebsame Wahrheit ist: Wenn die Jury sie für schuldig befindet, gibt es keine Gnade für sie.«

»Bruder, ich nehme Eure Warnung ernst. Mistress Vestler kann gehängt werden. Wenn das geschieht ...«

» ... fallen das Gasthaus und alle beweglichen Güter an die Krone«, unterbrach Sir John.

Athelstan hatte seinen Humpen fest zwischen beiden Händen. Seine unverbrüchliche Freundschaft zu Sir John hielten ihn hier fest, ganz gleich wie viele Probleme er in Southwark hatte. Er mußte alles tun, was in seiner Macht stand, um Mistress Vestlers Unschuld zu beweisen.

»Ist irgend etwas Verdächtiges geschehen?« fragte er. »Gibt es irgend jemanden, der Mistress Vestler gegenüber einen Groll hegt?«

Der Anwalt schüttelte den Kopf.

»Hat es vielleicht jemand auf dieses Gasthaus abgesehen? Oder auf die Ländereien, die dazugehören?«

»Mistress Vestler hatte großes Glück«, erwiderte Hengan. »Sie und Stephen kauften das Anwesen nach der Pestepidemie, als die Preise in der ganzen Stadt fielen. Das Gasthaus war damals nicht das, was es jetzt ist. Die Gärten, der Karpfenteich, die Kammern – das alles haben sie angelegt. Mistress Vestler ist eine gute Köchin. Ihre fein gewürzten Wildpasteten sind in der ganzen Stadt bekannt. Doch um Eure Frage ganz direkt zu beantworten: Ja, vor etwa achtzehn Monaten bot Edmund Coddington, ein Mitglied der Gilde der Viktualienhändler, einen Preis für das Gasthaus, aber Mistress Vestler hat das Angebot abgelehnt.«

»Und wo ist dieser Coddington jetzt?« fragte Sir John.

»Ach, wißt Ihr, er ist inzwischen an irgendeinem Leiden gestorben. Außer ihm gab es keine Anwärter.«

Athelstan dachte an die Vier Evangelien und unterdrückte einen Schauder. In ihrem Aussehen und Verhalten wirkten sie wie der Wirklichkeit entrückt, aber vielleicht verbarg ihr Lächeln ein Geheimnis? Sie wären nicht die ersten, die ihre verderblichen Umtriebe unter dem Mantel der Religion verbergen wollten. Er trank seinen Humpen leer und stand auf.

»Sir Jack?«

Er reichte dem überraschten Coroner den leeren Humpen.

»Ich bin gleich wieder zurück.«

Athelstan machte sich auf zur Schwarzen Wiese. An der Grube, wo die Büttel jetzt die Skelette und die beiden Leichen in Tücher hüllten, blieb er stehen.

»Kann ich Euch helfen, Bruder?« Einer der Büttel lehnte sich auf seine Hacke. »Grausige Taten, nicht wahr?«

»Grausig, in der Tat. Sagt, wo habt ihr die beiden Leichen gefunden? Die Frau und den Mann?«

Der Büttel kratzte an einer Schnittwunde an seinem unrasierten Kinn.

»Ach ja! Dort drüben, Bruder!« Er zeigte auf die Stelle.

Athelstan ging dorthin und schaute zu dem überdachten Eingang zurück. Der Büttel kam auf ihn zu, die Hacke wie einen Speer gegen seine Schulter gelehnt.

»Was ist los, Bruder?«

»Tun wir einmal so, als sei ich ein Mörder«, lächelte Athelstan. »Oder als seien wir beide Mörder. Wir haben Leichen, die wir loswerden müssen. Wann wollen wir sie vergraben?«

»Aber Bruder«, erwiderte der verblüffte Büttel, »mitten in der Nacht natürlich.«

»Hier kann uns vom unteren Teil der Wiese her niemand sehen.«

»Da, wo diese merkwürdige Gruppe haust, meint Ihr? Ja, Ihr habt recht, Bruder, die Hügelkuppe verdeckt den Blick völlig.«

»Und wenn wir auf dieser Seite der Eiche graben?« fragte Athelstan. »Dann kann uns auch vom Gasthaus aus niemand sehen, nicht wahr?«

»Stimmt.« Dem Burschen begann es Spaß zu machen, er sonnte sich im Licht der Aufmerksamkeit, die ihm der Freund des mächtigen Coroner zukommen ließ.

»Und wie würden wir unsere Leichen an diesen Ort bringen?« fuhr Athelstan fort. »Wenn wir sie von der Schenke aus bringen, können die Dienstboten uns sehen.«

»Jawohl, Bruder, aber mitten in der Nacht schläft jeder

fest. Und seht mal«, er entfernte sich ein paar Schritte und fuchtelte mit der Hand. »Wir können das Gasthaus, die Dächer und Giebel zwar sehen, aber habt Ihr bemerkt, daß die Bäume die Sicht von den meisten Fenstern aus verdecken?«

»Scharf beobachtet«, lächelte Athelstan, langte in seinen Geldbeutel und gab dem Mann eine Münze. Der Büttel tanzte fast vor Verlegenheit und Stolz.

»Es ist also möglich, daß die Leichen nachts auf einem Handkarren oder einer Schubkarre mit frisch geölten Achsen und strohumwundenen Rädern aus dem Gasthaus gebracht wurden.«

»Ja, so machen wir es in der Stadt, wenn wir mitten in der Nacht einen Karren benutzen müssen. Sonst könnte sich jemand beim Bürgermeister beschweren.«

»Aber nehmen wir einmal an, sie sind nicht vom Gasthaus gekommen. Es ist zu gefährlich, sie vom Fluß aus zu bringen – denn, wie du ganz richtig sagst – dort sind diese merkwürdigen Leute, die auf den Erzengel Michael warten.« Der Büttel sah ihn verständnislos an.

»Also, Scharfauge«, scherzte Athelstan. »Aus welcher anderen Richtung hätten die Mörder kommen können?«

»Von Osten.« Der Büttel deutete auf die Hecke am anderen Ende des Feldes. »Dort geht es zum Gemeindeland und dem großen Stadtgraben. Und im Westen, was haben wir da?« Er kratzte sich am Kopf. »Ja, da ist ein anderes Feld, das bis zu einer Hecke führt, und dahinter, Bruder, da liegen die Gassen von Petty Wales.«

Athelstan scharrte mit seiner Sandale in der Erde unter der Eiche.

»Wäre es nicht schwer, hier zu graben?« fragte er.

»Eigentlich nicht, Bruder. Mein Vater war Bauer, er hatte Land in Woodford. Wenn man nur die Wurzeln umgeht, ist der Boden unter einer Baumkrone immer weicher als an anderen Stellen. Das Laub schützt die Erde davor, von der Sonne ausgetrocknet zu werden, und wenn es regnet, tropft das Wasser von den Zweigen und durchfeuchtet die Erde.«

»Natürlich.« Athelstan erinnerte sich an den kleinen Hof seines Vaters und daran, wie er und sein Bruder Francis zur Stärkung der Wurzeln um die kleinen Birnbäume im Garten gruben.

»Aber würde man das nicht bemerken?« fragte Athelstan. »Sagen wir einmal, wir haben um die Mittsommerzeit mitten in der Nacht zwei Leichen hierhergebracht, es muß also weit nach Mitternacht sein.«

»Vergeßt nicht, Bruder, daß es ein sehr feuchter Sommer war. Der Boden war völlig durchnäßt, und die Erde war leicht aufzubrechen.«

»Wie tief war die Grube, in der ihr sie gefunden habt?«

»Die beiden Leichen?« Der Büttel ließ seine Hacke sinken und stieß sie in die Erde. »Höchstens zwei Fuß.«

»Und die beiden sind zusammen hineingeworfen worden?«

»Ja, im Tode wie im Leben vereint, wenn man den Gerüchten glauben darf.«

»Wir legen also die Leichen in die Grube«, fuhr Athelstan fort. »Aber am nächsten Morgen wird das doch bestimmt jemandem auffallen.«

»Nicht unbedingt, Bruder. Erstens, wenn wir zum Beispiel – Gott bewahre ...« – der Büttel grinste – »unseren Lord Coroner vergraben würden ...«

»Gott bewahre!« wiederholte Athelstan.

»Dann würde ich die oberste Schicht entfernen, danach den Rest der Erde, diese Prachtleiche hineinlegen, sie mit Erde bedecken, die Schollen obenauf legen und dann flachtrampeln. Danach würde ich ins Feld hinausgehen.« Er zeigte auf das hohe Gras. »Ich würde davon etwas abschneiden und über das Grab streuen.«

»Richtig, richtig«, murmelte Athelstan. »Und der Ort hier ist einsam. Es sei denn, jemand untersuchte die Stelle genau.«

»Solange Sommer ist, Bruder, wächst bald wieder Gras darüber ...«

»Und das Geheimnis bleibt gewahrt«, nahm Athelstan ihm das Wort aus dem Mund.

Er dankte dem Büttel und ging quer über das Feld. Die Schafe stoben auseinander, als er sich näherte, und blökten, weil sie schon wieder beim Grasen gestört wurden. Athelstan betrachtete die dichte Ligusterhecke zwischen dem Feld und dem Gemeindeland, das sich bis zum Stadtgraben hinunter erstreckte. Zum größten Teil war sie dick und stachlig, aber an einzelnen Stellen waren Lücken, die wahrscheinlich Reisende, Liebespaare und Leute, die eine Abkürzung zwischen Petty Wales und der Festung suchten, im Laufe der Jahre hinterlassen hatten. Dasselbe galt für die Hecke auf der anderen Seite. Athelstan hörte Rufe und drehte sich um: Die Büttel hatten ihre Arbeit beendet, die Leichen waren in Tücher gehüllt. Jetzt trugen die Büttel sie durch die Schenke auf den bereitstehenden Karren. Athelstan winkte zum Abschied und ging zu den vier Evangelien hinab. Diesmal waren sie nicht so freundlich, saßen am Feuer und aßen Käse und kleingeschnittenes Gemüse von groben Tellern.

»Wir haben unser Kaninchen verloren«, jammerte Evangelium eins. »Dieser verdammte Hund trägt das Kainsmal!«

Athelstan bat um Verzeihung, griff in seinen Geldbeutel und reichte ihnen eine Münze. Beim Anblick des funkelnden Silberstücks besserte sich ihre Laune.

»Seid bedankt, Bruder! Denkt daran!« Evangelium eins hob die Hand und spreizte die Finger. »Wenn der Erzengel Michael die Themse heraufkommt, soll der Name von Bruder Athelstan ins Buch des Lebens eingetragen werden. Mögen die Engel ihn in ihr Lager holen!«

»Schon recht, schon recht!« unterbrach ihn der Ordensbruder. »Ich bin gekommen, um euch noch ein paar Fragen zu stellen.«

»Nach den Leichen, die man unter der großen Eiche gefunden hat?« fragte Evangelium eins, und sein langes Gesicht nahm einen ganz ernsten Ausdruck an. »Ja, wir haben wohl von blutigen Morden und meuchlerischen Verbrechen gehört.«

Er wollte schon zu einer neuen Lobeshymne auf den Erzengel Michael und das, was bei seiner Ankunft geschehen würde, ansetzen, doch Athelstan schnitt ihm das Wort ab.

»Habt ihr irgend etwas Verdächtiges gesehen?«

»Auf der Schwarzen Wiese?« fragte Evangelium eins, dann schüttelte er den Kopf. »Wir bleiben für uns, Bruder. An Handel und Wandel der Welt und des Fleischlichen ist uns nicht gelegen. Manchmal hören wir ein Liebespaar, einen Wilddieb, Menschen der Nacht.« Er zeigte auf die offene Tür der Hütte. »Doch bis die Engel eintreffen, sind wir gut bewaffnet. Ich habe eine Hippe, ein Schwert, einen Bogen und sechs Pfeile.«

»Habt ihr wirklich nichts gesehen?« beharrte Athelstan. »Jemand hat zwei Leichen auf das Feld hier gebracht, eine Grube ausgehoben und sie darin vergraben.«

»Wir haben nichts gesehen, Bruder«, meldete sich eine der Frauen zu Wort. »Das Auge sieht nicht.« Sie stimmte einen Singsang an. »Noch hört das Ohr, da das Herz den Versuchungen der Welt gegenüber stumm ist.«

Athelstan hatte das Gefühl, daß es an der Zeit war, eine weitere Münze aus dem Geldbeutel zu ziehen.

»Aber der Fluß, das ist etwas anderes«, erklärte Evangelium eins mit einem Lächeln, das sein entzündetes Zahnfleisch sichtbar werden ließ.

»Inwiefern?«

»O ja, das stimmt«, sagten die Frauen jetzt im Chor, begierig, sich noch eine Münze zu verdienen.

Athelstan betete im stillen zum Herrn und bat um Verständnis dafür, daß er die Münzen, die er am Morgen aus den Taschen der Leichen an sich genommen hatte, auf diese Art verteilte.

»Was passiert auf dem Fluß?« fragte er.

»Wir zünden unser Feuer an und halten Wache«, erklärte Evangelium eins. Er beugte sich näher zu ihm, seine Augen blickten starr. »Aber wir haben des Nachts Gestalten gesehen, Bruder: Boote, die hier anlegten, Männer, die vermummt und unter Kapuzen verborgen waren.«

»Sagst du das vielleicht nur der Silbermünzen wegen?«

»Aber Bruder, wir würden doch nicht lügen. Kommt, ich zeige Euch etwas.« Er sprang auf und führte Athelstan durch die Lücke in der Hecke und die morsche alte Mauer entlang, von der aus man einen Blick auf den Schlickrand hatte. Er zeigte auf den Tower zu seiner Rechten.

»Da, seht Ihr den Galgen?«

Athelstan erkannte das hohe Galgengerüst. Wenn er sich anstrengte, konnte er an dem Balken, der ein Stück weit über den Fluß hinaus ragte, die gefesselte und geteerte Gestalt eines Flußpiraten ausmachen.

»Genau da, in der Nähe des Galgens! Barken legen an. Wir haben Laternen aufleuchten sehen, Gestalten, die sich durch die Nacht bewegen.«

»Bist du sicher, daß es keine Soldaten waren, keine Männer auf dem Weg zum Tower?«

»Aber nein, Bruder, warum sollten sie dort haltmachen? Da ist nichts als Schlick, was sollen sie denn da zu suchen haben?«

»Wie oft kommen sie?« fragte Athelstan.

Evangelium eins blies die Backen auf. »Vielleicht einmal im Monat. Wäre nicht der Schein der Laterne, wir würden sie kaum bemerken.«

»Und wohin gehen sie?«

»Ich halte ein Auge auf sie. Aber mehr weiß ich nicht. Sie gehen aufs Gemeindeland jenseits der Schwarzen Wiese.« Er drehte sich um und faßte Athelstan am Ellbogen, seine Augen glänzten vor freudiger Erwartung. »Zuerst haben wir gedacht, es seien vielleicht die Engel«, flüsterte er. »Aber die werden doch sicher mit brennenden Lichtern, wehenden Fahnen und schallenden Trompeten kommen, meint Ihr nicht auch, Bruder?«

»Das nehme ich an. Ich danke dir.« Athelstan folgte Evangelium eins zu den anderen, die um das Feuer saßen. »Ich will dir noch eine Frage stellen.« Er reichte ihm die Münze.

Evangelium eins nahm sie und warf seinen Frauen ein triumphierendes Lächeln zu.

»Eines guten Tages Arbeit, Schwestern! Fahrt fort, Bruder. Euer Besuch ist Beweis dafür, daß der Herr ebenso gibt, wie Er nimmt.«

»Oder besser gesagt, Samson, der Hund«, erwiderte Athelstan. »Du hast recht. Unter der großen Eiche sind zwei Leichen ausgegraben worden. Wir wissen, wer sie sind.«

Im Gesicht von Evangelium eins zuckte es. Er zwinkerte und leckte nervös die wunden Stellen an seiner Lippe.

»Ihr wißt wahrscheinlich, daß der Mann Bartholomew Menster ist«, fuhr Athelstan fort. »Ein Archivar in der Urkundenkammer im Tower. Die andere Leiche ist die von Margot Haden, einem jungen Dienstmädchen. Sie waren ein Liebespaar, wie gemunkelt wird. Bartholomew kam oft in den ›Paradiesbaum‹. Um Mittsommer sind beide verschwunden. Ihr habt sie gekannt, nicht wahr?«

Athelstan spürte, wie die Stimmung in der kleinen Gruppe umschlug, kein kriecherisches Lächeln mehr, keine zur Schau getragene Unschuld. Er musterte die verschlossenen Gesichter. »Gut möglich, daß ihr nicht so seid, wie ihr scheint«, dachte er. Der Ordensbruder verstand jetzt, warum man die Gruppe in Ruhe ließ: Sie zogen sich rasch hinter eine Wand mürrischer Feindseligkeit zurück.

»Ach, Bruder, wir reisen hierhin und dorthin.«

»Danach habe ich nicht gefragt.« Athelstan verlagerte das Gewicht auf dem Holzklotz, griff nach seinem

Schreibbeutel und legte ihn in seinen Schoß. »Ich ziehe nur Erkundigungen ein. Dafür ist ein schöner, sonniger Herbstnachmittag gut geeignet. Aber wenn ich Sir John Cranston bitte, kann ich meine Befragung zu einem anderen Zeitpunkt und an einem weitaus weniger angenehmen Ort fortsetzen.«

»Ihr braucht uns nicht zu drohen.«

»Es sind keine Drohungen, das kann ich euch hoch und heilig versprechen. Hier sind zwei entsetzliche Morde geschehen. Im Namen von Margot und Bartholomew muß hier Gerechtigkeit geübt werden.«

»Wir haben sie gekannt«, meldete sich eine der Frauen zu Wort, ungeachtet des zornigen Blicks, den Evangelium eins ihr zuwarf. »Sie kamen oft auf die Schwarze Wiese und gingen Hand in Hand, Wange an Wange zum Fluß hinunter.«

»Waren sie nett?« fragte Athelstan. »Sie sind doch sicher stehengeblieben und haben mit euch geplaudert?«

»O ja«, schaltete sich jetzt Evangelium eins ein. »Meistens sprachen wir über den Fluß, aber der Archivar, Bartholomew, er wußte viel über den Tower zu erzählen. Über die Geschichte des Tower und die Greueltaten, die innerhalb seiner Mauern geschehen sind.«

»Und?«

»Er erzählte auch von Gundulf, dem Zauberer.« Evangelium eins schloß die Augen. »Jawohl, das war der Hexenmeister, der den Tower für den großen Eroberer erbaute. Er sagte, in oder um den Tower herum ...«

»Erzähl weiter!« beharrte Athelstan.

»... dort habe Gundulf einen großen Schatz vergraben.«

Evangelium eins lächelte verschlagen und tippte sich an die Schläfe.

»Viele Leute meinen, wir hätten unseren Verstand nicht ganz beisammen, Bruder, deshalb reden sie mit uns wie mit kleinen Kindern.«

»Was hat er denn gesagt?«

»Erzähl es doch«, drängte ihn die Frau. »Sag es ihm. Es war eine interessante Geschichte.«

»Bartholomew war ein Gelehrter«, fuhr Evangelium eins langsam fort. »Ich weiß nicht, Bruder, aber manchmal hatte ich den Eindruck, er wußte, wo der Schatz verborgen liegt.«

»Hat er etwas in diesem Sinne gesagt?«

»Ich habe ihn einmal gefragt. Ihn und sein Liebchen, aber ich bin nicht sicher, ob sie wußte, um was es ging. Bartholomew sagte: ›Es glänzt wie die Sonne, es liegt unter der Sonne, deshalb müssen wir die Sonne finden.‹ Ich lachte über das Rätsel, denn die Sonne sehen wir ja, aber Bartholomew schüttelte den Kopf und wollte nichts weiter sagen.«

»Hat er irgendeinen anderen Hinweis gegeben?« fragte Athelstan.

»Sonst hat er nichts gesagt, Bruder.«

»Und haben sie von der Witwe Vestler gesprochen?«

»Der Archivar hat sie nie erwähnt, aber die junge Frau hat sich oft beschwert, sagte, sie sei sehr streng, könnte aber auch sehr nett sein.«

»Bruder« – eines der Vier Evangelien zog ein grobes, silbriggraues Medaillon aus der Tasche – »nehmt das hier, es wird Euch Trost und Schutz geben. Es stellt den Erzengel Michael dar ...«

»Nein, ich danke dir ...«

Athelstan schaute über das Feld. Die Schatten wurden länger, die Sonne stand im Westen und sank tiefer. Er war müde und etwas bange, ohne zu wissen, warum. Die Wiese sah nicht mehr so lieblich aus. Er verabschiedete sich und machte sich auf den Weg zurück zum Gasthaus.

Fünf

Am Ende der Gasse, die zu seiner Pfarrkirche führte, blieb Athelstan stehen, schloß die Augen und murmelte ein kurzes Gebet. Manchmal war er ein einfacher Gemeindepfarrer, der sich hauptsächlich dafür interessierte, daß Huddle einem Wasserspeier das richtige Gesicht malte und Bonaventura nicht aus dem Weihwasserbecken trank. Oder sich mit den Kindern befaßte, die samstags kamen, damit er sie im Katechismus unterweisen und anhand der Bilder an der Kirchenwand durch das Leben Christi führen konnte. Er traf sich mit dem Gemeinderat, ab und zu verlor man die Geduld, aber es gab ja auch die Gutmütigkeit, die Komik des Gemeindelebens, die wahrlich ein Geschenk Gottes war. Doch manchmal sah Athelstan im Traum auch den gewaltsamen Tod, der durch diese Gassen schlurfte, einen gelblichen Kadaver in rotem Umhang und Kapuze, hinter dem sich dunkle Gestalten drängten, und er sah das blutige Werk des plötzlichen Todes.

»Du hast Hunger, Athelstan«, ermahnte er sich. »Und du bist müde. Laß nicht zu, daß die Phantasie deiner Seele Streiche spielt!«

Der Ordensbruder holte tief Luft und ging entschlossen die Gasse hinauf. Er erwartete, in dem umfriedeten Eingang zur Kirche die drei grausigen Leichen auf einem Holzschlitten aufgebahrt zu sehen. Überrascht blieb er stehen. Der Eingang war leer! Weder Schlitten noch Leichen waren da. Nur Benedicta saß auf den Stufen und neben ihr Bonaventura. Die Witwe hatte ihren Schleier abgenommen, und das rabenschwarze Haar fiel ihr offen auf die Schultern. Sie sprach mit Bonaventura und teilte ein Stück Käse mit ihm.

»Dieser Kater ist der reinste Söldner«, sagte Athelstan zu sich. Er stand im Schatten und beobachtete die schöne Frau, ihr vollkommenes Gesicht mit den sanften Augen, die immer fröhlich waren. Athelstan wußte nie, ob er Benedicta liebte oder nicht. Er hatte in der Beichte eingestanden, daß er sich zu ihr hingezogen fühlte.

»Ja, du liebst sie«, hatte Prior Anselm erwidert. »Wenn man ein Ordensbruder ist, Athelstan, heißt das nicht, daß man eine Wehrmauer um sein Herz errichtet, aber du darfst deine Gelübde nicht vergessen. Du bist ein Priester, der sein Leben Gott geweiht hat. Du hast keine Zeit für die Beziehungen, die für andere Menschen so wichtig sind, du darfst dich von deiner Arbeit als Priester nicht ablenken lassen.«

Plötzlich erspähte Bonaventura ihn. Verlegen trat Athelstan aus dem Schatten und ging zur Treppe hinüber. Benedicta klatschte in die Hände und sprang auf.

»Ich dachte, Ihr kommt gar nicht mehr nach Hause!« Sie ergriff die Hand des Priesters, ihre Augen lachten. »Ich bin so froh, Euch zu sehen. Das Haus ist gefegt. Philomel hat gefressen, und Merrylegs hat freundlicherweise zwei Pasteten geschickt. Er hat hoch und heilig geschworen, daß er sie heute gebacken hat.«

»Aber was ist mit den Leichen passiert?«

Benedictas Gesicht wurde ernst. »Gott sei Dank sind sie identifiziert worden, Bruder. Die junge Frau war eine Hure namens Prudentia. Sie ging in der Schenke ›Zum Löwenherz‹ ihrem Gewerbe nach. Der dunkelhäutige Mann war einer ihrer Freier.« Sie verzog den Mund zu einem schwachen Lächeln. »Angeblich war er ein Prediger, der vor der Fleischeslust warnte. Wahrscheinlich wollte er herausfinden, ob sie so köstlich ist, wie man sagt«, setzte sie spöttisch hinzu. »Bladdersniff hat die Leichen schon abgeholt.«

»Wo sollen sie begraben werden?«

»Im Gemeinschaftsgrab in St. Oswald. Bladdersniff

hat erklärt, daß der Gottesacker in St. Erconwald mehr als genug fremde Leichen hat aufnehmen müssen. Deshalb ist es zwischen ihm und Watkin fast zum Streit gekommen.«

»Und der junge Mann?«

Benedicta preßte die Lippen zusammen. »Er ist auch identifiziert worden. Miles Sholter ist sein Name. Seine Witwe und ein Freund von ihm sind in der Kirche.« Sie trat näher an ihn heran. »Stimmt es, was erzählt wird? War Miles Sholter ein Bote des Königs? Sie behaupten, er und sein Gefährte Philip Eccleshall waren unterwegs, um dem Grafen von Arundel, der auf einer Pilgerreise nach Canterbury ist, Botschaften von John von Gaunt zu überbringen. Und ist es auch wahr, Bruder«, bohrte sie weiter, »daß beim Mord an einem Boten des Königs die Gemeinde, in der die Leiche gefunden wird, dafür geradestehen muß, bis der Mörder gefaßt wird?«

»Alles ist möglich«, sagte Athelstan zu ihr. »Aber führe mich erst einmal zu ihnen.«

Jetzt, wo er wieder in seiner Gemeinde war, fühlte sich Athelstan nicht mehr so müde und erschöpft. Die junge Witwe und Eccleshall saßen in einer Ecke schräg gegenüber dem Eingang, in der Nähe der Treppe, die in den Turm hinaufführte. Sie erhoben sich, als Athelstan in die Kirche kam, und traten aus dem Schatten. Eccleshall war groß, blond und hatte ein rundes Gesicht. Er war in ein braunes Wams mit bunten, geschlitzten Ärmeln gekleidet, und in dem Schwertgurt, der um seine Taille geschnallt war, steckten Schwert, Dolch und Lederhandschuhe. An den hochhackigen Reiststiefeln über seinen grünen Beinlingen klirrten Sporen. Seinen Umhang hatte er über den Arm gelegt. Auf seiner Brust prangte das königliche Wappen, und in der Hand hielt er einen kleinen Handschild, der dieselben Insignien trug. Ein Soldat, dachte Athelstan. Ein Mann, der an Lagerleben und Kampf gewöhnt ist. Mistress Sholter war groß und dunkelhaarig, ihr Gesicht mit seinen hohen Wangenknochen und schrägen Augen hatte etwas Herrisches an sich. Auf ihren geschminkten Wangen waren Tränenspuren zu sehen. Wie Benedicta trug auch sie ein Kleid aus dunkelbrauner Wolle und darüber einen Umhang, der auf ihrer Schulter mit einer Silberbrosche zusammengehalten wurde. Eine silberne Harfe an einer Goldkette hing um ihren Hals.

»Das ist Bruder Athelstan, unser Gemeindepfarrer«, sagte Benedicta.

»Ich bin Philip Eccleshall, Bruder, Bote des Königs. Und dies hier« – er schnippte mit den Fingern, als sei seine Gefährtin unter seiner Würde – »ist Bridget Sholter.«

Die junge Frau begann zu weinen. Ihre Schultern bebten, und sie ging mit ausgestreckten Händen auf Athelstan zu. Der Ordensbruder nahm ihre kalten Finger in seine Hand und drückte sie.

»Ich habe gehört, was passiert ist«, erklärte Eccleshall.

»Setzt Euch, setzt Euch.« Athelstan zeigte auf eine Bank.

Seine Gäste nahmen Platz. Benedicta und Athelstan rückten eine weitere Bank herum, so daß sie den beiden gegenüber sitzen konnten.

»Kann ich Euch Speise oder Trank anbieten?« fragte der Ordensbruder.

Die Frau schüttelte den Kopf. Eccleshall lehnte ebenfalls ab.

»Wir müssen bald fort, Bruder. Miles' Leichnam ist nach Greyfriars in der Nähe von St. Pauls gebracht worden. Ich habe den guten Brüdern Geld gegeben, damit sie die Leiche für das Begräbnis vorbereiten.«

»Erzählt mir, was geschehen ist«, begann Athelstan.

»Miles und Mistress Bridget wohnen in Mincham Lane.«

»Die von der Eastchepe abgeht?« fragte Benedicta.

»Wir haben dort ein Haus.« Die junge Frau hob den Kopf. »Ich bin Schneiderin, Stickerin. Ich kaufe Tuch und verkaufe es in dem kleinen Laden im Untergeschoß.« Ihre Unterlippe zitterte. »Miles und ich waren seit vier Jahren verheiratet. Er war beliebt. Warum sollte irgend jemand ...«

»Sagt mir, was geschehen ist«, wiederholte Athelstan. Er beugte sich vor und tätschelte der jungen Frau die Hand.

»Vorgestern wurde ich nach Westminster gerufen und nahm die Briefe des Regenten an den Grafen von Arundel in Empfang«, antwortete Eccleshall. »Dann begab ich mich zu den königlichen Stallungen in der Candlewick Street, wo auf Anweisung des Kanzlers zwei Pferde und ein Lastpony bereitgestellt worden waren.«

»Um wieviel Uhr war das?« fragte Athelstan.

»Nach drei Uhr am Nachmittag. Dann machte ich mich auf den Weg zur Mincham Lane. Miles wartete bereits. Er sagte Lebewohl, und wir ritten die Bridge Street hinab, über die Themse und durch Southwark. Es war ein angenehmer Ritt, Bruder, ohne jede Zwischenfälle. Wir beschlossen, uns für die Nacht im Gasthaus ›Zum Sanften Thomas‹ einzuquartieren.«

»Weiter wolltet ihr nicht?«

»Nein, wenn man Southwark verläßt, wird die Straße einsam, es ist eine ziemlich verlassene Gegend. Miles und ich hatten beschlossen, über Nacht auszuruhen und noch vor dem Morgengrauen aufzubrechen. Wenn wir rasch ritten und die Pferde wechselten, würden wir vor Einbruch der Dunkelheit Canterbury erreichen.«

»Und nichts ist geschehen?«

»Wir kamen am ›Sanften Thomas‹ an. Ich mietete ein Zimmer, und Miles trug unsere Satteltaschen hinauf. Es war ein einfaches, schmales Zimmer, zwei Pritschen, die Aussicht auf eine Mahlzeit mit Brot und Ale, bevor wir am Morgen aufbrachen. Wir waren vielleicht zwei Stunden dort. Die Sonne ging gerade unter. Ich döste auf dem Bett, als Miles mich wachrüttelte. ›Philip‹, flüsterte er, ›ich hab meinen silbernen Christophorus vergessen.‹ Zeig ihm das Medaillon, Bridget.«

Die junge Frau öffnete ihre Tasche und nahm eine silberne Kette mit einem Christophorusmedaillon heraus. Es war ein großes Medaillon von etwa zwei Zoll Durchmesser. Athelstan nahm es in die Hand und betrachtete es prüfend. Es war schwer, wahrscheinlich mit einer Mischung aus Kupfer und Silber überzogen.

»Miles war seit langem ein königlicher Bote«, erklärte sie. »Und dieses Medaillon nahm er auf jede Reise mit. Aber diesmal hatte er sich umgezogen, bevor er aufbrach, und vergaß es auf einem Schemel in der Schlafkammer.«

»Und er ritt zurück, um das Medaillon zu holen?« fragte Athelstan.

»Er wollte nicht auf mich hören.« Eccleshall schüttelte den Kopf. »›Ich reite zurück‹, sagte Miles. ›Ich bin bald wieder hier.‹ Er warf sich den Umhang über und setzte die Kapuze auf, dann ging er hinunter. Ich lief ihm hinterher, sagte, ich würde auf ihn warten. Er versicherte mir, er würde bald zurück sein und galoppierte davon.«

»Und was geschah dann?«

»Zu Hause ist er nicht angekommen«, meldete sich Mistress Sholter zu Wort. »Aber ich habe ihn natürlich auch nicht erwartet, Bruder. Nachdem Miles aufgebrochen war, schloß ich den Laden ab und ging nach Petty Wales hinauf, um einige Waren und Proviant einzukaufen. Dann kam ich zurück.« Sie kämpfte mit den Tränen. »Ich dachte, Miles und Philip wären wohlbehalten auf dem Weg nach Canterbury.«

»Da er am nächsten Morgen noch nicht eingetroffen war, ritt ich zurück in die Stadt«, sagte Eccleshall. »Ich dachte, es sei etwas passiert, aber als ich Mistress Bridget aufsuchte, sagte sie, sie habe ihren Mann nicht gesehen. Dann begann ich, nach ihm zu suchen. Ich hörte ein Gerücht, daß Leichen gefunden worden seien, und kam hierher.« Er zuckte mit den Schultern. »Miles habe ich sofort erkannt, aber die anderen beiden habe ich nie zuvor gesehen.«

»Und wie war Miles gekleidet?« fragte Athelstan.

»Genauso wie ich, Bruder: in Wappenrock, Schwertgurt, Stiefel und Umhang.«

»War er stark?«

»O ja, sehr kräftig, ein guter Kämpfer mit dem Schwert.«

»Wenn jemand ihn angegriffen hätte, hätte er sich beherzt zur Wehr gesetzt?«

»Bruder, Miles und ich, wir waren Soldaten.«

Athelstan schwieg und betrachtete das Wandgemälde hinter seinen Gästen, das David beim Töten Goliaths darstellte.

»Nehmen wir einmal an, Miles wurde angegriffen, als er zurück nach Southwark ritt«, begann Athelstan langsam. »Die erste Frage, die sich stellt, ist: Warum?«

»Er war ein Bote des Königs, Bruder. Er trug Wappenrock und Schild.«

»Aber warum sollte ihn jemand angreifen?«

Eccleshall zuckte mit den Schultern.

»Des Geldes wegen, das er vielleicht bei sich trug, seines Pferdes, seiner Waffen wegen, von den Botschaften einmal ganz zu schweigen.«

»Aber die hatte er in der Nacht doch nicht bei sich?«

»Nein, Bruder. Die hatte ich bei mir im ›Sanften Thomas‹.«

»Also schön.« Athelstan spielte mit der Quaste der Kordel um seine Taille. »Hegte irgend jemand einen Groll gegen Miles? Ist es möglich, daß Euch jemand bis zum ›Sanften Thomas‹ gefolgt ist, und dann, als Miles wieder aufbrach ...?«

»Nein, Bruder«, mischte sich jetzt Bridget Sholter ein. »Miles war ein heiterer Mensch. Niemand hegte Groll oder Ärger gegen ihn.«

»Es muß also als Raub oder Verrat betrachtet werden?«

»Das ist möglich. Die Große Gemeinschaft des Reiches greift häufig Boten des Königs an.«

»Und was geschieht dann?«

Eccleshall sah ihn erstaunt an.

»Nun, werden diese Leichen in einer Hecke oder einem Graben zurückgelassen?«

»Nein, Bruder. Meistens verschwinden sie. Damit niemand bezichtigt werden kann.«

»Ja, das stimmt.« Athelstan verlagerte das Gewicht. »Aber seht, Master Eccleshall, Ihr seid Soldat. Ich habe auch in den Kriegen des Königs gekämpft. Hier haben wir einen starken, wohlbewaffneten jungen Mann, der auf seinem Pferd über die Feldwege zurück nach Southwark reitet. Ihr und ich, Master Philip, sind Rebellen. Was tun wir? Wir müssen diesen Mann dazu bringen, daß er sein Pferd anhält und absteigt.«

»Einer von uns könnte auf dem Boden liegen und vorgeben, verletzt zu sein.«

»Aber würdet Ihr anhalten?« fragte Athelstan.

»Nein, Bruder.«

»Natürlich nicht«, versetzte Athelstan. »Es ist ein altbekannter Trick, und soviel ich weiß, haben Boten des Königs strikte Anweisung, sich vor solchen Listen und Schlichen in acht zu nehmen. Damit will ich folgendes sagen, Master Eccleshall: Wenn Räuber oder Rebellen Miles Sholter angegriffen hätten, wäre er zuerst von einem Pfeil getroffen worden.«

»Möglicherweise hat man auf sein Pferd gezielt und es mit ihm zu Fall gebracht.«

»Ach ja, an diese Möglichkeit habe ich noch nicht gedacht.«

»Ich verstehe Euer Unbehagen, Bruder«, fuhr Eccleshall fort. »Aber Büttel Bladdersniff hat gesagt, Miles' Leichnam sei in einem verfallenen Haus gefunden worden, im Haus eines alten Geizkragens draußen auf einem Feld.«

»Jawohl, und genau da liegt das Rätsel. Wie ist Miles dorthin gekommen? Wo ist sein Pferd, sein Wappenrock, sein Schwertgurt? Und noch etwas, Master Philip – wir wissen, daß die beiden anderen Opfer, die Hure und ihr Freier, umgebracht wurden, weil sie den Mörder überraschten.«

»Wie das, Bruder?«

Athelstan rieb sich die Schläfe.

»Das weiß ich auch nicht. Sholter wurde offensichtlich vorgestern umgebracht, dann wurde seine Leiche in das verfallene Haus geschafft. Am folgenden Tag kommt der Mörder zurück, um das Opfer zu entkleiden, doch er wird dabei überrascht und ermordet die ungebetenen Besucher.«

Athelstan klopfte mit dem Fuß auf den Boden. Bonaventura verstand das als Einladung, sprang auf seinen Schoß und blieb schnurrend sitzen.

»Ich frage mich, ob Räuber oder Rebellen so weit gehen würden? Sie hätten den armen Sholter bestimmt vom Pferd gezerrt und umgebracht und wären dann geflohen.«

»Da bin ich anderer Meinung, Bruder. Rebellen würden die Leiche mit Sicherheit verstecken und keinem gegenüber Gnade walten lassen, der sie bei ihrem Tun überraschte.«

»Sie?« fragte Athelstan.

»Es war wohl mehr als einer nötig, um einen Mann wie Miles Sholter anzugreifen.«

Athelstan hörte den Stolz heraus, der in Ecclesshalls Stimme mitschwang.

»Und dann zwei weitere Menschen zu töten. Ich habe die Leichen gesehen: Sowohl die Hure als auch der andere Mann waren jung und kräftig. Sie hätten doch Widerstand geleistet, oder nicht?«

Athelstan sah den königlichen Boten durchdringend an. Was Eccleshall sagte, hatte Hand und Fuß.

»Aber wißt Ihr, was passieren wird?« sagte der Ordensbruder ruhig. »In meiner Gemeinde ist die Leiche eines königlichen Boten gefunden worden, und zwar zu einem Zeitpunkt, da es in den Grafschaften ringsum London vor Unruhe brodelt.«

»Es tut mir leid, Bruder, doch was der Regent tut, interessiert mich nicht. Ich weiß, daß eine Strafe erhoben wird, aber Ihr könntet damit argumentieren, daß der Mord ja nicht hier geschehen ist.«

»Davon steht nichts in dem Gesetz!« fuhr Athelstan ihn an. »Master Eccleshall, Mistress Sholter, ich bedaure Euren Verlust zutiefst, das kann ich Euch aufrichtig versichern. Ich werde in der Messe für Miles und die anderen beiden Opfer beten. Doch hier sind entsetzliche Morde geschehen! Blut schreit zu Gott nach Rache, und so wic ich den Regenten kenne, wird er dafür sorgen, daß es bald gesühnt wird. Es wäre nichts Neues, wenn Gaunt Leute nur zur Abschreckung für andere hängen lassen würde. Wer auch immer diese drei Unglücklichen getötet hat, er könnte noch mehr Morde auf dem Gewissen haben.« Er stand auf. »Wenn Ihr irgendwas erfahrt ...?«

Eccleshall versprach, daß er dann sofort zu ihm kommen würde. Athelstan segnete sie, und die beiden verließen die Kirche. Benedicta schob hinter ihnen den Riegel vor.

»Ist das nicht zu riskant?« lächelte Athelstan. »Wenn die Frau von Grabenbauer Pike kommt und feststellt, daß sich die Witwe Benedicta und der Pfarrer in der Kirche eingeschlossen haben?«

»Bonaventura paßt auf mich auf«, neckte Benedicta.

Athelstan blickte die Katze an. Bonaventura reckte sich, schlich auf leisen Pfoten in die Ecke, um gewissen Geräuschen nachzuspüren, kam dann zu seinem Herrn zurück und sah ihn von unten herauf an.

»Du bist schlimmer als ein Mönch«, scherzte Athelstan. »Du kennst die Essenszeiten ganz genau.«

»Was haltet Ihr von der Sache?« Benedicta setzte sich auf eine Bank.

»Benedicta, verzeih mir, ich bin im Haus Gottes, aber was ich sage, bleibt unter uns beiden. Miles Sholter, der Prediger und diese bemitleidenswerte junge Frau wurden ermordet. Ich glaube nicht, daß Sholter von Räubern oder Rebellen angegriffen wurde. Eine Pfeilwunde im Rücken oder tief im Herzen, das ist das Kennzeichen dieses Gelichters der Nacht.«

»Und?« fragte Benedicta.

»Ich weiß es nicht.« Athelstan schüttelte den Kopf. »Ich sitze im Beichtstuhl und höre mir die Sünden anderer Leute an.« Er schritt auf und ab. »Prior Anselm hat mir beigebracht, immer Logik und Verstand zu gebrauchen, aber manchmal ist es besser, dem Herzen zu folgen.«

»Wollt Ihr damit sagen, daß Eccleshall und Mistress Sholter Mörder sind?«

Athelstan setzte sich neben sie auf die Bank.

»Hör zu, Benedicta«, sagte er ruhig. »Da haben wir einen jungen Mann, er ist königlicher Bote, glücklich und zufrieden. Er verläßt London und kommt in ein Gasthaus. Er stellt fest, daß er sein Christophorusmedaillon vergessen hat und eilt zurück. Auf dem Weg nach Hause wird er angegriffen und grausam ermordet, das muß am Samstagabend gewesen sein. Am Sonntag entdecken zwei Leute seine Leiche in einem verfallenen Haus und werden dafür ebenfalls getötet. Alle drei Leichen bleiben dort liegen, bis unser eifrigster Bezirksbüttel Luke Bladdersniff sie findet. Was stimmt nicht an der Theorie, daß alle von nächtlichem Gelichter umgebracht wurden?«

»Nun, wir wissen, daß sich Räuber oder Rebellen nicht so verhalten.«

»Gut, Benedicta. Jetzt betreten wir das Reich von Logik und Verstand. Warum sollten ihre Leichen dort liegen bleiben? Hier liegt der Fehler des Mörders – oder der Mörder. Ich bin sicher, daß Sholters Leichnam entweder verbrannt oder so versteckt werden sollte, daß man ihn nie finden würde. Doch die beiden ungebetenen Eindringlinge machten die Sache schwieriger, und der Mörder mußte vorsichtig sein. Eine Leiche verschwinden zu lassen ist verhältnismäßig leicht – aber drei? Der Mörder – oder die Mörder – kehrten am Sonntagabend zurück, um die Sache mit Sholter zu Ende zu bringen, doch der Mord an den beiden anderen vereitelte diesen Plan. Feuer war die beste Lösung, nur braucht man Öl und Zündzeug, um ein Haus niederzubrennen. Das Haus liegt draußen auf dem Feld, und solche grausigen Vorbereitungen könnten beobachtet werden.«

»Also hatte er vor, zurückzukommen?«

»Möglicherweise. Während man an anderen Orten nach Sholter suchte, wollte der Mörder – oder die Mörder – das Haus vermutlich am Montag bis auf die Grundmauern abbrennen lassen, wobei die Leichen darin vom Feuer verzehrt worden wären. Aber es gibt noch eine interessante Sache. Sag mir, Benedicta, was tust du, wenn du das Haus verläßt?« Er nahm ihre Hand. »Schließ die Augen. Sag mir ganz genau, was du tust.«

»Ich lege meinen Umhang um. Ich prüfe, ob ich Geldbeutel, Tasche und Gürtel bei mir habe. Ich sehe nach, ob ich jede Kerze und das Feuer gelöscht habe.«

»Eine brave, rechtschaffene Frau!«

»Ich schließe die Fenster, verriegele die Tür und stecke den Schlüssel in meinen Geldbeutel.«

»Weiter«, ermunterte Athelstan sie.

»Ich gehe die Straße hinunter. Ich denke darüber nach, was ich einkaufen muß. Ich mache mir Sorgen um einen gewissen Pfarrer, der sich in alle möglichen Dinge einmischt ...« Benedicta rieb sich die Augen. »Und der nicht regelmäßig ißt.«

»Ein schrecklicher Kerl«, erwiderte Athelstan. »Aber was sonst noch, Benedicta? Was überprüfst du sonst noch?«

»Daß mein Schlüssel und mein Geld sicher verstaut sind.« Sie lachte. »Das Christophorusmedaillon!«

»Oh, *mulier fortis et audax*, mutige und tapfere Frau!« zitierte Athelstan aus der Heiligen Schrift. »Du hast es gesagt, Benedicta! Ein Bote verläßt seine junge Frau. Er soll am Samstagabend in einem Gasthaus Station machen und am Sonntag seine Reise fortsetzen. Er ist gut bewaffnet und geschützt, doch er ist ein junger Mann, der den Heiligen Christophorus verehrt und weiß, daß solche Reisen gefährlich sein können. Ist es nicht seltsam, Benedicta, daß er kein einziges Mal nach der Kette an seinem Hals tastet und nicht merkt, daß er sie vergessen hat, bis er den ›Sanften Thomas‹ erreicht?« Athelstan legte den Finger an die Lippen. »Was er dann tut, ist logisch und vernünftig. Er eilte zurück, aber eigentlich hätte er das Medaillon ja gar nicht vergessen dürfen. Und selbst wenn, hätte er es nicht viel früher merken müssen, längst bevor er die Taverne erreichte?«

»Eure Logik hat nur einen einzigen Fehler.«

»Bestimmt. Und sicher kann den nur eine Frau aufdecken.«

»Wenn nun aber Eccleshall die Wahrheit sagt? Was ist, wenn Sholter das Medaillon absichtlich zu Hause vergessen hat, damit er einen Vorwand hatte, umzukehren?«

Athelstan hob anerkennend die Brauen.

»Prior Anselm hätte Gefallen an dir. Das ist möglich! Aus einem uns unbekannten Grund mißtraut Sholter seiner hübschen jungen Frau, deshalb geht er mit in das Gasthaus und beschließt dann, umzukehren. Er reitet durch die Nacht, kommt zur Mincham Lane, wo sich seine Frau mit einem anderen Mann vergnügt. Ein Streit bricht aus. Sholter wird umgebracht.« Er sah Benedicta an. »Und wie geht es weiter, Meisterin der Logik?«

»Die Leiche wird auf einen Karren gelegt und zugedeckt oder versteckt, und später in das verfallene Haus geschafft.«

»Das ist möglich. Aber ein Karren würde auffallen und Spuren hinterlassen. Er muß durch belebte Straßen gezogen werden, warum soll man das tun? Warum sollte man ihn nicht durch Aldgate hinausschaffen und in dem wilden Gelände nördlich des Tower verstecken?« Er versetzte Benedicta einen freundlichen Nasenstüber. »Aber ich will deine Argumentation annehmen. Ich bin jedoch sicher, daß eins der beiden Schätzchen, oder sogar beide in den Mord an Sholter verwickelt sind.« Er konnte seinen Zorn kaum verbergen. »Und unsere Gemeinde soll dafür bezahlen!«

»Da gibt es auch noch andere Probleme«, bemerkte Benedicta. »Wie sieht die Sache aus, wenn wir herausfinden, daß Eccleshall Samstag abend zu Hause war und Master Eccleshall das Gasthaus nicht verlassen hat?«

Athelstan sprang auf und klatschte in die Hände.

»Das würde allerdings ein Problem darstellen, liebe Heloise.«

»Wer ist das?«

»Eine schöne Frau, die in einen Priester namens Abelard verliebt war.«

»Von dem habe ich noch nie gehört«, versetzte sie schnippisch.

»Komm.« Athelstan ging zur Tür, und Bonaventura folgte ihm auf dem Fuß. »Laß uns etwas essen.«

Sie verließen die Kirche. Draußen neigte sich der Tag. Athelstan hatte erwartet, ein paar Gemeindemitglieder zu sehen, aber nur Ursula, die Schweinebäuerin, entschwand gerade die Gasse hinab, ihre große Sau folgte ihr mit flatternden Ohren. Der Vorplatz der Kirche war leer. Philomel stand an seine Stalltür gelehnt und kaute eifrig.

Athelstan fand sein kleines Haus sauber und gefegt vor, das Feuer im Herd war vorbereitet und mußte nur noch angezündet werden. Auf dem blankgescheuerten Tisch standen zwei Pasteten, die mit Leinentüchern bedeckt waren, und ein irdener Krug mit Ale. Bonaventura legte sich vor den leeren Kamin. Athelstan holte Schalen und Trinkbecher aus der Küche und legte Hornlöffel dazu. Er wollte gerade das Dankgebet sprechen, als es an der Tür klopfte und Godbless, gefolgt von seiner kleinen Ziege, ins Haus schlurfte. Der Bettler war von kleinem Wuchs, sein Haar stand in alle Richtungen ab, die Augen glänzten in seinem stoppeligen, wettergegerbten Gesicht. Athelstan bemerkte den Hornlöffel, den er fest in der Hand hielt. Thaddäus trottete auf Bonaventura zu, um ihn zu beschnuppern, aber der Herr der Gassen ließ sich nicht einmal dazu herab, den Kopf zu heben.

»Ich habe Hunger, Bruder.«

»Godbless, das hast du doch immer. Wenn du stirbst, werden alle sagen, du warst ein Heiliger.«

Godbless schaut verdutzt.

»Weil du Gedanken lesen kannst«, erklärte Athelstan.

»Ich war im Beinhaus.« Godbless rieb sich den Bauch und blickte auf die Pasteten. »Ich habe ein wenig Brot und Käse gegessen, aber ich wußte, daß Ihr die Pasteten hier habt.«

»Das ist nicht das Beinhaus«, rief Athelstan ihm in Erinnerung. »Pike und Watkin haben ein neues Beinhaus gebaut, und von jetzt an sollst du dein kleines Haus bitte ›Pförtnerloge‹ nennen. Du bist der Wärter des Gottesackers. Ich will nicht, daß Pike und Watkin sich dort betrinken oder die Kurtisane Cecily sich im hohen Gras ein Stelldichein mit ihren Liebsten gibt. Ich habe es dem Mädchen sicher schon tausendmal gesagt, daß nur die Toten dort zu liegen haben.«

Godbless nickte ernst.

»Und du kannst dir auch eine Belohnung verdienen.« Athelstan lud ihn mit einer Handbewegung ein, sich zu setzen. »Ich träume nämlich davon«, fuhr der Ordensbruder fort, während der dem kleinen Bettler eine Schale zuschob, »in meinem Gärtchen tatsächlich Gemüse zu ziehen, das ich zu essen bekomme und nicht Ursulas Sau.«

»Ich hab die Bestie schon öfter verjagt, Bruder.«

»Bestie ist ein guter Name«, scherzte Athelstan. »Dieses Schwein fürchtet weder Gott noch Mensch.«

»Ich bin froh, daß ich hier bin.«

Godbless sah Benedicta dabei zu, wie sie die Pastete aufschnitt, und hielt ihr seine Schale hin. Athelstan füllte die irdenen Becher mit Ale.

»Es macht einen ganz trübselig, wenn man diese junge Frau auf dem Friedhof hört.«

Dem Ordensbruder fiel fast der Krug aus der Hand. »Was für eine junge Frau?«

»Ihr kennt sie doch, Eleanor, die Tochter des Schmieds. Sie sitzt ganz allein unter einer Esche und wimmert vor sich hin.«

Athelstan war schon an der Tür. Godbless nahm sich vergnügt noch ein Stück Pastete und aß so schnell er konnte. Von Benedicta gefolgt, eilte der Ordensbruder durch die Einfriedung neben der Kirche und auf den Friedhof, wo er auf einen alten Grabsteinsockel stieg. Angeblich lagen darunter die Knochen eines Räuberbarons, der vor vielen Jahren draußen vor St. Erconwald am Galgen aufgehängt worden war.

»Was ist los?« fragte Benedicta.

»Eleanor!« rief Athelstan laut. »Eleanor, komm sofort hierher!«

Er sah etwas Buntes, das sich zwischen den Gräbern bewegte. Eleanor kam hinter dem Grabstein hervor, an dem sie gesessen hatte. Mit gesenktem Kopf und hängenden Armen kam sie über den Pfad. Athelstan stieg hinunter.

»Eleanor, was machst du denn hier?«

»Ich würde am liebsten sterben, Bruder. Oswald fehlt mir so sehr, aber unsere Eltern haben uns verboten, einander zu sehen, und daran ist nur dieser Drachen mit ihrem Mundwerk schuld.«

»Sterben wirst du schon früh genug. Und dann kommst du in den Himmel. In der Zwischenzeit aber hast du ein Leben zu leben. Gott hat dich zu einem bestimmten Zweck auf die Welt kommen lassen, und diesen Zweck mußt du erfüllen.«

»Am liebsten würde ich mich aufhängen.«

Benedicta legte den Arm um das Mädchen und sah den Ordensbruder fragend an.

»Sie liebt Oswald innig«, erklärte Athelstan. »Aber dem Kirchenbuch zufolge, von dem wir keine Abschrift mehr haben, sind sie verwandt.«

»Ach!« Benedicta umarmte die junge Frau.

»Komm mit«, schlug Athelstan vor. »Wir haben Pastete und Ale, iß etwas bei uns. Geteiltes Leid ist halbes Leid.«

Sie kehrten in die Küche zurück. Godbless saß mit glückseligem Lächeln am Tisch, sein Kinn war mit Fleisch und Soße beschmiert.

»Du bist schlimmer als die Heuschrecken von Ägypten«, klagte Athelstan. »Aber komm, setz dich hin.« Er machte rasch eine segnende Gebärde. »Herr, wir danken dir für das gute Essen und laß es uns genießen, bevor Godbless alles aufgegessen hat.« Athelstan hob seinen Becher und trank auf Eleanors Wohl. »Jetzt will ich euch erzählen, was heute passiert ist, denn nur zu bald wird jeder in der Stadt davon wissen.«

Athelstan hatte die Augen halb geschlossen, seine Gedanken schweiften zur Schwarzen Wiese zurück: die Vier Evangelien, die schattenhaften Gestalten, die nachts vom Fluß heraufhuschten, und vor allem die grausige Grube mit den Skeletten und Leichen, die sie barg.

»Bruder?«

Athelstan warf einen Blick auf Benedicta.

»Es ist eine Geschichte voller Mord«, erwiderte er. »Und ich fürchte, es wird noch mehr Blut vergossen werden, bevor wir wissen, was Gottes Wille ist.«

Sechs

Am nächsten Morgen war Athelstan schon früh auf den Beinen. Er las die Frühmesse, in der die Gemeinde nur aus Bonaventura bestand. Danach räumte er die Küche auf, sah nach Philomel, Godbless und Thaddäus und versuchte Ordnung in die Geschehnisse des Vortages zu bringen.

Kathryn Vestler ließ er erst einmal außer acht. Die Sache war zu dunkel, zu vage und zu wenig greifbar, aber an dem Schluß, zu dem er im Zusammenhang mit dem Mord an Sholter und den anderen beiden gekommen war, hielt er weiterhin fest. Doch was ihm wirklich am Herzen lag, war das Problem von Basils Tochter Eleanor, und als Crim zur zweiten Messe erschien, um seine Ministrantendienste zu verrichten, schickte Athelstan ihn mit einer Botschaft zu den Mitgliedern des Gemeinderats. Danach nahm Athelstan ein eiliges Frühstück ein, stieg wieder in seine Schlafkammer hinauf und kniete sich neben einen Stuhl, um das Morgengebet zu sprechen. Das Fenster stand offen, und schließlich hörte er, wie seine Gemeindemitglieder eintrafen. Bei dem Klang der laut kreischenden Stimme von Pikes Frau zuckte er zusammen. Er schloß die Augen.

»Herr, bitte behüte mich heute so, wie ich Dich behüten würde, wenn Athelstan Gott wäre und Gott Athelstan.«

Er bekreuzigte sich. Dieses Gebet sprach er oft, vor allem wenn er sorgenvoll oder bekümmert war. Dann legte er seinen Psalter beiseite, stieg von seiner Schlafkammer unter dem Dach hinab und ging zur Kirche hinüber.

Athelstan konnte sich nie genug wundern, welch ein Gespür seine Gemeindemitglieder für eine bevorstehende Gefahr hatten. Der ganze Gemeinderat war aufgetaucht, begierig, soviel wie möglich über Klatsch, Tratsch und Skandale zu erfahren. Sie saßen in einem Halbkreis im rückwärtigen Teil der Kirche, wo er und Benedicta am Vorabend mit den beiden Besuchern gesprochen hatten. Die Bänke waren ordentlich aufgestellt, sein Stuhl war aus dem Chor für ihn herbeigebracht worden. Natürlich hatte es das übliche Gerangel um die besonders wichtigen Plätze gegeben. Athelstan stöhnte innerlich, als er die Blicke bemerkte, die Pikes Frau Watkins knollennasiger Gattin zuwarf – man hätte meinen können, ein Bürgerkrieg stehe unmittelbar bevor. Als Vorsitzender des Rates hielt Watkin das Stammbuch und die Gemeindesiegel in einem Kasten auf dem Schoß. Dies waren die Symbole seiner Autorität. Die Art, wie Watkin sie umklammert hielt und unter seinen buschigen Augenbrauen jedermann drohende Blicke zuwarf, erinnerte Athelstan an einen Stier, der im nächsten Moment losstürmen würde. Neben ihm saß Pike. Hig, der Schweinehirt, mit seinem gedrungenen Gesicht, blickte finster drein, bereit, mit der ganzen Welt einen Streit anzuzetteln und sich keinen Deut darum zu scheren. Die Flämin Pernell hatte versucht, ihre karottenrote Haarfarbe in Gelb zu verwandeln. Athelstan war bemüht, nicht zu lachen. Das Ergebnis war furchterregend. Pernells Haar stand jetzt in den grellsten Farben vom Kopf ab. Benedicta saß neben ihr und flüsterte ihr etwas zu, wahrscheinlich bemüht, eine beleidigende Bemerkung abzumildern, die ein anderer der armen Frau ins Gesicht gesagt hatte. Mugwort, der Glöckner, Manger, der Henker, Huddle, der Maler, der die Augen halb geschlossen hatte, und Ranulf, der Rattenfänger, waren da. Ferox und Audax, die beiden Lieblingsfrettchen des Rattenfängers, steckten die Köpfe aus einer der großen Taschen seiner ledernen Jacke. Cecily, die Kurtisane, trug ein neues Armband und sah so zufrieden aus wie eine Katze, die am Rahm geschleckt hat. Basil, der Schmied, und Joscelyn von der Schenke »Zum Gescheckten« waren auch zugegen. Die Kirchentür flog auf, und Ursula, die Schweinebäuerin, kam hereingestürmt, gefolgt von ihrer großen Sau. Die Frettchen hielten die Köpfe schnuppernd in die Luft und verkrochen sich. Die Sau wäre am liebsten geradewegs in die Sakristei gestürmt, aber Ursula klatschte ihr auf die Hinterbacke, und die Sau setzte sich gehorsam hin. Athelstan warf der beleidigten Sau giftige Blicke zu. »Wenn es nach mir ginge, würde ich Glocke, Buch und Kerze bringen und dieses Tier auf der Stelle in Bann tun«, dachte er.

»Wir sind fertig, Bruder«, verkündete Watkin mit lauter Stimme. »Der Rat tagt.«

»Weißt du überhaupt, was das heißt, Watkin?« spottete Pike.

»Halt den Mund«, versetzte Watkins Frau. »Mein Mann hat seine Fibel gelernt, er weiß sich zu behaupten. Im Unterschied zu manchen ungebildeten ...!«

»Danke schön! Danke, es reicht!« griff Athelstan ein. »Denkt daran, daß wir im Haus Gottes sind. Der Herr ist Zeuge bei allem, was geschieht. Ich danke euch allen, daß ihr gekommen seid.«

Bevor noch jemand Einspruch erheben konnte, machte Athelstan das Kreuzzeichen und intonierte das Lied *Veni Creator Spiritus*. Danach ließ er sich nieder.

»Die Sitzung beginnt.«

»Wir brauchen mehr Sünder für den Chor«, meldete sich Mugwort. Seine Bemerkung rief sofort große Heiterkeit hervor. »Sänger, meine ich«, berichtigte er sich schnell.

»In St. Erconwald sind sie identisch«, sagte Athelstan. »Aber wir sind nicht der Sänger wegen hier. Ihr wißt, was der Anlaß ist. Basils Tochter Eleanor und Joscelyns Sohn Oswald lieben sich. Sie sind beide brave junge Menschen. Ich hoffe, daß ich die Gelegenheit bekomme, sie hier an der Kirchentür zu trauen. Dann gibt es Tanz, Gesang, Kirchenale ...«

»Jawohl, und allerhand Vergnügen in dem hohen Gras

auf dem Kirchhof!« versetzte Pikes Frau mit einem giftigen Seitenblick auf Cecily.

»Ach, das ist es, worauf du so scharf bist?« fragte die Kurtisane in gespielter Unschuld zurück.

»Gleichwie«, fuhr Athelstan unbeirrt fort, »wir haben ein Problem. Das Kirchengesetz ist ganz eindeutig in dieser Frage. Innerhalb bestimmter Blutsbande darf man nicht heiraten. Es hat den Anschein, daß Basils und Joscelyns Urgroßmütter Schwestern waren. Ihr wißt, daß wir zwar ein Kirchenbuch haben, aber es reicht nicht so weit zurück.«

»Wie weit?« fragte jemand.

Alle Augen wandten sich dem Schmied zu.

Basil machte ein klatschendes Geräusch mit seiner Lederschürze und verschränkte die muskulösen Arme. »Ich weiß es nicht.«

»Es muß zu Zeiten von Edward II., dem Urgroßvater des jungen Königs, gewesen sein«, warf Athelstan ein.

»War das nicht der ›Bum-Boy‹?« fragte Mugwort, begierig, seine Kenntnisse an den Mann zu bringen. »War das nicht der, den sie umgebracht haben, indem sie ihm einen heißen Schürhaken in den Allerwertesten steckten?«

»Das ist ja ekelhaft«, rief Watkins Frau aus. »Und überhaupt, wie konnten sie ihm denn einen Schürhaken …?«

»Hört zu«, fuhr Athelstan fort. »Wir haben ein Kirchenbuch, aber das reicht, wie gesagt, nicht so weit zurück. Was uns fehlt …« Er machte eine wegwerfende Handbewegung. »Ihr habt ja meinen Vorgänger gekannt.«

»Das war ein übler Hund, Bruder«, sagte Pike düster. »Hatte sich mit der Schwarzen Kunst abgegeben, draußen an der Wegkreuzung in der tiefsten Nacht.«

»Er war sündig und böse«, setzte Huddle hinzu. »Er mochte die Malerei nicht und hielt die Kirche verschlossen.«

»Er hat auch Dinge gestohlen«, fuhr Athelstan fort.

»Und wahrscheinlich um jeden Preis verkauft, den man ihm bot, einschließlich unseres alten Kirchenbuches.«

»Aber was ist denn so schlimm daran?« fragte Joscelyn. Er saß unbeholfen da, der leere Ärmel – einen Arm hatte er verloren, als er zur See fuhr – lag über eine Schulter geworfen, die andere Hand hielt er ausgestreckt, um sein Gleichgewicht zu wahren. »Wenn sie heiraten, meine ich, Bruder. Unsere Großmütter haben vor vielen Jahren gelebt, unser Blut müßte doch inzwischen wieder rein sein.«

»Nicht unbedingt«, versetzte Pikes Frau. »Es kann immer noch zu Schwierigkeiten kommen. Wir wollen keine Ungeheuer in der Gemeinde.«

»Sehr wahr«, murmelte Ranulf, »davon haben wir schon genug.«

»Woher wissen wir, daß sie Schwestern waren?« fragte Athelstan. »Das ist der Grund für dieses Treffen. Wer wird Einspruch erheben, wenn ich das Aufgebot aushänge? Ihr wißt, was das heißt. Ich frage euch ganz offiziell: Wer von euch kann gegen eine solche Ehe Einspruch erheben? Es ist eine sehr ernste Sache. Ihr müßt sie so beantworten, wie ihr Christus selbst gegenüber Rede und Antwort stehen werdet.«

Alle Augen wandten sich Pikes Frau zu.

»Es bestehen Blutsbande«, erklärte sie, ganz in der Rolle der weisen Frau der Gemeinde. Ihre Stimme wurde tiefer, offensichtlich genoß sie die Bedeutung, die diese Mitteilung ihr verlieh. Pike blickte zu Boden und scharrte mit den Füßen.

»Und welchen Beweis hast du dafür?«

Beim Anblick des schadenfrohen Lächelns auf dem Gesicht der Frau wurde Athelstan ganz mutlos.

»Einen Beweis, Bruder? Von keiner geringeren als der Ehrwürdigen Veronica!«

»Nein!« stöhnte Basil.

»Und du bist dir ganz sicher?« fragte Athelstan.

»Geht doch selbst zu ihr, Bruder. Sie mag wohl an die

neunzig sein, aber ihr Verstand ist noch klar, und ihr Gedächtnis ist gut. Ich kenne die Regeln. Wenn zwei Zeugen etwas gegen eine Eheschließung vorbringen, kann sie nicht stattfinden.«

Athelstan senkte den Kopf. Die Ehrwürdige Veronica war ein altes Weib, das in einer Mietskammer in der Dog Tail Alley gleich hinter der Schenke »Zum Gescheckten« lebte. Sie behauptete, zu alt zu sein, um in die Kirche zu kommen, deshalb stattete Athelstan ihr manchmal einen Besuch ab. Sie war alt und gebrechlich, aber bei klarem Verstand. Veronica war eine zänkische Frau, die eine Nase für Klatsch hatte und ein gutes Gedächtnis für Skandale. Sie wohnte seit vielen Jahren in Southwark und behauptete sogar, sie habe zugesehen, wie Roger Mortimer, der Liebhaber der Königin Isabelle, vor fünfzig Jahren in Tyburn gehängt, geschleift und gevierteilt worden war.

»Warum bist du so gegen diese Ehe?« fragte Benedicta.

»Das bin ich gar nicht, Witwe, ich sage nur die Wahrheit.«

Jawohl, dachte Athelstan bei sich, und dir gefällt der Schmerz, den du damit bereitest. Er sah den bittenden Blick in Basils Augen, während Joscelyn nur still dasaß und den Kopf schüttelte.

»Ich werde Veronica besuchen.« Athelstan versuchte, optimistisch zu klingen. »Ich werde alles einer genauen Prüfung unterziehen und vielleicht beim Bischof Rat einholen. Aber da ist noch eine andere Sache.«

Bladdersniff hob den Kopf. Seine Wangen waren blaß, aber seine Nase leuchtete feuerrot.

»Die Leichen?« fragte er.

»Ich will es ganz kurz und knapp erklären«, sagte Athelstan. »Im Haus des alten Geizkragens jenseits des Baches sind drei Menschen ermordet worden. Gott wird darüber zu Gericht sitzen, aber leider auch die Richter des Königs, und das ist unser Pech. Eines der Opfer war ein königlicher Bote.« Er hielt inne, bis sich der Aufschrei der

Empörung gelegt hatte. »Ihr kennt das Gesetz«, fuhr er fort. »Wenn diese Gemeinde hier den Mörder nicht dingfest machen kann, werden alle eine Strafe zahlen müssen, die der Hälfte ihres beweglichen Gutes entspricht. Die Richter des Königs« – er hob die Hand, um die allgemeine Empörung zu beschwichtigen – »sitzen in der Guildhall zu Gericht. Ich habe keinen Zweifel daran, daß eine Verkündung erfolgen wird. Die Strafe wird sehr hoch sein.«

Beim Anblick ihrer bestürzten Gesichter empfand Athelstan Mitleid.

»Sie könnte Hunderte Pfund betragen.«

Bei diesem drohenden Unheil, das sie alle betraf, waren jegliche Zwietracht und Rivalität wie weggeblasen.

»Ihr wißt, wovon die Rede ist. Die Richter werden das Urteil fällen, daß der königliche Bote von der Großen Gemeinschaft des Reiches getötet wurde. Von denen, die im geheimen Aufstand und Verrat gegen unseren König im Schilde führen.«

»Es ist nicht gegen den König gerichtet«, wandte Pike ein, »nur gegen seine Berater.«

»Jetzt ist nicht der Zeitpunkt für politische Debatten«, sagte Athelstan warnend, »sondern für kühle Köpfe. Wir werden den Vorwurf der Schuld an diesen schrecklichen Morden nicht auf uns ruhen lassen, deshalb haltet eure Augen und Ohren offen. Sir John Cranston ist euer Freund, er wird helfen, und wir werden auf Gott vertrauen.«

Athelstan erhob sich zum Zeichen, daß die Versammlung beendet war. Er war auf Pike wegen seines Ausbruchs ärgerlich, aber auch entschlossen, diese Gelegenheit zu nutzen.

»Der Tag ist angebrochen«, sagte er sanft, »ich habe euch lange genug hier festgehalten. Ich danke euch. Pike, ich möchte kurz mit dir sprechen.«

Athelstan ging das Mittelschiff hinauf bis zum Lettner.

Pike schlurfte hinter ihm her. Er wußte, daß sein Ausbruch den Gemeindepfarrer verärgert hatte, und er fürchtete sich vor der knappen und saftigen Strafpredigt, die ihm jetzt wohl bevorstand. Athelstan kniete sich auf die Stufen zum Altar.

»Knie dich neben mich, Pike.«

Der Grabenbauer folgte und starrte ängstlich zu der silbernen Monstranz hinauf, die über dem Altar hing.

»Pike«, hob Athelstan an, »Christus und seine Engel sind hier zugegen.«

»Ja, Bruder.«

»Ich weiß, daß du ein Mitglied der Großen Gemeinschaft des Reiches bist, aber wenn du dir noch einmal einen solchen Ausbruch erlaubst, werde ich dir, so klein ich auch bin, die Ohren langziehen.« Athelstan warf dem Grabenbauer einen müden Blick zu. »Ist dir nicht klar, daß du verhaftet werden könntest, wenn einer der Spione von John von Gaunt das hörte?«

»Ich, ich wollte nicht …«

»Du hast damit gesagt, daß du die Aufständischen kennst, das genügt.«

»Es tut mir leid, Bruder.«

»Das ist nicht nötig. Halt einfach deinen Mund, und dasselbe gilt für Imelda. Die junge Eleanor ist sehr aufgebracht. Sie hat die ganze letzte Nacht geweint.«

»Pater, sie …«

»Egal.« Athelstan schnitt ihm das Wort ab. »Ich möchte, daß du etwas für mich tust, Pike, und ich will keine Einwände hören. Du bist ein Mitglied der Großen Gemeinschaft des Reiches.« Er hob mahnend den Finger und hielt ihn Pike vor die Nase. »Lüge mich nicht an. Was weiß ich, vielleicht bist du sogar ein Mitglied ihres geheimen Rates. Ich möchte dich um einen Gefallen bitten. Frag doch bitte die anderen Ratsmitglieder, ob sie etwas wissen – über den Tod dieses königlichen Boten.«

»Bruder, das kann ich wirklich nicht.« Pikes Stimme versagte fast bei dem Blick aus Athelstans Augen. »Ich werde tun, was ich kann, aber ich bin nicht der einzige.«

»Das wette ich. Es würde mich nicht wundern, wenn Ursulas Sau auch den Treffen beiwohnte, obwohl sie sich in meinem Kohlbeet zu viel zu schaffen macht, um mir diesen Gefallen zu tun. Jetzt bekreuzige dich und geh.«

Pike gehorchte, und Athelstan schloß die Augen.

»Es tut mir leid, Herr«, betete er. »Wirklich, aber irgendwann dieser Tage wird Pike der Kopf zurechtgesetzt werden.«

Er hörte, wie die Tür hinter ihm krachend aufflog.

»Guten Morgen, Sir John.«

»Woher wußtest du, daß ich es bin, Bruder?«

»Nur einer öffnet die Tür, als wäre er der Erzengel Gabriel.«

»Rede bitte nicht von Engeln. Das erinnert mich an diese Verrückten an der Schwarzen Wiese.« Sir John kniete nebenAthelstan nieder und bekreuzigte sich flüchtig.

»Was führt Euch hierher?« Athelstan stand auf und beugte das Knie. Sir John folgte ihm in die kleine Sakristei.

»Mistress Vestler ist nach Newgate überstellt. Welcher Tag ist heute? Dienstag. Am Donnerstag soll sie Richter Brabazon in der Guildhall vorgeführt werden.«

Athelstan betrachtete seinen Freund eingehend. Sir Johns Jovialität war gespielt, der Coroner sah sehr besorgt aus.

»Was ist los, Sir John?«

Sir John zog eine kleine Pergamentrolle hervor, mit der er Athelstan auf die Schulter klopfte. Der Ordensbruder fühlte, wie ihn ein kalter Schauer durchlief.

»Du weißt, was das ist, Athelstan. Stell keine dummen Fragen.«

Athelstan öffnete die Rolle. Unter dem Text waren die Siegel der Oberrichter angebracht, die des Bürgermeisters und der Richter, die in der Guildhall zu Gericht saßen. Sie verkündeten im Namen des Königs, daß Miles Sholter, der von einer oder mehreren unbekannten Personen in der Gemeinde von St. Erconwald in Southwark auf abscheuliche Weise niedergemetzelt wurde, ein königlicher Bote gewesen war, der die Insignien und das Wappen des Königs trug. Ein Angriff gegen ihn war ein Angriff gegen die Krone. Aus diesem Grunde sei die Gemeinde von St. Erconwald mitsamt allen ihren Mitgliedern verpflichtet, den oder die unbekannten Täter den Bütteln des Königs auszuliefern. Im anderen Fall würden sie eine Strafe von zweihundert Pfund Sterling zahlen müssen.

»Es tut mir leid«, sagte Sir John. »Mehr konnte ich nicht erwirken. Ich habe John von Gaunt persönlich aufgesucht. Wenn es nach Brabazon gegangen wäre, wären es sechshundert Pfund.«

Athelstan zitterte am ganzen Leib.

»Das ist immer noch eine gewaltige Bürde, Sir John. Wir sind eine arme Gemeinde.«

»Es gibt Mittel und Wege. Es gibt Mittel und Wege.«

Sir John nahm einen Schluck aus seinem Weinschlauch. »Wir werden den Mörder finden. Falls nicht, kenne ich Kaufleute in der Stadt. Wir werden das Geld schon auftreiben. Unterdessen muß das hier an die Kirchentür genagelt werden, und zwar fest, Bruder.«

»Das wird geschehen.«

Athelstan gewann seine Fassung wieder und rollte das Pergament zusammen. Er schaute auf das grobe Holzkreuz, das an der Wand hinter dem Sakristeitisch hing.

»Bitte«, betete er leise, »bitte, laß das nicht geschehen.«

Der Coroner sah immer noch sehr mitgenommen aus.

»Ihr habt noch etwas anderes auf dem Herzen, Sir John, nicht wahr?«

Cranston schüttelte den Kopf und setzte sich auf einen Schemel.

»Ich marschiere herum, Bruder, wünsche grölend einen

Guten Morgen, trinke mein Ale, lache und scherze, aber, Gott ist mein Zeuge, ich bin sehr besorgt.«

»Kathryn Vestler?«

»Es wird immer schlimmer. Kathryn ist jetzt im Torhaus in Newgate. Sie hat aufgehört zu weinen, sie scheint mir stärker, als ich erwartet hatte. Ihr Blick ist hart, und sie macht Ausflüchte. In der letzten Nacht habe ich sie wieder zu Margot Haden und anderen Besuchern im ›Paradiesbaum‹ befragt, aber sie tut alles mit einem Achselzucken ab. Brabazon droht jetzt damit, die gesamte Wiese umzugraben.« Sir John hielt seinen Biberpelzhut fest mit den Händen umklammert. »Ich habe ihren Mann Stephen wie einen Bruder geliebt. Ihm verdanke ich mein Leben. Ich weiß, ich weiß, ich rede von Poitiers, aber es hat auch andere Gelegenheiten gegeben. Was ist, wenn Stephen und Kathryn Mörder waren? Die arme Reisende umbrachten, ihre Habseligkeiten an sich rissen und die Leichen auf diesem Blutacker verscharrten?«

»Alice Brokestreet ist der Schlüssel zu dem Geheimnis«, entgegnete Athelstan.

»Sie ist eine Mörderin, die verzweifelt versucht, ihren Kopf zu retten. Auch bei ihr bin ich gewesen. Sie bleibt hartnäckig bei ihrer Geschichte und macht Andeutungen, daß es noch andere Dinge, andere Verbrechen gibt.«

»Zum Beispiel?« fragte Athelstan.

»Das, was ich mir gedacht habe.« Sir John kratzte sich am Kinn. »Nehmen wir an, Kathryn Vestler ist eine Mörderin und raubt ihre Opfer aus. Ich kann mir zwar vorstellen, daß sie die Habseligkeiten eines armen Zimmermädchens verbrennt ...«

»Ich sehe, was Ihr meint, Sir John. Wenn Mistress Vestler eine Mörderin und Räuberin zugleich war, dann hat sie des Gewinns wegen getötet. Was ist dann mit den Sachen geschehen, die sie gestohlen hat?«

»Richtig. Kathryn Vestler konnte nicht gut mit Körben voll Raubgut auf die Märkte gehen. Damit hätte sie Mißtrauen erregt. Meiner Meinung nach hätte sie die Sachen an andere weiterverkauft, die sie dann in einem anderen Stadtteil, vielleicht sogar auf einem Markt außerhalb der Stadtmauer verhökern würden.« In Sir Johns hellblauen Augen spiegelte sich die plötzliche Veränderung von Athelstans Gesichtsausdruck. »Was ist los, Bruder?«

Der Ordensbruder erzählte ihm, daß die vier Evangelien dunkle Gestalten gesehen hatten, die nachts mit Barken anlegten und über die Schwarze Wiese und vielleicht noch weiter schlichen.

»Diese Gestalten können nur ein Ziel haben, nämlich den ›Paradiesbaum‹«, schloß Athelstan.

»Der Herr steh uns bei!«Sir John schlug die Hand vor den Mund. »Ich kann jetzt schon absehen, wie es verlaufen wird. Die Vestler hat mit einer Räuberbande unter einer Decke gesteckt. Sie brachte Reisende um und verkaufte die Ware an andere weiter.« Er seufzte. »Wenn das der Fall ist, lügt sie. Ich habe Kathryn gefragt, ob sie irgend etwas weiß. War sie in Gesetzwidrigkeiten verwickelt? Ich habe den Verdacht, daß sie sogar dann gelogen hat, wenn sie mir eine Antwort gegeben hat.«

»Aber das ist nicht alles!« Athelstan erzählte Sir John von dem Hexenmeister Gundulf und dem Schatz ›unter der Sonne‹. »Es ist ein Rätsel«, schloß er. »Aber was kann es bedeuten?«

»Bartholomew war ein Archivar im Tower«, erwiderte Sir John. »Nehmen wir einmal an – und vergiß nicht, Bruder, daß ich eine Abhandlung über die Verwaltung der Stadt schreibe –, daß Bartholomew Historiker war. Überall in London liegen angeblich Schätze vergraben. Jedes Jahr erhebt die Stadt Anspruch auf Schatzfunde, die entweder aus dem Fluß gefischt oder auf einem Feld oder Friedhof ausgegraben worden sind. Vielleicht ist Bartholomew auf eine solche Geschichte gestoßen. Ist es möglich, daß er deshalb umgebracht wurde?«

Athelstan schloß den kleinen Schrank an der Wand ab,

der die Hostien und den Meßwein enthielt. Geistesabwesend zog er den Schlüssel ab und steckte ihn in die Tasche.

»Vielleicht glaubte Bartholomew, der Schatz sei irgendwo unter dem ›Paradiesbaum‹ vergraben?« führte er Sir Johns Theorie weiter aus. »Er geht zu Mistress Vestler und weiht sie in das Geheimnis ein?«

»Und deshalb beschließt sie, ihn umzubringen? Ich habe einen Freund namens Richard Philibert«, fuhrt Sir John fort. »Er ist ein alter Schreiber, der früher in der königlichen Schatzkammer gearbeitet hat. Er saß beim Schatzmeister und prüfte die Abrechnungen des Sheriffs, wenn sie in Westminster vorgelegt wurden.«

»Was hat er damit zu tun?« fragte Athelstan.

»Nun, Bruder, als ich mich gestern im Garten sonnte, habe ich mir den ›Paradiesbaum‹ genau angesehen. Der Garten ist wunderschön, die Giebel, das Dach, die Möbel im Haus – alles ist in bestem Zustand.«

»Aber Mistress Vestlers Geschäft geht doch gut?«

»Das stimmt, doch Hengan hat gestern etwas Interessantes gesagt, nämlich daß Kathryn bei den Bankiers Gold und Silber auf die hohe Kante gelegt hat.« Cranston sprang auf und klopfte sich auf den Bauch. »Mein Freund Philibert wird sich die Rechnungsbücher des ›Paradiesbaums‹ ansehen. Ich wette einen Weinschlauch gegen ein Bierfäßchen, daß Kathryns Verdienst übermäßig hoch ist, und darauf wird sich Brabazon wie ein Habicht stürzen. So habe ich ihn schon mehrere Male bei Gericht erlebt. Der Oberrichter Brabazon legt großen Wert auf Einzelheiten. Er kann einen Gefangenen zerfleddern wie ein Rabe eine Leiche; er wird sich fragen, ob sie und Bartholomew vielleicht diesen Schatz gefunden haben.«

»Wird Hengan sie verteidigen?«

»Das wird er schon, aber er hat Sorgen. Ich habe ihm heute morgen auf meinem Weg hierher einen Besuch abgestattet. Er sah aus, als habe er eine schlaflose Nacht hinter sich. Was sollen wir also tun, Bruder?«

»Eines nach dem anderen.« Der Ordensbruder rieb sich die Hände. »Sir John, vor uns liegt ein Meer von Schwierigkeiten, aber das ist nicht das erste Mal. Wenn Mistress Vestler eine Mörderin ist, können wir sie kaum vor der Hinrichtung bewahren. Die Frage, die wir stellen müssen, lautet: Wenn sie Bartholomew und Margot nicht getötet hat – wer war es dann?«

Sir John sah ihn düster an.

»Stellt es Euch wie einen Wandbehang vor, der eine Geschichte darstellt«, beharrte Athelstan. »Wir haben Mistress Vestler. Wir haben die Opfer. Wer sonst könnte diese Leute umgebracht haben? Wer sonst könnte für die grausigen Funde auf der Schwarzen Wiese verantwortlich sein? Denkt nach, Sir John! Wenn Ihr auf diese Frage keine Antwort habt, wird Brabazon dafür sorgen, daß sie für Eure Freundin zum Galgenstrick wird.«

»Wir haben Alice Brokestreet«, erwiderte der Coroner langsam. »Sie könnte sie umgebracht haben.«

»Vielleicht.«

»Ich habe den Gefängniswärter in Newgate gefragt, ob Alice Brokestreet Besucher gehabt hat. Er behauptete, ein Ordensbruder habe sie besucht, um ihr Trost zu spenden und die Beichte abzunehmen. Nun, in so manchem Haus in London gibt es einen Priester. Es gibt mehr Ordensbrüder in London als Fliegen auf einem ...«

»Danke, Sir John! Eure Meinung über Ordensbrüder ist sattsam bekannt.«

»Nun, Newgate ist in der Nähe von Greyfriars House, deshalb bin ich dort vorbeigegangen, um den Abt zu sprechen. Das sind Franziskaner, nicht wahr, keine aus deinem Stall?«

»Danke, Sir John.«

»Diese Ordensbrüder sind für die Gefangenen in Newgate zuständig. Sie spenden Trost und Beistand. Aber anscheinend hat keiner seiner Ordensbrüder jemals etwas von Alice Brokestreet gehört.«

Athelstan lächelte. »Also hat die Brokestreet einen Komplizen?«

»Schon möglich.«

Athelstan setzte zu einer Antwort an, hielt jedoch inne, als die Glocke zum Vormittagsgebet zu läuten begann. Er seufzte und versuchte, seinen Verdruß zu verbergen. Manchmal erinnerte sich Mugwort an seine Pflichten, manchmal war er zu betrunken dazu. Jetzt läutete er die Glocke so, als wolle er jeden in der Stadt zum Gebet herbeirufen. Athelstan wartete, bis der Lärm verstummte.

»Wer könnte ihr Komplize sein?«

»Ich weiß es nicht, Bruder, aber unser alter Flaxwith und dieser verflixte Köter sind schon eifrig dabei, zu schnüffeln. Du darfst nicht vergessen, daß die Brokestreet in einem Bordell gearbeitet hat.«

»Wen sucht Ihr, Sir Jack?«

»Unseren alten Bekannten, den Vikar der Hölle!«

»Nein!« stöhnte Athelstan. »An diesen Schurken kann ich mich gut erinnern!«

»Er kann uns vielleicht helfen. Flaxwith wird ihn ausfindig machen. Wohin jetzt, Bruder? Hengan wird uns am Tower treffen ...«

»Sir Jack!« Athelstan klopfte ihm auf den Arm. »Ihr habt Probleme und ich auch. Ich will Euch eine Geschichte von unseren Morden hier in Southwark erzählen. Aber zuerst ...«

Athelstan führte ihn durch die Kirche zurück und zum Hauptportal hinaus. Einige Mitglieder des Rates standen noch in einer Gruppe zusammen. Athelstan ging zu ihnen und drückte Bladdersniff die Rolle in die Hand.

»Du bist doch der Bezirksbüttel, Luke, nicht wahr? Nagele dies hier an die Kirchentür und sorge dafür, daß es nicht abgerissen wird!«

Bevor noch einer eine Frage stellen konnte, war Athelstan schon im Pfarrhaus. Benedicta stand in der Küche und wusch die Becher und Schalen vom Vorabend. Bonaventura half ihr dabei. Er war auf ein Faß gesprungen und versuchte eifrig, eine der Schalen säuberlich abzulecken. Athelstan reichte ihr die Schlüssel, und sobald Sir John die Witwe aus seiner Umarmung entließ, in der sie fast verschwand, erklärte sie sich bereit, sich bis zu Athelstans Rückkehr um die Gemeinde zu kümmern.

»Du kannst sie allesamt geschenkt haben«, sagte Athelstan. »Im Augenblick würde ich am liebsten hinaus aufs freie Land laufen und mich hinter dem erst besten Baum verstecken.«

»Komisch«, sagte Sir John und zwinkerte Benedicta zu. »Das habe ich auch immer gedacht, als ich klein war. Und ehrlich gesagt, tue ich es auch jetzt noch, wenn Lady Maude einen ihrer Wutanfälle bekommt.«

Athelstan holte Umhang und Schreibbeutel, verabschiedete sich geistesabwesend und schritt, gefolgt von dem verblüfften Sir John, aus seinem Haus und den Pfad hinunter nach Southwark. Seine Gemeindemitglieder riefen ihm Lebewohl zu, doch Athelstan ging gedankenverloren weiter.

»Was ist los, Mönch?«

»Ordensbruder, Sir John. Ich bin ein Ordensbruder und zwar ein ziemlich wütender. In London haben wir die Geschichte mit der Witwe Vestler, Gott allein weiß, was wirklich dahinter steckt. Ich habe ein junges Mädchen in der Gemeinde, die Tochter von Basil, dem Schmied, die einen jungen Mann heiraten will, doch es geht das Gerücht, daß sie blutsverwandt sind. Und jetzt kommt noch der rätselhafte Tod von Miles Sholter dazu, von der schweren Geldstrafe einmal ganz zu schweigen.«

»Du denkst doch nicht dran wegzugehen?« Sir John packte ihn an der Schulter. »Bitte sag das nicht, Bruder!«

Athelstan begegnete dem traurigen Blick seines Freundes und fühlte, wie sein Zorn abkühlte.

»Nein, Sir Jack, ich lasse Euch nicht im Stich, ich bin nur zornig. Wißt Ihr, was ich über das Böse denke, über den Teufel? Das ist keine große Bestie, kein gefallener Engel, umgeben vom Nimbus furchtbarer Großartigkeit. Nichts dergleichen! In meinen Augen, Sir Jack, ist das Böse wie ein boshaftes Kind, das einen Streich spielt und in seinem Versteck auf der Lauer liegt und vor Vergnügen kichert, wenn es sieht, welchen Schaden es angerichtet hat. Ihr seid der Coroner, der für Gesetz und Ordnung verantwortlich ist. Ich bin ein Ordensbruder, ein Priester, der sich vor Gott für die Sorge an menschlichen Seelen zu verantworten hat. Wir stecken in einem Labyrinth, weil Menschen Gottes Willen vereiteln wollen. Also: wir machen uns jetzt auf zu einem Gasthaus mit dem Namen ›Zum Sanften Thomas‹, und unterwegs, mein lieber Coroner, erzähle ich Euch, was gestern abend geschehen ist und was der Grund für unseren Besuch dort ist.«

Sir John schob seinen Arm unter den des Ordensbruders.

»Na gut, auf geht's, Bruder. Ich bin ganz Ohr für deine Beichte.«

So marschierten der Lord Coroner und sein Secretarius durch die verrufenen Wege und Gassen von Southwark, ohne zu ahnen, daß ihnen in einigem Abstand eine schattenhafte Figur nachschlich, die jeden einzelnen ihrer Schritte verfolgte.

Sieben

Sie überquerten den Bach und stiegen den Hügel zu dem verfallenen Haus hinauf.

»Wie hieß doch der alte Pfennigfuchser, der hier lebte?« fragte Sir John.

»Er wurde Simon, der Geizhals, genannt, aber das war nicht sein richtiger Name. Man erzählt sich, er sei ein Benediktiner gewesen, der aus einem Kloster geflüchtet ist und einen Teil des Klosterschatzes hat mitgehen lassen. Er starb kurz nachdem ich in die Gemeinde kam. Haus und Feld fielen an die Krone. Wenn ich mich recht erinnere, ist noch ein Rechtsstreit im Gange, ob es Gemeindeland ist oder verkauft werden kann. Blei, Fliesen, alles, was Wert hat, ist natürlich längst aus dem Haus verschwunden.«

Sir John hielt schnaufend und keuchend inne und wischte sich die Stirn. Er blickte zu dem Haus hinauf: Die Wände waren brüchig, und wo einst Fenster gewesen waren, klafften jetzt Löcher. Vom Dach waren nur noch ein paar Balken übrig, die wie verkohlte Finger in den Himmel ragten.

»Man erzählt sich auch, daß Simons Geist hier spukt«, sagte Athelstan. »Ein gutes Versteck für eine Leiche. Der Mörder muß gewußt haben, daß nur ganz selten jemand hierherkommt.«

Die beiden traten durch den verfallenen Eingang in den Wohnraum, wo die Leichen gefunden worden waren. Athelstan beschrieb, wie er sich den Mord vorstellte. Sir John stimmte zu.

»Aber wir sollten uns umschauen.«

»Warum, Bruder?«

»Das weiß man erst, wenn man etwas gefunden hat. Gebt aber acht, das Obergeschoß ist nicht sicher.«

Sir John sah zur Decke und bemerkte die Risse.

»Das stimmt, nur ein Narr würde dort hinaufsteigen.«

»Die Treppe ist schon lange verschwunden«, sagte Athelstan. »Höchstwahrscheinlich hat eines meiner Pfarrkinder sie zu Brennholz verarbeitet.«

In den unteren Räumen sah es nicht besser aus. Alles, was irgendeinen Wert darstellte, war längst verschwunden. Der Fußboden war aus Stein, doch Türfüllungen, Türen, Fensterrahmen – alles war herausgerissen worden. Als Athelstan aus der Spülküche trat, bemerkte er Stufen, die in den ehemaligen Keller führten. Er stieg vorsichtig hinab. Die Luft war feucht und muffig, es roch nach Kohlen und Brennholz.

»Das war sicher Simons Vorratsraum«, rief er. Seine Stimme klang hohl. »Es ist so dunkel wie …«

»In der Achselhöhle des Teufels!« dröhnte Sir John.

Athelstan öffnete seine Tasche und nahm eine dicke Kerze und Zunder heraus. Er schlug den Zunder an, aber es entstand keine Flamme. Er versuchte es noch einmal, und endlich bildete sich ein kleiner Lichtkreis um den Docht. Athelstan blickte sich um. Nichts als spinnwebbedeckte Wände und Decken. Der Keller war nicht viel mehr als eine steinerne Kiste, in einer Ecke ließ sich ein Haufen schwarzer Kohlenstaub erkennen. Athelstan wartete, bis sein Gefährte vorsichtig die Treppe hinuntergestakt war.

»Psst«, gebot der Ordensbruder.

»Was ist?«

Athelstan schloß die Augen. Prior Anselm hatte ihn immer davor gewarnt, übernatürliche Erfahrungen zu suchen. »Widerstehe solchen Situationen«, hatte ihm der Prior dringend geraten. »Gott offenbart sich selten in Visionen, sondern in den alltäglichen Dingen. An einem Baum im Frühling finden sich mehr Wunder als in vielen unserer sogenannten visionären Träume.«

Trotzdem reizte es Athelstan. Er dachte an den Mörder, vermummt, maskiert, die Kapuze ins Gesicht gezogen. Wahrscheinlich war der arme Miles am Samstagabend umgebracht worden, gleich nachdem er den »Sanften Thomas« verlassen hatte. Sein Leichnam hatte hier bis Sonntag versteckt gelegen, als die anderen beiden dem Mörder in die Quere kamen.

»Bruder! Bruder!« Sir John drängte ihn, sich wieder den Fakten zuzuwenden.

»Psst!« Athelstan hielt die Augen noch immer geschlossen und hob die Hand. »Die Mörder haben am Samstag jemanden getötet, Sir John, doch am Sonntag kamen sie zurück, um die Leiche zu beseitigen. Wo werden sie die Leiche versteckt gehalten haben? In diesem Keller wurde früher Kohle gelagert, aber ich kann mich nicht erinnern, an der Kleidung des Opfers Kohlespuren bemerkt zu haben. Entweder ist die Leiche nie hier versteckt gewesen, oder der Kohlenstaub befand sich auf dem Wams und auf seinen Stiefeln. Diese sind aber, wie wir wissen, entfernt worden. Seine Beinlinge waren dunkelgrün. Darauf wären solche Spuren nicht sichtbar gewesen, außerdem hätte sich der Staub beim Transport der Leiche gelöst.«

»Stimmt!«

»Was wir hier suchen, Sir John, sind Spuren oder Flekken, die nicht hier sein sollten. Das ist ein ganz entscheidender Faktor.«

Athelstan kauerte sich auf den Boden, streckte die Hand mit der Kerze aus und bewegte sich langsam und aufmerksam weiter. Bei einer staubfreien Stelle an der Wand hielt er inne und blickte angestrengt auf den dunklen Flecken in der Mitte.

»Hier hat ein Stück Sacktuch gelegen. Seht her, Sir John, dieser Fleck.« Er rieb mit dem Finger daran.

»Das könnte alles mögliche sein«, sagte Sir John. »Verschütteter Wein ...«

»Oder Blut«, setzte Athelstan hinzu. »Wahrscheinlich hat Sholters Leichnam hier gelegen, bevor der Mörder ihn nach oben getragen hat, wo er dann überrascht wurde. Und jetzt auf zum ›Sanften Thomas‹, Sir John.«

Das Gasthaus lag an einer Kreuzung an der Grenze von Southwark, wo sich Schafott und Pranger befanden. Diese waren leer, aber im Hof des Gasthauses wimmelte es von wandernden Händlern mit ihren Lastpferden, von Hausierern und Kesselflickern. Ein paar Zigeuner in ihren bunt zusammengewürfelten Lumpen hatten sich unter die Menge gemischt; zwei Männer und eine Frau, die ihre Dienste als Wahrsager und Handleser anboten, doch zur Antwort bekamen sie nur finstere Blicke und zwischen den Zähnen hervorgestoßene Flüche. Die Frau trat auf sie zu und versuchte, Athelstans Hand zu ergreifen.

»Willst du mich nicht lesen lassen?« fragte sie in einem fremdartigen, harten Akzent. »Wir haben alle eine Zukunft, vielleicht hübsche Damen.«

»Das bezweifle ich! Aber nehmt das, gute Frau!« Er drückte ihr einen Penny in die schwielige Hand. »Das ist nicht fürs Wahrsagen, sondern dafür, daß du uns in Ruhe läßt.«

Die Zigeunerin schlurfte davon. Athelstan sah sich um. Der »Sanfte Thomas« war ein dreistöckiges Haus; die schwarzen Balken und der Verputz verschwanden unter Efeu, das sich an den Wänden empor und um die Fenster rankte und dem Haus ein hübsches, idyllisches Aussehen verlieh. Es war ein wohlhabendes Gasthaus, aber mit dem »Paradiesbaum« nicht zu vergleichen. Die hölzernen Fensterbänke waren schartig, nur wenige Fenster waren verglast. Die anderen waren mit Ölpapier abgedeckt oder einfach mit Holzläden vernagelt. Der Schankraum war groß, verwinkelt und trübe beleuchtet, in den Ecken standen Bänke und Schemel, ein großes aufgebocktes Brett in der Mitte des Raumes diente als Gemeinschaftstisch. An der gegenüberliegenden Seite, gleich neben der Tür zur Küche, standen die Tonnen und Fässer aufgereiht, darüber drängten sich auf Borden die Humpen, Seidel, Zinnkrüge und Becher. An einem Tisch saß ein Kesselflicker und stellte eine weiße Ratte in einem Käfig zur Schau. Die Ratte lief unermüdlich auf der Stelle und trieb ein Rad an, das einem Mühlrad glich. Einige der Gäste schlossen Wetten ab, wie oft sich das Rad drehen würde, bis die Ratte ermüden und hinausklettern würde. Ein Taschendieb, der eben noch draußen am Pranger gestanden hatte, klagte über seinen steifen Hals. Ein kleiner Junge stand auf einem Tisch und massierte ihm den Nacken. Der Schankwirt kam aus der Küche und wischte sich die Hände an einem blutigen Lappen ab, den er rasch unter die fleckige Schürze steckte. Er warf einen Blick auf den Coroner und kam eilends auf ihn zugewatschelt.

»Guten Tag, Sir. Womit kann ich dienen? Bei uns findet Ihr das beste Ale zwischen hier und Canterbury. Und auch in Southwark, falls Euch dahin der Weg führt.«

»Miles Sholter und Philip Eccleshall«, bellte Sir John und zeigte ihm sein wächsernes Amtssiegel. »Zwei Boten des Königs, sie sind am vergangenen Samstagabend hier eingetroffen.«

»Was war noch der Wunsch, Sir? Zwei Viertel Ale? Ein Stück Hühnerpastete? Wir haben auch Aalpasteten. Ich bin sehr beschäftigt, Sir.«

»Und ich bin ein Beamter des Königs!«

»Zwei Viertel Ale und eine Hühnerpastete kämen gerade recht.« Athelstan zog eine Silbermünze aus der Tasche. »Wir setzen uns in die Ecke dort drüben.«

Über das fettige Gesicht des Schankwirts breitete sich ein Lächeln. Athelstan war bemüht, beim Anblick der schwarzen Stümpfe und der gelben, abgebrochenen Zähne nicht zurückzuweichen. Er warf einen Blick auf die schmutzigen Fingernägel des Mannes.

»Oder vielleicht doch nur zwei Viertel Ale«, beeilte er sich zu sagen und trat mit seiner Sandale auf Sir Johns Zehen, die in Stiefeln steckten. »Ich rate Euch dringend, uns zu helfen, guter Mann, sonst wird Sir John Cranston hier, der Coroner der Stadt, mit seinen lustigen Jungs wiederkommen müssen.«

Der Schankwirt hob die Hände wie zum Gebet.

»Sir Cranston – von Euch habe ich schon gehört.« Er eilte voraus und wischte mit seinem Lappen über zwei Schemel. »Macht es Euch bequem. Das Ale gibt es kostenlos, das spendiere ich.«

»Nein, danke.« Athelstan legte die Silbermünze auf den Tisch. »Wir bezahlen für das, was wir trinken und was Ihr zu erzählen habt.«

Trotz seiner Leibesfülle bewegte sich der Schankwirt behende. Er grölte die Bestellung, und eine schlampige Frau kam herbeigeeilt. Die Humpen waren groß und sahen sauber aus, das Bier schäumte über den Rand und lief an den Humpen hinab.

»Also, Sir, wie kann ich Euch helfen?« Der Schankwirt zog einen Schemel heran.

»Miles Sholter und Philip Eccleshall«, wiederholte Sir John. Er nahm einen Schluck und schmatzte anerkennend mit den Lippen. »Sagt die Wahrheit, und angesichts dieses duftenden Ales will ich Eure Unhöflichkeit von vorhin vergessen.«

»Sie kamen am Samstagabend an. Ihr wißt doch, wie sie sind. Sie stürmen herein, den Umhang über die Schultern geworfen, die Kapuzen in die Stirn gezogen, mit klirrenden Sporen und dem Schwert am Gurt. Einer war mittelgroß und hatte langes dunkles Haar, der andere war größer.«

»Und was geschah dann?« fragte Athelstan.

»Sie nannten ihre Namen, Sholter und Eccleshall, was ihres Amt sei. Sholter war eher still, aber Eccleshall war sehr wichtigtuerisch.«

»Haben Sie Speisen oder Getränke bestellt?«

»Nein, sie haben sofort ein Zimmer genommen. Ich

führte sie in den ersten Stock, zum besten Zimmer, das wir haben: zwei Betten, Truhe, Kasten, Tisch und einen ...«

»Danke. Erzählt uns nur, was geschah.«

»Sie sind oben geblieben. Ungefähr eine Stunde nach ihrer Ankunft brachte eine Magd eine Mahlzeit hinauf. Der eine lag auf dem Bett, der andere flickte eine Spore. Die Satteltaschen waren noch gepackt, und sie unterhielten sich über ihre Reise. Es war vielleicht sieben oder acht Uhr abends, als einer der beiden in großer Hast die Treppe hinuntergepoltert kam, und der andere hinter ihm her. Der größere, Eccleshall, stritt mit seinem Gefährten. ›Warum läßt du es nicht einfach?‹ rief er. Aber der andere sagte nein und ließ sein Pferd satteln. Sie hatten ihr Zimmer schon bezahlt, deshalb hatte ich keine Einwände, und der andere ritt davon.«

»Wißt Ihr, daß er umgebracht worden ist?« fragte Sir John.

Der Schankwirt schüttelte den Kopf und wischte sich mit seinem Lappen übers Gesicht.

»Wer ist umgebracht worden?«

»Derjenige, der am Abend fortgeritten ist.«

»Das war es also.«

»Was meint Ihr damit?« fragte Sir John und warf einen mißbilligenden Blick auf die Gruppe von Hausierern, deren Rufe und Flüche die Ruhe des Schankraums störten. Die Hausierer, die mitbekommen hatten, daß Cranston ein Beamter des Königs war, wurden sofort still.

»Also, der größere, Eccleshall, kam herunter, als sein Gefährte weg war.« Er zeigte auf die Kaminecke. »Er saß nur da und starrte ins Feuer.«

»Und er hat die Schenke zu keinem Zeitpunkt verlassen?« fragte Athelstan.

»Nein.«

»Seid Ihr ganz sicher?«

Athelstan fühlte, wie ihn Enttäuschung beschlich.

»Wißt Ihr, Bruder …«

»Athelstan. Ich bin Sir Johns Sekretär. Ich bin auch der Gemeindepfarrer von St. Erconwald.«

»Aha.« Der Schankwirt tippte sich mit dem Finger an seine dicke Nase. »Von Euch habe ich schon gehört. Seht, ich sage die Wahrheit. Eccleshall schaute an diesem Abend tief ins Glas. Ich konnte sehen, daß er besorgt war. Er hatte Mühe, die Treppe hinaufzusteigen, und das war lange nachdem wir geschlossen hatten. Und Ihr müßt wissen, wie alle Schankwirte habe ich Angst, es könnte brennen. Ich gehe immer durchs Haus und sehe nach, ob nicht irgendein Trunkenbold vergessen hat, seine Kerze zu löschen.« Er grinste. »Wenn ein Mann und seine Dame ungestört bleiben wollen, können sie ja einen Schemel an die Türe lehnen. Es muß jedenfalls schon lange nach Mitternacht gewesen sein. Ich habe die Tür zu Eccleshalls Zimmer geöffnet, die Kerze war gelöscht, und er lag auf dem Bett und schnarchte wie ein Schwein. Wir haben einen Burschen, der den Stall hütet. Ihn hat auch niemand geweckt.«

»Und am nächsten Morgen?«

»Eccleshall kam mit schweren Lidern zum Frühstück herunter. Er war sehr aufgeregt und fragte jedermann, ob sie nicht seinen Gefährten gesehen hätten. Natürlich hatten wir ihn nicht gesehen. Er ließ sein Pferd satteln und verschwand. Das war etwa um neun Uhr morgens.«

»Und Ihr seid sicher, daß sie zu zweit hergekommen sind?« fragte Athelstan forschend.

»Natürlich! Eccleshall und der andere, Sholter, von etwas kleinerem Wuchs, dunkelhaarig und rotwangig.«

Athelstan bedankte sich bei ihm, und der Schankwirt verschwand wieder in die Küche, zufrieden glucksend über das leicht verdiente Geld.

»Ich glaube, deine Vermutungen sind falsch, Bruder.« Sir John klopfte ihm freundlich auf die Schulter. »Sholter hat das Gasthaus verlassen, aber wenn Eccleshall etwas mit dem Mord zu tun hat, hätte er an zwei Orten gleichzeitig sein müssen, und das kann ich mir nicht vorstellen.« Er blickte sich im Schankraum um.

»Bruder«, sagte er leise und beugte sich über den Tisch. »Und was, wenn die Große Gemeinschaft des Reiches hier war? Einer ihrer sogenannten Offiziere? Du hast doch den Schankwirt gehört. Eccleshall und Sholter stolzieren herein, verkünden laut, wer sie sind, und einer von ihnen reitet plötzlich vor Einbruch der Dunkelheit davon.«

»Ihr meint, jemand ist ihm gefolgt und hat ihn umgebracht?«

»Es ist möglich.« Sir John leckte sich die Lippen. »Das ist ein gutes Ale.«

»Nein, Sir John, Ihr habt genug getrunken.« Athelstan schob ihm seinen Humpen über den Tisch. »Ich jedenfalls habe genug, Ihr könnt meinen Humpen leeren, dann geht's wieder nach Southwark und in die Stadt hinüber.«

Sie verließen den »Sanften Thomas« und machten sich auf den Weg durch Southwark. Die Straßen waren jetzt sehr belebt, an den kleinen Märkten an jeder Straßenecke war ein reger Handel mit gebrauchten Gegenständen im Gange.

»Gebrauchtes – oder das, ws sie auf der anderen Seite der Themse geklaut haben«, bemerkte Sir John.

Viele erkannten Athelstan und seinen kräftigen Gefährten. Meistens waren es gutmütige Schimpfworte, die ihnen nachgerufen wurden, aber bei einer Gelegenheit mußte der Coroner sein Schwert ziehen, als getrockneter Hundekot an seiner Nase vorbei gegen die nächste Hauswand prallte. Die Gruppe grölender Jungen, die sich im Eingang einer Aleschenke versammelt hatten, zog sich wortlos in den dunklen Gang zurück.

»Kommt, gehen wir weiter«, drängte Athelstan ihn. Er ging voran in eine Gasse.

»Bruder, ich dachte, wir gehen zur Brücke?«

»Nein, Sir John, folgt mir. Ich habe noch eine Angelegenheit zu erledigen, die meine Gemeinde betrifft. Die Ehrwürdige Veronica.«

Sie fanden die Dog Tail Lane. Die Ehrwürdige Veronica lebte in einem ärmlichen, heruntergekommenen Häuschen, das zwischen einem alten Speicher auf der einen und einer schäbigen Garküche auf der anderen Seite klemmte. Ihr Zimmer erreichte man über eine baufällige Treppe, die nach Urin stank. Risse und Löcher durchzogen die Wände, wie Schnee bedeckte der abgebröckelte Putz in Flocken die Stufen. Die Ehrwürdige Veronica aber hieß sie freundlich willkommen, ihre Kammer war sauber und aufgeräumt. Sie saß auf einem Schemel, die Hand über einer kleinen Schale mit glühenden Kohlen, die auf einem Dreibein befestigt war. In der gegenüberliegenden Ecke stand ein Feldbett; ein billiger Umhang, der an Haken von der Decke hing, schirmte es ab.

Sir John war überrascht, wie eindrucksvoll die Greisin trotz ihres hohen Alters noch aussah. Sie war klein, ihr Gesicht schmal; Runzeln und Fältchen durchzogen ihre Haut, aber ihre Augen waren so blank und hell wie die eines Sperlings. Sie antwortete schnell auf ihr Klopfen und bat die Besucher, eine Bank herbeizubringen, damit sie in ihrer Nähe sitzen konnten, während sie sich »ihre armen Hände« über den Kohlen wärmte.

»Ich sollte öfter in die Kirche gehen, Bruder«, hob sie an, »aber die Knie und der Rücken tun mir weh.«

»Ich kann dir das Sakrament bringen, wenn ich komme«, bot Athelstan an. »Das macht gar keine Mühe.«

»Könntet Ihr das tun, Bruder, und mir auch die Beichte abnehmen?«

»Natürlich kann ich das, jedesmal wenn ich vorbeikomme, du mußt es nur sagen.«

Die alte Frau schaute zu ihm auf und rieb ihre Hände über der Kohle, als wüsche sie sie.

»Ihr seid anders als der Bruder, der vor Euch da war. Er war in Sünde geboren, er lebte in Sünde und ist in Sünde gestorben. Er hat alles mitgenommen, jawohl: Monstranz, Kelche, Breviere. William Fitzwolfe hat sie alle verkauft.«

»Das Kirchenbuch auch?« fragte Athelstan.

Die Ehrwürdige Veronica nickte seufzend.

»Deshalb bin ich gekommen, Mutter«, fuhr Athelstan fort. »Wir haben ein großes Problem in der Gemeinde. Eleanor, die Tochter von Basil, dem Schmied, will Oswald, den Sohn von Joscelyn, heiraten.«

»Ach ja, ja.« Die alte Frau hob den Kopf und blinzelte, ihr Mund stand offen. Sie wiegte sich hin und her. »Diese Vettel, das Fischweib Imelda, die den Grabenbauer, diesen Unruhestifter, geheiratet hat. Sie war ganz aufgeregt über die Neuigkeit, wie ein Spatz an einem Frühlingsmorgen.« Veronica warf Athelstan einen Blick zu. »Vielleicht hätte ich es besser für mich behalten, Bruder, aber ich war so einsam und wollte so gerne mit jemandem reden. Ich hab ihr erzählt, daß die Urgroßmütter von Oswald und Eleanor Schwestern waren. Sie sind aus demselben Mutterleib gekommen und haben dieselbe Abstammung.«

»Ist das wahr?«

Sir John nahm seinen Weinschlauch vom Gürtel, und die alte Frau sprang auf der Stelle auf und holte drei Becher.

»Ach, Ihr seid sehr liebenswürdig, Sir.«

Athelstan zwinkerte Sir John zu, dem nichts anderes übrig blieb, als die drei Becher bis zum Rand zu füllen. Die alte Frau trank ihren Becher in einem Zug leer und streckte ihn dem Coroner entgegen, damit er ihn auffüllen konnte.

»Ich fürchte, es ist wahr, Bruder.«

»Du kannst dich noch genau daran erinnern?«

»Nicht nur das! Sie nannten einander auch immer ›Schwester‹, das weiß ich noch: ›Schwester dies‹ und ›Schwester jenes‹.«

»Würdest du einen Eid darauf ablegen?« fragte Sir

John, der die alte Frau im stillen bewunderte, weil sie zwei Becher Claret kippen konnte, ohne daß man ihr etwas anmerkte.

»Wenn es nötig wäre, würde ich beschwören, daß es die Wahrheit ist.« Sie streckte wieder die Hand mit dem Becher aus.

Athelstan nahm ihn und gab ihr seinen Becher.

»Dann gehen wir jetzt wohl besser, Mutter.«

Sie waren schon an der Tür, als die alte Frau plötzlich rief: »Bruder, ich hab etwas für Euch!«

Die Ehrwürdige Veronica stand auf, ging leise ächzend und brummelnd zu einer Truhe hinüber und nahm ein kleines in Kalbsleder gebundenes Buch heraus. Mitten auf dem Einband prangte ein Glasstein. Sie humpelte durch das Zimmer und legte das Buch in Athelstans Hand. Er schlug es auf und sah merkwürdige Symbole, die auf den Seiten abgebildet waren.

»Das ist ein Buch mit Zauberformeln«, erklärte sie. »Das hat dieser üble Priester Fitzwolfe zurückgelassen.«

»Und wie ist es in deinen Besitz gekommen?«

»Als er die Kirche verließ, Bruder, ist er einfach geflüchtet. Die Soldaten des Königs waren ja hinter ihm her. Ich habe immer bei ihm saubergemacht, bis ich genug von seinen Spielchen hatte. An dem Morgen, an dem er verschwunden ist, bin ich jedenfalls in seine Kammer gegangen und habe dieses Buch unter seinem Bett gefunden. Er hatte es wahrscheinlich versteckt und dann vergessen.«

Athelstan blätterte in dem Buch. Es enthielt ungelenke Zeichnungen von Fabelfratzen und einem Hund in Menschengestalt, Zauberformeln und Beschwörungsformeln.

»Das ist ein Grimoire«, erklärte er, »das Buch eines Zauberers.«

»Ich dachte, ich werfe es besser weg, Bruder, aber ich hatte Angst.«

»Keine Sorge. Ich werde es für dich verbrennen.«

Sie gingen die Treppe hinunter und auf die Straße hinaus. Athelstan setzte Sir John in knappen Worten über das neueste Problem seines Gemeinderats in Kenntnis.

»Das ist ernst«, pflichtete Sir John bei und warf einen zornigen Blick auf zwei zerlumpte Jungen, die an einer Mauer standen und wetteiferten, wer beim Pinkeln am höchsten zielen konnte. »Ich habe schon von manchem Fall gehört, wo eine Hochzeit aus solchen Gründen verboten wurde.«

Sie verließen die Gasse und folgten der Hauptstraße zur London Bridge. Ein Karren holperte vorbei. Darin saß eine Gruppe Huren, die Hände an das Gitter gefesselt, die Köpfe kahlgeschoren wie Eier, und in einem Korb, der hinter dem Karren schleifte, lagen ihre Perücken aufeinander. Dahinter ging der Büttel und blies den Dudelsack, um alle und jeden aufzufordern, herbeizukommen und die Damen der Nacht auf ihrem Weg zum Pranger an der London Bridge zu verspotten. Aber nur wenige folgten der Aufforderung. Es waren Mädchen aus der Gegend, und die meisten Schmähungen, sowohl in Worten als auch in Gestalt von Erdklumpen, waren gegen den armen Büttel gerichtet.

Cranston und Athelstan warteten eine Weile und ließen den Karren vorbeifahren. Sie kamen an der Priorei von St. Mary Overy vorbei und blieben hier und da stehen, um Mitglieder der Gemeinde zu begrüßen. Sie erreichten die Brücke, aber anstatt den schmalen Durchgang zwischen den Häusern einzuschlagen, klopfte Athelstan an die eisenbeschlagene Tür des Pförtnerhauses. Diese öffnete sich mit einem Schwung, und Robert Burdon, der gnomenhafte Wärter der London Bridge, steckte den Kopf heraus. Sein fettiges schwarzes Haar war zu stachelartigen Strähnen zurückgekämmt, sein Gesicht halb rasiert. In der Hand hielt er Pferdekamm und -striegel.

»Was wollt Ihr, Bruder? Kommt herein.« Der kleine Gnom hüpfte von einem Fuß auf den anderen. »Die Dame des Hauses ist aus. Sie ist mit allen neun Kindern zum Jahrmarkt in Smithfield gegangen, deshalb mache ich die Köpfe zurecht.«

Sir John schnaubte überrascht.

»Seht mich nicht so an, Sir John Cranston. Ihr mögt ein Beamter des Königs sein, aber das bin ich auch. Ich bin für das Pförtnerhaus verantwortlich, und ich bin der Wachmann und Wärter der Brücke. Und ich habe meine Köpfe!«

Er führte sie durch einen schmalen Gang in den Garten hinter dem Haus, ein kleiner Streifen mit Gras und Blumenbeeten, der sich bis zu dem hohen Gitterzaun über dem Fluß hinzog. Unmittelbar vor dem Zaun waren sechs Stangen nebeneinander tief in die Erde gerammt.

»Gott steh uns bei!« flüsterte Athelstan.

Auf drei Stangen steckten abgetrennte Köpfe, frisch abgehackt, das Blut floß noch an den Stangen hinab. Glücklicherweise waren die Gesichter nicht ihnen, sondern dem Tower zugewandt.

»Müssen wir hier stehen?« murmelte Sir John, der leichte Übelkeit verspürte.

»Das Gericht hat angeordnet, daß diese Köpfe vor Sonnenuntergang zur Schau gestellt werden sollen«, erwiderte das Männlein. »Flußpiraten, Sir John, an der Mündung hat man sie erwischt. Die Strafe wurde gleich nach Anbruch der Dämmerung heute morgen vollzogen. Ich kämme ihr Haar und wasche die Gesichter.« Er zeigte auf eine Stelle weiter unten, wo die langen Hinrichtungspfähle über den Fluß hinausragten. »Und dann bringe ich sie dort an.«

Sir John setzte seinen Weinschlauch an, um einen Schluck zu nehmen, und fluchte, als er bemerkte, daß die Ehrwürdige Veronica ihn geleert hatte.

»Los, Athelstan, komm zur Sache«, knurrte er.

Burdon warf sehnsüchtige Blicke auf die Köpfe.

»Weißt du was, Robert«, sagte Athelstan, »du bist einer der wenigen Erwachsenen, die kleiner sind als ich. Ich habe übrigens eine Frage. Sind am Samstagabend, etwa gegen fünf Uhr, zwei königliche Boten über die Brücke gekommen?«

»Aber sicher. Vermummt und verhüllt, sie hatten ihre Befehle bei sich und haben mir ihre Aufträge gezeigt, bevor sie die Stadt verließen, wie es so üblich ist.«

Athelstan faßte den kleinen Mann um die Schultern.

»Wenn das so ist, wollen wir dich auch nicht länger von deinen Köpfen abhalten, Robert.«

Ohne darauf zu warten, daß das Männlein sie zur Tür brachte, gingen sie durch das Haus zurück auf die Brücke.

»Das hatte ich vergessen.« Cranston stieß Athelstan scherzhaft in die Seite. »Jeder königliche Bote, der über die Brücke die Stadt verläßt, muß dem Torhüter vorschriftsmäßig seinen Auftrag zeigen. Was hattest du denn vermutet?«

»Ach, vielleicht, daß Miles Sholter in der Zwischenzeit etwas zugestoßen war und nur einer von ihnen die Stadt verlassen hatte. Ich weiß es nicht.« Athelstan schüttelte den Kopf. »Aber bevor wir zum Tower gehen, Sir John, muß ich in der Mincham Lane noch mit Mistress Sholter ein Wörtchen reden.«

Sir John blickte klagend zum Himmel hinauf.

»Hier stehen wir zwischen Himmel und Erde auf der London Bridge, Bruder! Mein Weinschlauch ist leer, und wohin wir uns auch wenden, es gibt keine Tür, nichts als Mauern, und nicht mal eine Ritze, durch die man schlüpfen kann.«

»Wir werden schon etwas finden, Sir John«, antwortete Athelstan. »Und je schneller, desto besser.«

Sie überquerten die Brücke so rasch sie konnten. Athelstan bemühte sich, nicht rechts oder links in die Lücken zwischen den Häusern zu schauen. Ihm wurde immer schwindlig und etwas bang zumute, wenn er an den Fluß dachte, der dort unten in der Tiefe floß.

Sie verließen die Brücke, gingen die Billingsgate hinunter und die Love Lane zur Eastchepe hinauf. Sir John wollte an einer Aleschenke haltmachen, aber Athelstan drängte ihn weiter. An der Einmündung zur Mincham Lane versperrte ihnen eine Gruppe wandernder Bänkelsänger den Weg, die eine Pantomime aufführten. Athelstan blieb fasziniert stehen. Der Anführer der Bänkelsänger forderte die Menge auf, zu erraten, welche Szene aus dem Evangelium sie darstellten. Athelstan schaute zu.

»Der Sämann, der seinen Samen aussät!« rief er.

Das Gesicht des Bänkelsängers wurde finster. Athelstan begriff, daß er das Rätsel gelöst hatte und eine Belohnung bekommen würde. Die übrigen Mitglieder der Truppe hielten inne. Der Bänkelsänger nahm einen kleinen Silberbecher in die Hand – das war der Preis. Er warf einen Blick auf den Preis und dann auf Athelstan.

»Nichts wie weg, Jungs!« grölte er, und die ganze Gruppe rannte los und verschwand in einer Gasse, gefolgt vom Gejohle und den Buh-Rufen ihres Publikums.

»Sehr gut, Bruder!« Sir John grinste. »Diesen Trick habe ich noch nie gesehen. Sie nehmen Geld von ihrem Publikum, und wenn einer das Rätsel löst, verschwinden sie wie der Blitz.«

Sie gingen weiter die Mincham Lane entlang, eine breite Durchgangsstraße mit rosa verputzten Häusern zu beiden Seiten. In den meisten Häusern diente das Untergeschoß als Laden mit einem Stand vor der Tür, wo Kleidung, Filzstoff, Schuhe und Mützen feilgeboten wurden. Im Unterschied zu Southwark waren die Kloaken hier sauber und rochen nach dem Salpeter, mit dem der nächtliche Unrat und anderer Abfall abgedeckt wurden.

Das Haus der Mistress Sholter lag am anderen Ende der Straße, ein zweigeschossiges Gebäude mit spitzem Dach und vorspringendem Giebel. Vor dem Haus befand sich ein gut bestückter Stand, dessen Querbalken mit Trauertuch verhängt war.

»Ist eure Herrin drinnen?« fragte Sir John die beiden Gehilfen, die bedienten.

»Ja, Sir, sie trauert«, sagte einer von ihnen in schwermütigem Ton. »Sie ist im Haus, ihre Magd und Master Eccleshall sind bei ihr.«

Sir John und Athelstan betraten das Haus und warteten in der Diele. Es war sauber und gut ausgestattet. Schwarzes Leintuch bedeckte den strahlend weißen Verputz an beiden Wänden. Eine junge Frau, deren Haar unter einer Arbeitshaube zusammengesteckt war, trat aus einem Zimmer zur Rechten.

»Was wünschen die Herren?«

»Sir John Cranston, Coroner, und Bruder Athelstan, sein Sekretär.«

»Aber bitte, kommt herein«, rief eine Stimme von drinnen.

Die Magd trat zur Seite. Cranston und Athelstan betraten eine stattlich eingerichtete Stube, in der Mistress Sholter und Eccleshall rechts und links vom Kamin saßen. Auf der Bank am Fenster stand ein Nähkorb, dort hatte die Magd gesessen. Die Witwe und ihr Gefährte erhoben sich. Athelstan stellte die beiden vor, und der Coroner nahm die von Mistress Sholter angebotene Erfrischung bereitwillig an.

Süßer Wein wurde serviert, dazu ein Teller mit knusprigem Mandelkonfekt. Athelstan lehnte ab, aber Sir John bediente sich, murmelte seine Beileidsbezeugungen und schlürfte den Wein.

»Es tut mir leid, daß wir Euch in dieser Trauerzeit belästigen müssen.«

Athelstan bemerkte, daß der Wandschmuck größtenteils mit schwarzem Trauertuch verhängt war.

»Ich habe aber noch einige Fragen.«

Unter dem Trauerschleier, der bis über ihre Schultern reichte, und von dem dunklen Haar umrahmt wirkte Bridget Sholters Gesicht noch blasser.

»Was für Fragen, Bruder? Philip und ich sitzen hier und fragen uns, was geschehen ist.«

»Könnt Ihr es noch einmal erzählen?«

»Ich habe es doch schon berichtet«, sagte Eccleshall. »Miles und ich sind etwa um vier Uhr losgeritten.«

»Und wann seit Ihr am ›Sanften Thomas‹ angelangt?«

»Etwa um sechs.«

»Ihr seid langsam geritten?«

»Warum sollten wir uns beeilen? Wir hatten beschlossen, im ›Sanften Thomas‹ zu übernachten und bei Tagesanbruch weiterzureiten. Dann würden wir und auch die Pferde frisch sein.« Er zuckte die Schultern. »Meßt doch selbst die Entfernung. Es dauert ewig, bis man die Brücke überquert hat; dann haben wir an der Kapelle von Thomas à Beckett haltgemacht, um zu beten. Und danach mußten wir natürlich auf diesen übereifrigen kleinen Torhüter warten.«

»Ihr habt recht«, stimmte Sir John zu. »Ein gemächlicher Ritt von hier bis zum ›Sanften Thomas‹ würde so lange dauern.«

»Und Ihr, Mistress Bridget?« fragte Athelstan.

Sie zog ein Gesicht und deutete auf ihre Magd.

»Hilda kann es bezeugen: Kurz nachdem Miles aufgebrochen war, schloß ich den Laden, es war ja schließlich Samstag nachmittag. Ich verließ das Haus und ging zum Markt nach Petty Wales hinunter.«

»Und dann seid Ihr nach Hause zurückgekommen?«

»Aber natürlich, Bruder.« Sie lachte leise. »Wo hätte ich sonst hingehen sollen?«

»Es stimmt, was meine Herrin sagt«, erklärte die Magd. »Der Herr ist aufgebrochen. Danach haben die Gehilfen die Ware hereingebracht. Dann hat mich die Herrin entlassen und hat ihren Korb hervorgeholt.«

»Ihr schlaft nicht hier?«

»Aber nein, Bruder, ich lebe mit meiner eigenen Familie in der Shoe Lane.«

»Unser Haus ist sehr klein«, sagte Bridget Sholter erklärend. »Wir haben eine Stube, Küche und Waschküche, die Räume oben dienen als Schlafkammer, eine kleine Schreibstube und Lagerräume.«

»Aber ich bin später am Abend noch einmal hier gewesen«, sagte Hilda.

»Wann war das?«

»Das muß kurz vor der Sperrstunde gewesen sein, zwischen zehn und elf Uhr.«

»Wie heißt du?«

»Hilda Smallwode. Wenn der Master fort ist, komme ich immer vorbei und sehe nach, ob alles in Ordnung ist.«

»Was sollen diese Fragen?« Bridget Sholter sprang auf. »Was wollt Ihr damit sagen?«

»Ich will nichts damit sagen, Madam.« Athelstan stand auch auf. »Wir versuchen einen schrecklichen Mord aufzuklären, nicht nur an Eurem Mann, sondern auch an zwei anderen Menschen. Meiner Gemeinde droht eine hohe Strafe, und die Menschen, in deren Dienst ich stehe, sind arm. Ich muß jede Einzelheit wissen, um ein Gesuch einreichen zu können.«

Eccleshall spreizte die Beine und streckte sie, bis seine Gelenke knackten.

»Jetzt wißt Ihr ja alles, Bruder. Miles und ich sind kurz nach vier Uhr aufgebrochen. Wir sind über die London Bridge geritten. An der Kapelle von Thomas à Beckett haben wir haltgemacht, um ein Gebet zu sprechen. Nach einigem Warten ließ uns der Torhüter passieren. Am ›Sanften Thomas‹ müssen wir kurz vor sechs angekommen sein. Kurz vor acht hat Miles dann beschlossen zurückzukehren, um sein Christophorusmedaillon zu holen.«

»Ach ja, kann ich das Medaillon sehen?« fragte Athelstan.

Bridget Sholters Lippen wurden schmal, und sie wollte es schon ablehnen, aber Sir John hüstelte und scharrte mit den Füßen.

»Ich hole es.«

Sie verließ das Zimmer und kam bald darauf zurück. Es handelte sich um ein großes, vergoldetes Medaillon an einer Silberkette. Athelstan drückte auf den Verschluß, und auf der einen Seite wurde ein Bild von Christus, auf der anderen eine Darstellung des Heiligen Christophorus mit dem Jesuskind sichtbar. Athelstan klappte das Medaillon zu und gab es zurück.

»Vielen Dank, Mistress Sholter, Master Eccleshall.«

Sie verabschiedeten sich und traten hinaus.

»Was wolltest du damit bezwecken?« fragte Sir John.

Athelstan führte ihn durch einen Laubengang.

»Sir John, Miles Sholter ist ermordet worden. So wahr der liebe Gott kleine Äpfel geschaffen hat, sind diese beiden dafür verantwortlich.«

Acht

Athelstan schaute zu dem großen Mittelturm des Tower hinauf. Auf der Wiese ringsum wuschen die Frauen der Garnison ihre Kleidung in großen, eisenbespannten Fässern. Zwischendurch spielten auch Kinder darin, verspritzten das Wasser, sprangen heraus und jagten einander. Im Schatten faulenzten die Soldaten, tranken Ale und würfelten. Ein hübscher, friedlicher Ort. Die Herbstsonne schien warm, und das Gelände um den Tower wirkte eher wie ein Jahrmarktsplatz zur Mittsommerzeit als eine furchterregende Festung. Die Speer- und Steinschleudern und Rammböcke waren alle mit geteerten Tüchern abgedeckt. Ein Reiter kam, die Hufe seines Rosses klapperten laut auf dem Pflaster. Stallburschen riefen und kamen herbeigelaufen, um ihm den Harnisch abzunehmen und das Pferd fortzuführen. Aus der Küche drangen Essensgerüche, und aus der königlichen Menagerie hörte man das laute Brüllen des Löwen, den der Prinz von Barbarie John von Gaunt zum Geschenk gemacht hatte.

Das Tor der großen Halle neben der St. Peter ad Vincula Kapelle stand weit offen. Diener und Gehilfen trugen die fettigen und verfleckten Tischplatten heraus, die gescheuert und geschrubbt werden sollten, sobald die Frauen mit ihrer Wäsche fertig waren. Zwei große Jagdhunde balgten sich knurrend um ein paar blutige Knochen. Athelstans Blick schweifte zu den Simsen, wo Bogenschützen, die angeblich Wache hielten, vor der Sonne Schutz suchten. Athelstan streifte seinen Schreibbeutel von der Schulter und setzte sich ins Gras. Einer der großen Jagdhunde kam zu ihm, ein Kind rannte hinter ihm her. Der Hund wollte schon Athelstans Gesicht lecken, aber das Kind packte den Hund und zog ihn weg. Athelstan drehte sich um und betrachtete den großen Mittelturm aus behauenem Stein, der sechs oder sieben Geschosse hoch in den Himmel ragte. Athelstan bewunderte die Kunstfertigkeit des Baumeisters Gundulf.

»Er war der Bischof von Rochester«, sinnierte er. »Als Kirchenmann mag er nicht viel getaugt haben, aber als Baumeister hatte er ein wahres Talent.«

Athelstan blickte hinüber zu der St. Peter ad Vincula Kapelle, die zu seiner Linken lag. Die alte Kirche wurde gerade renoviert, und Athelstan bemerkte, daß der verfallene Friedhof in einen hübschen grünen Garten verwandelt worden war; die alten Grabsteine und andere Relikte waren beseitigt worden, auf dem Boden war Gras gewachsen.

Athelstan lockerte den Gurt um seine Taille und machte es sich bequem. Sir John hatte Flaxwith am Tor des Tower getroffen und mit einigen Botengängen beauftragt. Dann hatte er sich zu Sir Marmaduke Mountjoy, dem Konstabler, aufgemacht, dem er Bericht erstatten wollte. Aber dieser frisch ernannte Beamte war zur Jagd in den Flußwiesen, deshalb mußte Sir John sich an den sauertöpfischen Lieutnant Colebrooke halten. Jetzt kam der Coroner leise vor sich hin pfeifend aus der Halle geschlendert. Einer der großen Hunde rannte auf ihn zu. Es belustigte Athelstan immer, wenn er sah, wie sehr die Tiere Sir John liebten. Der Coroner sprang zur Seite.

»Braver Hund! Braver Hund!« sagte er. »Geh und friß jemanden andern!«

»Worauf warten wir noch, Sir John?«

Athelstan sah Colebrooke, der in einem braunen Lederwams, grünen Beinlingen und ausgetretenen Stiefeln auf die Treppe vor der halb aus Holz gezimmerten großen Halle trat. Die Daumen hatte er unter seinen Schwertgurt geschoben. Sir John hockte sich neben Athelstan und deutete mit einer Kopfbewegung auf den Lieutnant. »Der alte

Bruder Lustig dort drüben will uns in die Kammer führen, wo Bartholomew Menster gearbeitet hat und seine eigenen Sachen aufbewahrte«, erklärte er grinsend. »Zum Glück ist die Kammer noch nicht ausgeräumt. Sie suchen immer noch nach jemandem, der seine Stelle übernimmt. Heute morgen habe ich mit Master Hengan gesprochen und ihm gesagt, er solle uns hier um die Mittagsstunde treffen.« Er machte es sich auf dem Gras bequem. »Sag mal, Bruder, meinst du wirklich, das saubere Pärchen, das wir eben besucht haben, ist des Mordes schuldig? Aber wie? Sholter ist eindeutig dabei gesehen worden, wie er die Brücke überquert hat und im ›Sanften Thomas‹ angekommen ist.«

»Ich weiß es nicht, Sir John, aber irgendwie hab ich's im Urin, wie Ihr zu sagen pflegt.« Athelstan zupfte einen Grashalm ab und kaute darauf.

»Hast du Hunger, Priester?« Sir John zog den Pfropfen aus seinem Weinschlauch. »Bruder Lustig dort drüben hat ihn mir wieder aufgefüllt.« Er nahm einen Schluck, zog ein Gesicht und spuckte aus. »Bei des Teufels Arschbakken! Das ist Essig!«

»Das reinigt den Weinschlauch«, sagte Athelstan. Seine Gedanken wanderten wieder zu Mistress Sholter und Master Eccleshall. Zwei Mörder, die als Unschuldige posierten. »Sie als trauernde Witwe, er als hilfreicher Freund. Ihr habt es miteinander getrieben«, dachte er. »Ihr habt Ehebruch begangen, und dann habt ihr auf hinterhältige Weise den armen Mann umgebracht. Und meine Gemeinde muß jetzt für eure Bosheit zahlen. Zeit wird ins Land gehen, und Ostern werdet ihr verheiratet sein, und Gotteslästerung und Sakramentsentweihung werden noch zu euren Sünden kommen.«

»Sei unbesorgt, Bruder. Da kommt Master Hengan.«

Sie erhoben sich. Der Anwalt kam über die Wiese auf sie zu. Er schüttelte ihnen die Hand. Hengan lächelte zwar, doch sein Gesicht drückte Besorgnis aus.

»Ich habe Mistress Kathryn in Newgate besucht.« Er kratzte seinen schütter behaarten Kopf. »Sie ist guter Dinge, sitzt aber nur da und schweigt.«

»Master Colebrooke!« bellte Sir John.

Der Lieutnant kam die Treppe herunter und ging so langsam wie möglich auf sie zu.

»Sieh dir mal diese Leichenbittermiene an«, flüsterte Sir John. »Da wird sogar die Pisse sauer.«

»Sir John.« Der Lieutnant setzte ein gezwungenes Lächeln auf, seine Augen blickten wachsam.

Athelstan hatte schon mit Colebrooke zu tun gehabt. Ein rothaariger, unwirscher junger Mann, der sich sehr wichtig nahm und ständig den Umstand beklagte, daß er immer noch bloß ein Lieutnant war und kein Konstabler.

»Master Colebrooke, könntet Ihr uns Bartholomew Mensters Kammer zeigen?«

Colebrooke seufzte, rasselte mit den Schlüsseln an seinem Gürtel und führte sie über die Wiese zum Wakefield Tower. Sie stapften die Wendeltreppe hinauf und kamen an mehreren Kammern vorbei, deren Türen offenstanden. Manche waren leer, in anderen saßen Schreiber über Pergamentrollen gebeugt. Als sie fast ganz oben waren, blieb Colebrooke vor einer mit Nägeln beschlagenen Tür stehen, schloß auf und öffnete sie weit. Es war eine große, kreisförmige Kammer, in der es muffig und abgestanden roch. Colebrooke beeilte sich, die Läden zu öffnen, und ließ Sonnenlicht und frische Luft herein. Das Bett war abgezogen, nur eine mit Stroh gefüllte Matratze und zwei dunkel verfleckte Polster waren zurückgeblieben. An einem Wandhaken hing ein Umhang, andere Kleidungsstücke hingen an Haken auf der Innenseite der Tür. Im Zimmer standen Schemel und Tische, ein Tablett mit Zinnbechern und eine Glasflasche mit einem Sprung. Ein hölzernes Lavabo mit einer Schüssel und einem Krug befand sich in der Ecke. Neben Truhen und Kisten lagen mehrere Satteltaschen aufeinandergestapelt, darüber hing ein Kruzifix an der Wand.

»Er hat nichts mitgenommen«, bemerkte Athelstan. »Dabei dachte man doch zuerst, Bartholomew sei mit diesem jungen Schankmädchen durchgebrannt.«

Colebrooke rieb sich mit dem Handrücken die Nase.

»Daran habe ich nie geglaubt. Bartholomew war ein stiller, gelehrsamer Mann. Er arbeitete sehr gerne im Tower, dauernd redete er von der Geschichte des Tower und forschte in alten Unterlagen und Manuskripten.«

Athelstan trat an den Tisch und berührte die Pergamentrollen und die mit schwarzem Zwirn zusammengehefteten Manuskripte, die starke Benutzungsspuren aufwiesen.

»Gott erbarme sich seiner«, fuhr Colebrooke fort. »Was für eine Vorstellung, daß ein Mann wie Bartholomew von einer Frau umgebracht worden sein soll.«

»An welchem Tag kam er zum letzten Mal zur Arbeit?« fragte Athelstan.

»Zum Johannestag hatten wir den Mittsommerjahrmarkt, das war der vierundzwanzigste Juni, ein Donnerstag. Ich kann mich erinnern, ihn am nächsten Tag noch gesehen zu haben.«

»Also am fünfundzwanzigsten?«

»Ja. Danach ist er verschwunden.«

»Hat er irgend etwas Verdächtiges gesagt oder getan?« fragte Sir John.

Er hatte seinen Weinschlauch abgenommen und schüttete den Wein jetzt ganz demonstrativ in einen Nachttopf, den er unter dem Bett hervorgeholt hatte. Colebrooke verzog das Gesicht zu einem Grinsen.

»Schmeckt Euch unser Wein nicht, Sir John?«

»Nein. Aber gebt mir Antwort auf meine Frage.«

»Nach seinem Verschwinden habe ich alles sorgfältig durchsucht.« Colebrooke schüttelte den Kopf. »Ich konnte nichts entdecken. Er war ein verschlossener, geheimnistuerischer Mann, der Bartholomew. Wir wußten nur, daß er sich in ein Schankmädchen verliebt hatte.«

»Hatte er Freunde, Angehörige?« fragte Athelstan.

»Von Angehörigen ist nichts bekannt. Bartholomew lebte und übernachtete hier, bis er mit dem Mädchen anbändelte.« Colebrooke ging zur Tür. »Wenn Ihr wünscht, lasse ich ein paar Erfrischungen kommen.« Mit einem verschlagenen Grinsen verschwand er.

Sir John trat die Tür mit dem Fuß zu.

»Also los, meine Herren.« Der Coroner rieb sich die Hände. »Ich habe Hunger, aber ein Humpen Ale und eine Fleischpastete werden dem schon abhelfen. An die Arbeit!«

Mensters spärliche Habseligkeiten waren bald aufgelistet: ein paar Talare, Kleidungsstücke, Gurte, ein Schwert und ein rostiger Dolch, zwei Kappen, ein Filzhut, Brieftaschen und leere Geldbeutel.

»Ich wette, irgendwelches Geld, das er hinterlassen hat, ist schnell verschwunden«, sagte Sir John. »Colebrooke hat Augen wie eine Dohle.«

Athelstan saß am Tisch und schichtete alle Manuskripte aufeinander, unterteilte sie in einzelne Stapel und bat seine Gefährten, sie durchzublättern. Der Tag verging, ab und zu ertönte eine Glocke, oder ein Horn wurde geblasen, als die Jäger vom Moorland im Norden zurückkehrten. Die meisten Manuskripte waren alte Geschäftsbücher und Verzeichnisse, die nichts enthielten, was von Interesse war. Zwei oder drei Briefe Bartholomews an verschiedene Leute in der City waren auch darunter. Athelstan war entschlossen, etwas zu finden. Er arbeitete sich rasch durch den Stapel und stieß endlich auf ein vergilbtes Manuskript, das mit Zwirn zusammengenäht war. Er blätterte die raschelnden Seiten um, auf denen die Tinte schon verblaßte, bis er ein neues Stück Pergament entdeckte, das nachträglich eingefügt worden war. Er sah sich den Eintrag genau an.

»Das ist ein Auszug aus einer Chronik!« rief er aus. »Ein Bericht über den Bau des Tower.« Athelstan überflog rasch die einzelnen Blätter. »Und hier ist eine Karte, ganz grob gezeichnet.«

Es war ein steifes Stück Pergament, das an den Rändern schwarz verfärbt war. Athelstan studierte die Karte, wohlwissend, daß die beiden anderen hinter ihm standen. Er zog die kleine Kerze näher heran.

»Es ist die Zeichnung eines Baumeisters, in schwarzer Tinte ausgeführt, die allerdings verblichen ist. Seht, hier ist der Mittelturm. Und hier sind die Außenmauern des Tower.« Athelstan bewegte den Finger nach links. »Dort ist Petty Wales und darunter der Fluß. Und seht Euch das an.« Er deutete auf die verblaßten Worte: *ecclesia romana*, die Romanische Kirche. Er blätterte um und sah die Bemerkungen am Rand des Blattes, die noch nicht alt sein konnten. »Das ist Bartholomews Handschrift. Der Chronist berichtet vom Schatz des Gundulf. Angeblich ließ der alte Bischof ihn einschmelzen und zu einem großen Barren verarbeiten. Mit einem Durchmesser von einem Fuß und – hört Euch das an: neun Zoll dick!«

»Bei den Arschbacken des Satans!« Sir John holte tief Luft.

»Der Chronist berichtet weiter, daß Gundulf vor seinem Tod *celavit hunc thesaurum, quod fulgebat sicut sol, in ecclesia prope turrem*. Gundulf versteckte sein Gold, das wie die Sonne glänzt, in der Kirche neben dem Tower«, übersetzte Athelstan. Er hielt inne. »Die Kirche neben dem Tower bezieht sich meiner Meinung nach auf die alte Ruine der Romanischen Kirche.«

»Da, wo der ›Paradiesbaum‹ steht?« rief Sir John aus.

»Bartholomew glaubte offensichtlich, daß Gundulf seinen Schatz irgendwo in der Nähe des Gasthauses versteckt hat.« Athelstan drehte sich auf seinem Schemel herum.

»Hat Bartholomew das jemals Euch oder Mistress Vestler gegenüber erwähnt?«

Hengan schüttelte den Kopf. »Nicht daß ich wüßte, Bruder.« Er tippte mit dem Finger auf die Landkarte. »Falls unter dem Gasthaus jemals ein Schatz begraben war, bezweifle ich, daß er jetzt noch dort ist.«

»Natürlich«, erwiderte Athelstan. »Es liegt nah am Fluß, und das Gelände wird überschwemmt.«

»Diese Aufzeichnung hier ist über zweihundert Jahre alt«, bemerkte Hengan. »Die Themse tritt oft über die Ufer. Im Herbst kommt es regelmäßig vor: Die Erde wird abgetragen, der Fluß schwillt an und überschwemmt die Erddämme.«

»Es kann also fortgeschwemmt worden sein?«

»Möglich ist es, doch andererseits – wenn der Schatz in den alten Fundamenten versteckt wurde, ist er geschützt …«

Athelstan mußte an die Vier Evangelien denken.

»Ich wüßte gerne, ob unsere kleine fromme Gruppe sich diesen Flecken ausgesucht hat, um auf den Erzengel Michael zu warten oder um ihre eigene Suche durchzuführen? Master Hengan, sie haben mir von Barken erzählt, die spät nachts die Themse heraufkommen und dunkle Gestalten mitbringen, die, wenn man den Vier Evangelien Glauben schenkt, an Land gehen und sich zum ›Paradiesbaum‹ schleichen.«

»Der Herr steh uns bei!« Der Rechtsanwalt rieb sich die Augen. »Ich will hoffen, Whittock erfährt nichts davon.«

Athelstan schaute hinüber zu Sir John, der mit halbem Ohr zuhörte, während er andere Manuskripte durchblätterte. Als Whittocks Name fiel, kam der Coroner herüber.

»Odo Whittock, der Kronanwalt?«

»Jawohl, den meine ich«, antwortete Hengan.

Sir John bemerkte, daß Athelstan sie verständnislos anblickte.

»Odo Whittock ist ein junger, ehrgeiziger Kronanwalt«, erklärte er, »ein echtes Scharfauge, ein Spürhund, was Verbrechen angeht. Er arbeitet für die königlichen Schatzmeister, aber dann und wann führt er auch Plädoyers für die Krone durch.«

»In anderen Worten, ein Ankläger der Krone?«

»Jawohl, Bruder, ein Ankläger der Krone«, bestätigte Hengan. »Ich habe glaubwürdige Gerüchte gehört, daß Sir Henry Brabazon Whittock zum Untersuchungsrichter in dieser Angelegenheit ernannt hat. Anders ausgedrückt: Brabazon schießt die Pfeile ab.«

»Aber Whittock steht an seiner Seite und hält ihm die Köcher?« spann Athelstan den Gedanken fort.

»Genauso ist es, Bruder. Wenn Whittock von dieser Geschichte, die mir ganz unbekannt ist, Wind bekommt, dann stehen die Dinge schlecht für Mistress Kathryn.«

»Ich kann mich an Odo erinnern«, mischte sich Sir John ein. »Groß, schmales Gesicht, eine Nase wie ein Falkenschnabel. Augen, denen nichts entgeht. Die Gefangenen vor Gericht haben vor ihm mehr Angst als vor den Folterknechten im Tower. Ein guter Freund, aber ein böser Feind.«

»Hat Bartholomew jemals den Versuch gemacht, den ›Paradiesbaum‹ zu kaufen?« brachte Athelstan das Gespräch wieder auf das Thema zurück.

»Nicht daß ich wüßte. Aber wie gesagt, Mistress Vestler wird vielleicht etwas anderes sagen.«

»Seht Euch das an!«

Sir John, der sich wieder seiner Suche zugewandt hatte, warf Athelstan ein Stück Pergament in den Schoß. Athelstan nahm es auf und übersetzte den lateinischen Text.

»Wer ist Geoffrey Bapaume? Ah, ich verstehe – ein Goldschmied! Du lieber Himmel!« rief Athelstan aus. »Das ist eine Liste von Geldern, insgesamt fünfhundert Pfund Sterling, die besagter Bartholomew Menster Bapaume zur Aufbewahrung in dessen Truhen gegeben hat. Bartholomew war offensichtlich sehr vorsichtig mit seinem Geld: Dieser Schein stammt vom sechsten Juni dieses Jahres. Es scheint, unser toter Archivar hatte alle seine Gelder eingesammelt.«

»Ich werde Bapaume einen Besuch abstatten, bevor die Prüfer des Schatzkanzlers es tun«, sagte Sir John. »Jetzt, da Bartholomew offiziell als tot erklärt ist, werden sie nach jedem Penny suchen, der ihm gehört hat. Wenn es keine Erben gibt, streicht das alles die königliche Schatzkammer ein.«

»Wie weit sind wir nun also?« Athelstan stand auf und schritt im Raum auf und ab. »Erstens wissen wir, daß Bartholomew ein sorgfältiger Archivar war, der mit dem Schankmädchen Margot Haden anbändelte. Er hatte eine Stellung im Tower, die er dazu benutzte, den verlorenen Schatz von Gundulf, dem Bischof von Rochester, aufzuspüren. Zweitens wissen wir, daß Bartholomew eine alte Chronik gefunden hat, die einige Jahre nach Gundulfs Tod entstand. Der Verfasser schrieb wahrscheinlich eine Legende auf, oder sein alter Meister hatte ihm erzählt, daß Gundulf sein Gold eingeschmolzen und in einer Kirche neben dem Tower versteckt hatte. Drittens wissen wir, daß Bartholomew an diesem Geheimnis brennend interessiert war. Das erklärt wahrscheinlich seine Besuche im ›Paradiesbaum‹ und seine Liebschaft mit dem jungen Zimmermädchen. Er machte den Vier Evangelien gegenüber eine geheimnisvolle Bemerkung über den Schatz, der wie die Sonne glänze und unter der Sonne verborgen sei, das war eine Anspielung auf einen Satz aus der Chronik. Viertens wissen wir, daß Bartholomews letzter Tag auf Erden wahrscheinlich der fünfundzwanzigste Juni war, aber dann sind wir mit unserem Latein am Ende. Was gibt es sonst noch, Sir John?«

»Bartholomew arbeitete hier immer bis kurz vor Sonnenuntergang. Im Sommer hieß das bis sieben oder acht Uhr abends, deshalb müssen er und Margot an dem besagten Abend nach diesem Zeitpunkt umgebracht worden sein. Das ist einige Zeit her. Erinnerungen trüben sich. Wir wissen, daß die Körper keine Spuren von Gewaltanwendung aufwiesen, bei beiden gibt es kein Anzeichen für einen Schlag auf den Schädel oder in den Brustkorb. Deshalb können wir annehmen, daß der Tod durch Gift erfolgte, welches ihren Speisen oder Getränken heimlich beigemischt worden sein muß.«

»Ausgezeichnet, mein lieber Lord Coroner«, lächelte Athelstan. »Scharf wie eine Schwertschneide, rücksichtslos wie ein hinabstoßender Falke.«

Sir John strahlte vor Vergnügen. »Master Hengan, stimmt Ihr dem zu?«

Der Anwalt kratzte sich am Kinn und nickte.

»Bartholomew war ein Archivar«, spann er die Geschichte fort. »Aber er war beim Militär gewesen. Margot war eine junge Frau, sie war gesund und kräftig, deshalb müssen sie heimtückisch umgebracht worden sein ...«

»Und das bringt uns auf zwei Schlußfolgerungen«, unterbrach ihn Athelstan. »Entweder wurden sie im ›Paradiesbaum‹ umgebracht und ihre Leichen heimlich im Schutz der Nacht hinausgeschafft ...« Er hielt inne, denn er dachte an die große Eiche mit ihren ausladenden Zweigen und dem Schatten, den sie an einem heißen Sommerabend spendete. Ein schöner Platz, an dem man sitzen und sich den kühlen Wind vom Fluß ums Gesicht wehen lassen konnte.

»Oder was?« fragte Sir John gereizt.

»Vielleicht mußten ihre Leichen gar nicht hinausgebracht werden? Vielleicht saßen sie unter der Eiche, und ihr Mörder schlich sich wie eine Schlange in ihr Paradies? War eine dritte, vielleicht auch eine vierte Person anwesend? Oder haben die Vier Evangelien sie in ihre Hütte eingeladen? Schließlich hatte Bartholomew ja in ihrem Beisein von dem Schatz gesprochen. Nur weil diese sauberen Gesellen auf die Rückkehr des Erzengels Michael und seiner Engel warten, müssen sie ja einem bißchen Gold nicht abgeneigt sein.«

»Ich habe eine andere Theorie«, meldete sich Sir John zu Wort. »Was ist mit diesen dunklen Gestalten? Den Schattenmännern, die im Schutz der Nacht die Themse hinaufkommen? Vielleicht sind sie über unseren Archivar und seine Liebste gestolpert, oder vielleicht waren sie an der Jagd auf den Schatz des Gundulf beteiligt?«

»Ich weiß, was Whittock zu all diesen Theorien sagen wird«, fiel Hengan klagend ein. »Daß vor allem Kathryn Vestler die Gelegenheit hatte, Bartholomew und Margot umzubringen.« Er verzog das Gesicht. »Und die Mittel. Kathryn hat Gift im ›Paradiesbaum‹, alle Schankwirte haben Gift, um Ratten und Ungeziefer zu beseitigen.«

»Aber was soll ihr Motiv gewesen sein?« fragte Athelstan. »Master Hengan, gab es irgendeinen Hinweis auf eine Verbindung zwischen Mistress Vestler und Bartholomew?«

»Nicht daß ich wüßte. Bartholomew war ein liebenswürdiger Mann. Kathryn war nett zu ihm, aber daran war nichts Auffälliges.«

»Ich habe noch eine Theorie«, verkündete Sir John stolz. »Nehmen wir einmal an, unser Archivar glaubte wirklich daran, daß Gundulfs Schatz irgendwo unter dem ›Paradiesbaum‹ oder in der unmittelbaren Umgebung vergraben war. Aber vielleicht hatten sie ihn schon entdeckt?«

»Ihr meint, ein Streit unter Dieben?« fragte Athelstan.

»Möglicherweise. Aber das alles spielt keine Rolle, denn Master Hengan hat ganz richtig bemerkt, wenn all diese Dinge ans Licht kommen, werden Sir Henry Brabazon und Master Whittock sie an die große Glocke hängen. Und außerdem …« Er hielt inne und spreizte seine dicken Finger.

»Außerdem was?« fragte Hengan.

»Ich weiß nicht, wie ich es Euch sagen soll, Master

Hengan, aber als Beamter der Krone habe ich das Recht, eine Untersuchung durchzuführen.«

»Was wollt Ihr untersuchen?« Hengan lief rot an.

»Ich glaube, Ihr wißt es schon«, sagte Sir John leise. »Die Rechnungsbücher des ›Paradiesbaums‹. Es ist ein sehr wohlhabendes Gasthaus. Vielleicht zu wohlhabend.«

Hengan senkte den Kopf in die Hände.

»Ich habe meinem Büttel Flaxwith aufgetragen, die Bücher zu beschlagnahmen und zu einem alten Bekannten von mir zu bringen.«

Hengan ließ die Hände sinken.

»Kathryn ist eine gewiefte Geschäftsfrau«, erwiderte er. »Der ›Paradiesbaum‹ ist sehr beliebt: er ist sauber, es riecht gut, ist ordentlich gefegt, und das Essen aus der Küche ist hervorragend. Aber Ihr habt recht, Sir John, ich habe selbst Kathryn oft nach ihren großen Gewinnen gefragt.«

»Und was hat sie darauf geantwortet?«

»Damals hat sie nur gelacht.«

»Jetzt wird ihr das Lachen vergehen«, stellte Sir John fest. »Ganz London ist auf diesen Fall gespannt. Hat Mistress Vestler Gäste umgebracht und daraus Gewinn gezogen? Oder hatte sie Gundulfs Schatz schon gefunden? Zur Schenke gehört eine Schmiede, Gold kann eingeschmolzen werden. Wenn Sir Henry Brabazon mit ihr fertig ist, wird sie nicht nur des Mordes und Raubes angeklagt sein, sondern auch des Diebstahls von Eigentum der Krone, und das gilt als Verrat. Eine schöne Bescherung, Herr Anwalt. Ich muß sagen, je mehr ich über meine alte Freundin erfahre, desto weniger gefällt mir die ganze Geschichte.«

»Ihr könnt sie nicht im Stich lassen!« flehte Hengan.

»Stephens Andenken wegen werde ich das nicht tun! Aber ich glaube, hier sind wir jetzt fertig. Master Flaxwith wartet sicher schon auf uns.«

»Und danach?« fragte Hengan.

»Ich habe Hunger und Durst. Ich gehe zum ›Lamm Gottes‹ auf der Cheapside. Ihr, Meister Anwalt, und du,

Bruder Athelstan, seid herzlich willkommen, mir Gesellschaft zu leisten. Bevor wir unsere Freunde in Newgate aufsuchen, müssen wir Körper und Seele stärken.«

Athelstan raffte schnell die Manuskripte zusammen und steckte sie in seinen Schreibbeutel. Mit dem Buch, das ihm die Ehrwürdige Veronica gegeben hatte, wog der Beutel jetzt sehr schwer. Sie traten auf das Towergreen hinaus, dankten Colebrooke und gingen den schmalen gepflasterten Pfad entlang, der zwischen den Mauern zum Löwentor führte.

Am Eingang zum Tower war viel Betrieb. Karren und Lastpferde kamen und gingen. Garnisonsmitglieder, die am Ufer auf Wache gewesen waren, kehrten zurück. Hausierer, Kesselflicker und Händler hatten ihre Stände geöffnet und trieben regen Handel. Cranston kletterte auf einen Steinsockel und schaute über das Meer von Köpfen und Gesichtern.

»Flaxwith!« grölte er. »Henry Flaxwith!«

Athelstans Aufmerksamkeit war ganz von einer kleinen Gruppe gefangengenommen, die sich um den Salamanderkönig versammelt hatte – ein Feuerschlucker, der durch die Stadt zog und seine Kunst vorführte. Ein kleiner Junge, der die Zügel des Lastponys hielt, war sein Gehilfe. An einer Bude wurde Ale in Humpen ausgeschenkt, und der Feuerschlucker zog viele Zuschauer an. Er trug einen blechernen Brustpanzer mit einem roten Löwen auf der Brust, braune Beinlinge und dicke Lederstiefel. Auf dem Kopf hatte er ein billiges Krönchen, das auf einer schäbigen Perücke saß. An jedem Handgelenk klimperten glitzernde Armreifen. Er hatte eine Binsenkerze angezündet, hob sie unter dem staunenden Ausrufen der Menge an den Mund und kaute auf der Kerze wie auf einem Stück Brot. Als er die Binsenkerze wieder aus dem Mund zog, war die Flamme erloschen. Die Menge klatschte, und er hielt ihnen seinen kleinen Sammelteller hin. Athelstan war fasziniert und ging zu der Gruppe hinüber. Der Salamanderkönig hatte offenbar keinen Schaden genommen: Über sein sonnenverbranntes Gesicht breitete sich ein Lächeln, sobald er den Ordensbruder erblickte.

»Ein Wunder, Bruder, nicht?«

»Alles ist ein Wunder.« Athelstan grinste. Er hielt dem Salamanderkönig einen Penny hin. »Ich muß dich mal nach St. Erconwald in Southwark kommen lassen, die Kinder hätten ihren Spaß daran.«

»Ich bin immer in der Stadt zu finden, Bruder. Ihr müßt nur nach dem Salamanderkönig fragen.«

Athelstan bedankte sich bei ihm. Er wollte sich schon zum Gehen wenden, als er etwas Glitzerndes bemerkte, das am Hals des Ponys hing.

»Darf ich?«

Er trat an das Pony heran und griff nach dem Christophorusmedaillon, das am Sattelknauf hing. Es war fast das gleiche Medaillon, das Bridget Sholter ihm gezeigt hatte. Es war genauso dick, aber die Kette war nicht so glänzend, und das Medaillon selbst war verbeult und lehmbespritzt.

»Was ist los, Bruder?« Der Salamanderkönig trat neben ihn.

»Das hier interessiert mich. Dies ist ein Christophorusmedaillon. Trägst du es nicht, weil es dir bei deinen Kunststückchen im Weg ist?«

»Natürlich nicht, Bruder. Ein Christophorusmedaillon trägt man nicht um den Hals. Hier, ich zeige es Euch.«

Er nahm die Kette vom Sattelknauf und legte sie um Athelstans Hals. Das Medaillon hing bis auf seinen Bauch hinab. Die Kette war ziemlich schwer. Er konnte ihr Gewicht deutlich spüren.

Der Salamanderkönig nahm die Kette ab und hängte sie wieder über den Sattelknauf. »Das Medaillon soll herabhängen, damit man es sieht, wenn man auf- oder absteigt.« Er nahm den Anhänger zur Hand und drückte die Lippen darauf. »Das mache ich, wenn ich unterwegs bin. Ich berühre das Medaillon auch jedesmal, wenn ich eine wacklige Brücke überqueren oder einen Fluß durchwaten muß.«

Athelstan schloß die Augen. »Das hätte ich wissen sollen«, murmelte er. »O Bruder, dein Geist ist benebelt, wie Sir John sagen würde.«

»Geht es Euch gut, Bruder?«

Athelstan öffnete die Augen und steckte dem Salamanderkönig noch eine Münze zu.

»Gottes Wege sind unergründlich«, sagte er. »Engel erscheinen in allen möglichen Gestalten.«

Er ließ den verwirrten Feuerschlucker stehen und ging zurück zu der Stelle, wo Sir John eben nach seinem Oberbüttel gebrüllt hatte.

Neun

Sir John wollte sich nicht anhören, was Flaxwith ihm zu sagen hatte, und marschierte wie der Anführer eines Triumphzuges vom Tower die Eastchepe hinauf, durch die Gracechurch Street, Lombard Street und in die Poultry. Als sie die Cheapside erreichten, drängten sich die Mengen um die Stände und Buden. Die Pranger waren voll von Missetätern, die mit Hals, Hand, Arm oder Bein dort festsaßen. Andere steckten in dem großen Käfig, der hoch oben auf der Wasserleitung stand, welche die Stadt mit frischem Wasser versorgte. Sir John winkte im Vorbeigehen all seinen »Hübschen« zu: den nächtlichen Streunern, Einbrechern, Straßenpöbel, Taschendieben und Betrunkenen. Die Antwort waren düstere Blicke oder zotige Schmähungen.

Der Coroner war in dieser Gegend wohlbekannt, und seine mächtige Gestalt, sein buschiger Schnurrbart und üppiger Vollbart machten sein rotes Gesicht nur noch auffälliger. Die Damen der Nacht – »meine kleinen Magdalenas«, wie Sir John sie nannte – verschwanden in dunklen Gassen und Gängen, sobald er auftauchte. Er blieb stehen, um einem Pfeifer, der Vogelstimmen nachahmte, einen Penny zuzuwerfen, und herrschte die Höker mit ihren Bauchläden an, sie sollten Abstand halten. Flaxwith und zwei andere Büttel, die hinter Athelstan trotteten, lachten heimlich über manche Spottnamen, die man Sir John nachrief. Plötzlich blieb der Coroner wie angewurzelt stehen, die blauen vorstehenden Augen und den Mund weit aufgesperrt.

»Bei den Titten des Satans«, stöhnte er.

Athelstan stellte sich auf die Zehenspitzen und erkannte Leif, den einbeinigen Bettler, der auf Sir John zukam.

»Der Schurke läuft schneller als ein Grashüpfer!«

Leif, der immer in Begleitung seines Freundes und treuen Gefährten Rawbum war, machte Sir John in jeder Menge ausfindig. Aus unerfindlichen Gründen hatte Lady Maude eine Schwäche für diesen Bettler, der an Küchentüren um Almosen und Nahrung bettelte und die ganze Cheapside mit seiner neuen Rolle als *chanteur* oder Liedersänger unterhielt. Athelstan hatte den Verdacht, daß Leif von Lady Maude beauftragt war, hinter Sir John herzuspionieren, insbesondere, was dessen ziemlich regelmäßige Besuche im »Lamm Gottes« anging.

»Ach, Sir John!«

Leif stützte sich auf die Schulter von Rawbum, einem Tunichtgut, dem das Mißgeschick widerfahren war, sich in eine Pfanne mit siedendem Öl zu setzen.

»Guten Morgen, Leif!« Sir John angelte schon nach zwei Pennies in seiner Börse.

»Lady Maude geht es gut. Mein neues Lied hat ihr sehr gut gefallen: ›Ich bin ein kleines Rotkehlchen ...‹!«

»Wenn du mir nicht aus dem Weg gehst, bist du gleich ein totes Rotkehlchen!« knurrte Sir John.

»Lady Maude erfreut sich bester Gesundheit«, schwatzte Leif weiter. »Aber Gog und Magog, Eure beiden Hunde, waren im Karpfenteich, und die beiden Kerlchen ...«

»Was ist los mit den Kerlchen?«

»Nichts, Sir John, sie sind nur triefnaß.«

»Und?«

»Und Lady Maude hat mich gebeten, die Augen offenzuhalten, ob Ihr nach Cheapside zurückkommt ...« Er nahm die angebotenen Pennies. »Aber natürlich habe ich Euch nicht gesehen, Sir John.«

Damit humpelte Leif, gestützt von Rawbum, davon.

Leise fluchend stürmte Sir John in den Schankraum des »Lamm Gottes«. Die Frau des Schankwirts eilte herbei. Sir John wurde zu seinem Lieblingsplatz am Fenster geführt und bestellte Ale für Athelstan, Hengan, Flaxwith und dessen beiden Büttel. Als das Ale auf dem Tisch stand, lehnte sich der Coroner zurück.

»Nun, Flaxwith, was hast du zu berichten?«

»Ich war drüben im ›Fröhlichen Schwein‹, Sir.«

»Ein wohlbekanntes Bordell. Weiter.«

»Alice Brokestreet ist vor einigen Wochen beim ›Fröhlichen Schwein‹ in Dienst getreten. Nicht als Hure, obwohl sie sich vielleicht gelegentlich hat überreden lassen, sondern als Dienstmädchen und im Weinausschank. In einem Streit hat sie einen Schreiber getötet und ist geflüchtet, aber man hat Lärm geschlagen und sie erwischt.«

»Und was ist mit dem Vikar der Hölle?«

»Der Schankwirt hat behauptet, er wisse nichts von einem solchen Mann.«

»Natürlich.«

»Aber er hat gesagt, wenn er ihn trifft, richtet er ihm Grüße vom Lord Coroner und Bruder Athelstan aus.«

»Hast du das gehört, Ordensbruder?«

Athelstan, der in Gedanken versunken gesessen hatte, zuckte zusammen und sah Sir John an.

»Ein Bordellbesitzer kennt dich.«

»Wir sind alle Kinder Gottes, Sir John.«

»Woran denkst du, Bruder?«

Athelstan nahm seinen Schreibbeutel und zog ein Stück Pergament, Siegel, Tintenhorn und Feder heraus. Er schrieb ein paar Zeilen.

»Ich denke über Christophorusmedaillons nach, Sir John.«

Athelstan schüttelte das Stück Pergament, um die Tinte zu trocknen. Dann nahm er einen Penny aus der Börse und reichte Flaxwith die Münze und das Pergament.

»Henry, könntest du mit deinen Burschen noch einmal in meinem Auftrag nach Petty Wales gehen, sobald ihr euer Ale getrunken habt? Fragt nach einer jungen Frau namens Hilda Smallwode in der Shoe Lane, sie ist Magd bei Bridget Sholter.«

»Ist das nicht die Frau des ermordeten Boten?«

»Stell ihr die Frage, die ich dir aufgeschrieben habe. Hat sie das Christophorusmedaillon ihres Herrn vom Sattelknauf hängen sehen, als er aufbrach, oder hat sie es im Haus bemerkt? Sag ihr, du kommst von Sir John Cranston, und sie soll die Sache geheimhalten.«

Flaxwith, der darauf brannte fortzukommen, leerte seinen Humpen und sprang auf. Er winkte seinen Gefährten, ihm zu folgen.

»Wo ist eigentlich Samson?« fragte Athelstan.

»Ich habe ihn zu einem Pferdedoktor in der Bodkin Lane gebracht.«

»Ach«, seufzte Sir John, »sag nur nicht, der kleine Liebling ist krank?«

»Er hat irgend etwas gefressen, Sir John. Gestern abend hat er an einem Metzgerstand eine Kette Würste geklaut, und seitdem ist der kleine Kerl ganz verändert.«

Sir John hob seinen Humpen, um auf ihn zu trinken.

»Richte Samson meine besten Genesungswünsche aus.«

Flaxwith stapfte brummelnd hinaus. Sir Johns Einstellung zu seinem geliebten Hund verletzte ihn. Der Coroner bestellte mehr Ale.

»Ich habe schlechte Nachrichten. Als du dem Feuerschlucker zugeschaut hast, Athelstan, habe ich Henry nach den Rechnungsbüchern des ›Paradiesbaums‹ gefragt, aber sie waren schon weg. Odo Whittock hat sie im Namen des Obersten Gerichts bereits beschlagnahmen lassen.« Sir John griff in seine tiefe Manteltasche und holte ein zerfleddertes Hauptbuch hervor. »Das ist alles, was er finden konnte, aber es ist fünf Jahre her, das war das letzte Jahr vor Stephens Tod. Ich wollte …«

»Gebt es mir, Sir John …«

Athelstan nahm das speckige Hauptbuch, das mit rotem Zwirn zusammengeheftet war, und steckte es in seinen Schreibbeutel. Hengan starrte gedankenverloren auf den Tisch.

»Master Ralph, Ihr seht traurig aus.«

»Ich habe Angst, Bruder.« Hengan nippte an dem frisch servierten Ale. »Für Mistress Vestler sieht es schlecht aus. Wir wissen, daß diese beiden Leichen die von Bartholomew, dem Archivar, und seiner Liebsten sind, aber die Frage nach den anderen Skeletten ist ja noch offen.« Er hielt inne. »Ist es möglich?«

»Was?« fragte Sir John.

»Nun, Fleisch und Kleidung sind völlig verfault. Rings um die Stadt gibt es zahlreiche Begräbnisstätten. Überreste der großen Pest, die vor dreißig Jahren London heimgesucht hat. Menschen wurden in Gärten, auf jedem verfügbaren Stück Land begraben.«

»Und Ihr meint, das ist auch auf der Schwarzen Wiese passiert?« fragte Athelstan.

»Es ist möglich. Ich meine, wenn Mistress Vestler eine Mörderin ist, würden wir dann nicht mehr Leichen finden, die in demselben Zustand sind wie die Leiche Bartholomews?«

»Ich kann das überprüfen«, überlegte Athelstan, »und zwar in unserem Mutterhaus in Blackfriars. Als die Pest in London wütete, haben die Dominikaner gute Arbeit geleistet. Die Ordensbrüder haben die Toten begraben und auch eine genaue Liste der Begräbnisstätten erstellt. Als die Seuche vorüber war, haben sie diese Stätten geweiht.«

Sir John strahlte übers ganze Gesicht.

»Ja, das ist möglich«, flüsterte er aufgeregt.

»Aber das wird wenig ändern«, gab Hengan zu bedenken. »Ist es nicht gleich, ob man für einen Mord hängt oder für ein Dutzend? Sir John, ich glaube, wir müssen aufbrechen.«

Sie verließen das »Lamm Gottes« und bahnten sich einen Weg durch die wimmelnde Menge auf der Straße bis zu dem offenen Platz vor dem düsteren Tor des Gefängnisses von Newgate. Auf der anderen Seite reihten sich die Metzgerstände und Schlachtereien aneinander. Die Pflastersteine waren voller Blut und Abfall, und der Gestank aus den dampfenden Kesseln und Fässern hing schwer in der Luft.

Athelstan hatte diesen Ort immer verabscheut. Der Pranger vor dem Gefängnis war leer, aber ein provisorischer Galgen war aufgebaut. Auf dem Platz fanden selten Hinrichtungen statt, der Galgen diente eher als Abschrekkung für das Gelichter, das sich hier herumtrieb. Vor dem schweren Tor wimmelte es von Bettlern, schmuddeligen Schreibern und Sekretären, die sich anboten, für die Schreibunkundigen Botschaften zu schreiben. Wärter und Beschließer streiften umher und nahmen Bestechungen und Geschenke entgegen, um Leuten durch die metallbeschlagene Pforte Eintritt in den Hof zu gewähren, der dahinter lag. Zwei Gefangene hatte man hinausgelassen, damit sie für die Insassen der Gemeinschaftszellen betteln konnten. Sie trugen nichts als einen Lendenschurz und waren mit langen Ketten an Knöcheln und Handgelenken aneinandergefesselt, ihre ausgemergelten, geschwürigen Körper ein elendes Zeugnis der schrecklichen Bedingungen im Gefängnis. Einer der beiden schob seinen Betteteller unter Athelstans Kinn.

»Ein paar Münzen, Bruder? Eine Gabe für die armen Seelen dort drinnen?«

Athelstan legte einen Penny hinein, aber er sah einen schwitzenden Büttel, der den beiden Gefangenen folgte, und fragte sich, ob die Almosen wirklich denen zukamen, die sie brauchten, oder in die Taschen der bestechlichen Beamten wanderten, die Newgate als ihr privates Lehnsgut betrachteten. Er folgte Sir John zum Tor. Der Coroner machte mit den Beschließern nicht viel Aufhebens. Er zeigte ihnen sein Amtssiegel und drängte sich dann an ihnen vorbei in den Hof. Ein Wärter führte sie zu dem gegenüberliegenden inneren Torhaus.

Auf jedem Geschoß befanden sich Zellen. Athelstan warf einen Blick durch eine geöffnete Tür und fuhr angeekelt zurück; er war sicher, daß das, was er auf einer Schale in der Tür sah, die abgetrennten Ohren von Häftlingen waren.

»Sir Jack«, rief er voll Widerwillen, »ich hasse diesen Ort!«

Sie erreichten den vierten Stock, und der Wärter blieb vor einer schweren Tür in einer Nische stehen. Athelstan erwartete, Miss Brokestreet zu sehen, wenn der Wärter die Türe öffnete, aber statt dessen wurde sie von innen aufgeworfen, und heraus trat ein großer, schwarzhaariger Mann mit schmalem Gesicht, fliehendem Kinn und einer spitzen Hakennase, die durch die Luft schnitt. Er war von Kopf bis Fuß in ein maulbeerfarbenes, pelzverbrämtes Samtgewand gekleidet. Der Gefängniswärter trat rasch beiseite und rempelte dabei in dem engen Treppenhaus fast Sir John an.

»Wer seid Ihr?« Der Mann trat aus der Zelle und schloß die Türe hinter ihm.

»Sir John Cranston, Coroner der Stadt. Und Ihr, mein Herr?«

»Master Odo Whittock, Kronanwalt. Sonderbeauftragter des Oberrichters Henry Brabazon.«

Er blickte über Sir Johns Schulter, wo er Hengan entdeckte, und seine Augen funkelten belustigt.

»Ich wette, Ihr wollt Mistress Brokestreet besuchen. Aber die Antwort ist nein. Mistress Brokestreet ist jetzt eine Gefangene der Krone, und alles, was Ihr wissen wollt, könnt Ihr im Gericht erfahren.« Er gestikulierte mit dem Finger. »Über uns ist Mistress Kathryn Vestler untergebracht. Sie werde ich nicht verhören.« Seine Lippen öffneten sich zu einem Lächeln. »Zumindest nicht sofort.«

Ohne eine weitere Erklärung ging Whittock wieder in die Zelle und schlug die Tür hinter sich zu. Der Gefängniswärter drehte sich um, sein unrasiertes Gesicht verzog sich zu einem Lächeln.

»Sir John, ich ...«

»Ach, scheiß auf ihn!« knurrte Sir John. »Gehen wir zu Mistress Vestler.«

Die Zelle, die sie dann betraten, war sauber gefegt, die Läden an den vergitterten Fenstern waren weit geöffnet. Für eine solche Zelle mußte Mistress Vestler eine beachtliche Summe bezahlt haben. Darin standen eine Pritsche, eine Bank, ein Tisch und zwei Schemel, an der Wand befand sich ein Lederkasten mit zerrissenen Gurten und Schnallen. An den Wandhaken hingen Kleidungsstücke, auf dem Tisch lagen Brot, getrocknetes Fleisch und ein paar fleckige Äpfel. Mistress Vestler stand am Fenster und starrte hinaus. Als sie eintraten, drehte sie sich um. Athelstan fand, daß sie jünger und entschlossener aussah als früher. Ihr Gesicht war starr, von Tränen war keine Spur zu sehen. Sie setzte sich aufs Bett und ließ sie nähertreten. Der Wärter schloß die Tür hinter ihnen ab. Sie lächelte Hengan an.

»Seid Ihr gekommen, um mich nach Hause zu holen, Ralph?«

Der Anwalt hüstelte und scharrte mit den Füßen.

»Mistress, Sir John und ich haben ein paar Fragen an Euch.«

Sie seufzte und schien mehr damit beschäftigt, den dunkelblauen Schleier zurechtzurücken, der ihr ergrauendes Haar bedeckte.

»Man sorgt hier gut für mich«, sagte sie. »Es ist sauber. Der Wärter sagt, das Ungeziefer kommt nicht so weit hinauf.«

Sie warf einen Blick auf Athelstan, der einen Schemel heranzog. »Es ist nett, daß Ihr auch gekommen seid, Bruder. Ich habe gehört, daß Ihr Eure eigenen Sorgen habt. Ein königlicher Bote, der in Eurer Gemeinde umgebracht wurde?« Sie schüttelte den Kopf. »Es ist so traurig. Ich habe sie beide gekannt, Eccleshall und Sholter.« Sie bemerkte den überraschten Ausdruck auf Athelstans Gesicht. »Sie waren oft zwischen Westminster und dem Tower unterwegs und kamen dann in den ›Paradiesbaum‹ und ließen sich bedienen.«

»Was für Männer waren sie?« fragte Athelstan, während Hengan und Sir John eine Bank herbeibrachten.

»Ach, Rabauken waren sie, besonders Sholter. Er kam immer großtuerisch hereingestapft und verlangte grölend etwas zu trinken. Und jetzt ist er nicht mehr! Das Leben ist ein wahres Schattental, nicht wahr, Bruder? Aber Ihr wolltet mich etwas fragen?« Sie sah dabei nicht Sir John an, sondern Athelstan. »Euer Ruf ist mir bekannt: klein und sanft, mit Augen, denen nichts entgeht.«

Athelstan lächelte über das Kompliment. »Mistress Kathryn, wir sind hier, weil wir Euch retten wollen. Ich will ehrlich sein: Es wird sehr schwierig werden.«

Mistress Vestler blinzelte, ihre Unterlippe zitterte, aber sie wahrte die Fassung.

»Habt Ihr Bartholomew Menster und Margot Haden umgebracht?«

»Nein.«

»Wißt Ihr irgend etwas darüber, wie es dazu kam, daß die Leichen auf der Schwarzen Wiese begraben wurden«

»Nein.«

»Könnt Ihr Euch an den fünfundzwanzigsten Juni erinnern, Mistress Vestler?« fuhr Athelstan beharrlich fort. Er bemerkte, wie still es in der Zelle geworden war. »Das war der Tag nach Mittsommer. An diesem Tag wurden Bartholomew und Margot zum letzten Mal lebend gesehen.«

»Ich weiß nicht. Ich kann mich nicht daran erinnern.«

»Was ist Eurer Meinung nach geschehen?«

»Bartholomew muß in die Schenke gekommen sein, um zu essen und zu trinken und Margot zu sehen.« Sie schüttelte den Kopf. »Aber abgesehen davon ...«

»Warum habt Ihr Margot Hadens Habseligkeiten verbrannt?«

»Ich habe Euch schon gesagt, daß es billige, wertlose

Dinge waren. Ich dachte, sie sei durchgebrannt und würde sie nicht mehr brauchen.«

Athelstan hatte ein ungutes Gefühl. Es war nur ein kurzes Flackern in ihren Augen gewesen, aber er war sicher, daß sie log.

»Hat Bartholomew Menster Euch jemals die Ehe angetragen?«

»Natürlich nicht!«

»Wart Ihr eifersüchtig auf seine Zuneigung zu Margot?«

Sie schüttelte den Kopf, und Athelstan spürte, daß sie die Wahrheit sagte.

»Hat Bartholomew Menster jemals mit Euch über die Legenden vom Schatz Gundulfs gesprochen und darüber, daß der Schatz wie die Sonne sei?« Er hielt inne. »Und unter der Sonne verborgen liege?«

Athelstan fiel plötzlich ein, daß er in den Manuskripten, die er im Tower gefunden hatte, keinerlei Hinweis auf den zweiten Teil dieses verschlüsselten Rätsels gefunden hatte.

Kathryn wurde aufgeregt und rieb die Hände aneinander.

»Im Tower wimmelt es von solchen Legenden«, sagte sie. »Versteckter Schmuck, verlorene Juwelen, der Schatz des Gundulf, Silber der Römer.«

»Habt Ihr und Euer verstorbener Mann Stephen von den verlorenen Schätzen des Tower gewußt?«

»Natürlich. Wir lebten ja nur einen Pfeilschuß vom Tower entfernt. Stephen kaufte den Garnisonsleuten gerne Altertümer ab: Schilde, unbrauchbare Waffen und andere Kuriositäten. Das meiste davon habt Ihr selbst gesehen. Ja, es stimmt, Bartholomew und ich haben über diese Legenden gesprochen, aber ich habe nur darüber gelacht.«

»Hat er jemals ein Kaufangebot für den ›Paradiesbaum‹ gemacht?«

Kathryn setzte schon an, die Frage zu verneinen.

»Ja, nicht wahr?« beharrte Athelstan.

»Ja«, erwiderte sie langsam. »Er hat zweimal ein Angebot gemacht, aber ich habe abgelehnt.«

»Habt Ihr es nie für merkwürdig gehalten, daß sich ein Archivar, ein Schreiber des Tower, für ein Gasthaus interessiert?« fragte Athelstan. »Habt Ihr nicht gedacht, sein Interesse an dem Schatz sei vielleicht mehr als eine vorübergehende Laune?«

»Er hat Angebote gemacht. Ich habe abgelehnt, und damit hatte es sich.«

»Na, aber vielleicht haben wir eine gute Nachricht«, sagte Athelstan. »Die anderen Skelette sind wahrscheinlich Opfer der Pest. Es kann gut sein, daß die Schwarze Wiese ein Bestattungsort war, als die Pest hier wütete.«

Kathryn lächelte. »Das ist möglich. Vielleicht heißt sie deshalb auch Schwarze Wiese.« Sie wischte sich mit der Hand über den Mund. »Stephen hat immer davon geredet, daß man dort Gespenster sieht.«

»Nicht nur Gespenster, Mistress. Die Vier Evangelien, dieses merkwürdige kleine Grüppchen, dem Ihr so großzügig erlaubt habt, sich auf der Schwarzen Wiese niederzulassen, haben berichtet, daß dort Barken im Schlick anlegen. Sie redeten von dunklen Gestalten und Schatten, die über die Schwarze Wiese in Richtung ›Paradiesbaum‹ gehen.«

»Davon weiß ich nichts«, antwortete sie spitz. »Die Themse ist wie jede andere Straße: Gute und Böse kommen dort entlang.«

»Aber wo gehen sie hin?« fragte Athelstan.

»In Petty Wales wimmelt es von Dieben.«

Athelstan unterdrückte den Zorn, der in ihm aufstieg.

»Mistress Vestler, in diesem Torhaus gibt es einen Kronanwalt, Master Odo Whittock. Er und Sir Henry Brabazon sind ›zwei Backen desselben Gesichts‹, wie Sir John sich auszudrücken pflegt. Sie werden bohren und wühlen.

Eure Antworten werden sie vor Gericht nicht zufriedenstellen.«

»Mehr werde ich ihnen nicht sagen können, Bruder.«

»Mistress Vestler, ich will Euch helfen. Ich bin im ›Paradiesbaum‹ gewesen, es ist ein hübsches, gutgehendes Gasthaus. Man wird Fragen stellen, woher Eure Gewinne kommen.«

»Ich bin eine gute Geschäftsfrau«, beharrte sie. »Bruder, könnt Ihr mir einen Becher Wasser geben?«

Athelstan stand auf, füllte einen gesprungenen Zinnbecher und reichte ihn ihr. »Meine Gewinne sind das, was sie sind.« Sie nippte an dem Wasser. »Mehr kann ich nicht sagen.«

Athelstan sah an Sir Johns Augen, daß er denselben Verdruß spürte wie er.

»Nun, Mistress Vestler, ich will für Euch beten und sehen, was ich tun kann.«

»Ich bleibe noch«, sagte Hengan. »Ich habe noch andere Dinge zu besprechen.«

Sir John hämmerte an die Tür. Der Beschließer draußen öffnete. Sie stiegen die Treppe hinunter und traten auf den gepflasterten Hof hinaus. Athelstan zupfte den Coroner am Ärmel.

»Es sieht nicht gut aus, Sir John.«

»Nein, Bruder, das stimmt.« Aus einem dunklen Eingang drang ein Schrei, der sie kurz innehalten ließ. »Ein Hexenkessel ist das hier! Nichts wie weg von hier!«

Vor dem Haupttor stand Henry Flaxwith mit seinem sabbernden Samson im Arm.

»Seht Ihr, Sir Jack, es geht ihm wieder gut.«

Der Hund schnappte mit gebleckten Zähnen nach Sir John.

»Samson freut sich so sehr, Euch zu sehen, Sir John. Ihr wißt doch, daß er Euch mag.«

»Ich will es dir glauben, Master Flaxwith. Aber setz den schrecklichen Kerl jetzt bitte ab.«

Flaxwith bückte sich und ließ Samson behutsam auf das Pflaster gleiten, wo sich der häßliche Mastiff sofort auf einen Fleischfetzen vom Schlachthof stürzte.

»Und mein Anliegen?« fragte Athelstan. »Warst du bei Hilda Smallwode?«

Flaxwith verzog das Gesicht. »Ich weiß nicht, ob dir die Antwort gefallen wird, Bruder. Die Magd, die mir ganz ehrlich scheint, hat gesagt, daß sie nicht dabei war, als Master Sholter fortritt, denn sie war im Haus. Ihre Herrin blieb noch eine Weile da und schickte Hilda ins Schlafzimmer hinauf. Die Magd erinnert sich, daß sie das Christophorusmedaillon auf einem Schemel liegen sah, aber sie dachte sich nichts dabei. Als sie am Sonntagmorgen vorbeikam, um nach ihrer Herrin zu schauen, hat sie das Medaillon auf jeden Fall auch dort liegen sehen.«

Athelstan schloß die Augen und stieß einen stillen Fluch aus.

»Nichts für ungut, Bruder.« Sir John klopfte ihm auf die Schulter. »Deine Theorie hält anscheinend nicht stand. Master Sholter hat seinen Christophorus tatsächlich vergessen.«

Athelstan warf sich den Schreibbeutel über die Schulter und ging niedergeschlagen davon, während der Coroner verwirrt zurückblieb.

Athelstan stapfte weiter, ohne der Menge ringsum und den ununterbrochenen Rufen der Gehilfen Beachtung zu schenken. »Was braucht Ihr? Was braucht Ihr?« Händler zupften ihn am Ärmel und versuchten seine Aufmerksamkeit zu erringen, Huren stolzierten vor Hauseingängen auf und ab. Der kleine Ordensbruder konnte an nichts anderes denken als an Mistress Vestler, die in ihrer Zelle saß und log, während sich am anderen Ende der Stadt zwei Mörder beglückt über ihr heimtückisches Verbrechen in den Armen lagen.

Athelstan blieb stehen, holte Luft und mußte husten. Plötzlich bemerkte er, daß er durch das alte Stadttor gegangen war. Er war jetzt in der Nähe des großen Flutgrabens, wo der Salpeter, der die Müllhaufen bedeckte, zum Himmel stank. Zwei Straßenkinder liefen herbei und wollten ihm für einen Penny ein Lied vorsingen. Athelstan warf ihnen eine Münze zu und schlug rasch das Kreuzzeichen über sie.

»Das kriegt ihr dafür, daß ihr still seid«, sagte er. »Blackfriars!« rief er aus. »Ich gehe nach Blackfriars!«

»Und von da aus in den Himmel?« versetzte ein Hausierer, der ihn gehört hatte.

Athelstan lächelte und marschierte weiter, tief in Gedanken an das, was er erfahren hatte.

Schließlich erreichte er das Mutterhaus des Ordens. Ein Laienbruder ließ ihn an der Nebenpforte ein. Athelstan faßte ihn an der Schulter und schaute in die leeren Augen des Mannes, dem der Speichel aus dem offenen Mund tropfte.

»Du bist Bruder Eustach, nicht wahr?«

»Für dich der Abt Eustach«, erwiderte der Laienbruder.

Athelstan klopfte dem alten Mann freundschaftlich auf die Schulter.

»Und ich bin der Kardinal Bischof von Ostia«, flüsterte er. »Ich bin zu einem geheimen Besuch gekommen, erzähl keinem, daß ich hier bin.«

Der Laienbruder gluckste vor Vergnügen. Athelstan überquerte den Klosterhof und betrat die eichengetäfelte Schreibstube und Bibliothek. Der alte Bibliothekar war nicht da. Athelstan schickte ein Dankgebet zum Himmel – bei dem alten Ordensbruder hätte er eine Stunde mit Klatsch und Tratsch zubringen müssen. Der Hilfsbibliothekar war ein junger Mann, der sich als Bruder Sylvester vorstellte und Athelstan mit dem Friedenskuß begrüßte.

»Ich habe von dir gehört, Bruder Athelstan. Man erzählt, als Novize seist du durchgebrannt und in den Krieg gezogen«, sprudelte er hervor. »Und dein Bruder ist umgekommen, aber du bist zurückgekehrt, deshalb hat man dich zum Pfarrer in Southwark gemacht.«

»Jeder kennt meine Geschichte«, grinste Athelstan. »Aber ich bin in Eile, Bruder. Habt Ihr hier vielleicht eine Geschichte des Tower und ein Totenbuch?«

»Das erstere kenne ich«, erwiderte Bruder Sylvester, »aber das zweite?«

»Es wurde vor etwa zwanzig Jahren verfaßt«, erklärte Athelstan. »Darin sind alle Bestattungsorte aus der Zeit der großen Pest aufgeführt.«

»Ich sehe nach.«

Athelstan setzte sich an einen Tisch. Der Stuhl war bequem und gepolstert. Er betrachtete die eichenen Bücherregale, das Lesepult mit den kostbaren, in Kalbsleder gebundenen Bänden, die an das Pult gekettet waren; ganze Stöße von Pergamenten, Bücher zur Heiligen Schrift, zu Theologie, Geschichte und Wissenschaft. Athelstan schloß die Augen. Erinnerungen an seine Zeit als Novize stiegen in ihm auf, der Geruch des Poliermittels mischte sich mit Bienenwachs, getrocknetem Leder und frischem Pergament.

»Bruder Athelstan?«

Der Hilfsbibliothekar hatte zwei Bände in der Hand. Er legte sie auf den Tisch und öffnete dann das Fenster hinter ihm, um mehr Licht hereinzulassen. Athelstan bat um ein Stück Pergament und eine Schreibfeder, bevor er den Band mit der Aufschrift *Liber Mortuorum* aufschlug. Die Seiten waren dünn und im Laufe der Jahre vergilbt, aber die Handschrift des Schreibers war immer noch klar und deutlich. Hier waren die Friedhöfe von London aufgeführt, sogar der von St. Erconwald war darin. Athelstan überflog schnell diesen Eintrag: zwei oder drei Seiten mit den Namen der dort Begrabenen. Er gelobte sich, eines Tages wiederzukommen und sich den Eintrag genauer anzusehen. Weiter hinten wurden die Einträge weniger geordnet, aber schließlich fand er den Ort, den er suchte:

Ager Niger Prope Turrem, Schwarze Wiese am Turm. *In hoc loco*, begann der Eintrag, »an diesem Ort wurden im Herbst des Jahres des Herrn 1349 viele beerdigt. Der Akker wurde von Bruder Reyward gesegnet und geweiht« – hier hatte Athelstan Schwierigkeiten, das stümperhafte Latein zu verstehen – »der diejenigen versorgte, die erkrankt waren und in die Schenke am Fluß gebracht wurden, nun ein …« Dann konnte Athelstan noch das Wort »hospicium« entziffern.

»Es war also ein Spital«, murmelte Athelstan.

Auf einem Stück Pergament notierte er den Titel des Buches und den Text des Eintrags.

»Hast du gefunden, was du suchst, Bruder?«

Athelstan lächelte. »Ja, danke.«

Er hätte sich beschwingt fühlen sollen, aber er war müde und hungrig. Zumindest bewies dieser Eintrag, daß Mistress Vestler nicht einfach drauflosgemordet hatte. Er seufzte und schlug das zweite Buch auf, »Die Geschichte des Tower und seiner Umgebung«, verfaßt von einem Chronisten, der vor fünfzig Jahren gelebt hatte. Es war weniger eine Geschichte als eine allgemeine Beschreibung und Chronik besonderer Ereignisse, wie zum Beispiel der Legende, daß Julius Caesar den Tower erbaut haben sollte. Grob gezeichnete Karten stellten die einzelnen Teile des Bauwerks dar: die Umfassungsmauer, Türme und Kapellen, aber nichts von Bedeutung. Athelstan klappte das Buch zu und dankte Bruder Sylvester.

Als er durch die Seitenpforte hinausgegangen war, tat es ihm leid, daß er der Küche oder dem Speisesaal keinen Besuch abgestattet hatte. Dafür ging er jetzt in eine Schenke, die sich »Zum Gepanzerten Handschuh« nannte, ein steinernes Haus mit einem kleinen Rosengarten auf der Rückseite. Der freundliche Gastwirt führte ihn hinaus zu einer Torfbank und brachte ihm einen Humpen Ale und eine frisch gebackene Fleischpastete. Athelstan genoß die Spätnachmittagssonne. Er hätte Sir John gerne einen Besuch abgestattet, aber was sollte er ihm sagen? Eigentlich hätte er dem Coroner helfen müssen, aber er fühlte einen wahrhaft schrecklichen Zorn auf die beiden Mörder, die in der Mincham Lane ihr Liebesnest hatten.

»Wie haben sie es angestellt?« fragte er sich.

Er dachte an Sholter und Eccleshall, die über die Brücke ritten, und dann an den Reiter, der spät am Abend zurückeilte.

»Natürlich!« rief Athelstan aus. »Ein Pferd kann man leicht loswerden, aber was ist mit dem Sattel?«

Zehn

Athelstan verließ die Schenke, um die St. Petersbarke zu besuchen. Diesen absonderlichen Namen hatte der gruselige Menschenfischer seiner Kapelle oder seinem Beinhaus gegeben. Es war spät am Nachmittag, und die Menge drängte sich immer noch in den Straßen, vor allem um die Lebensmittelstände. Alle wollten verbilligte Ware kaufen, bevor das Markthorn den Schluß des Markttages ankündigte.

Erfrischt machte sich Athelstan auf den Weg durch die Straßen. Über und neben ihm drängten sich die schmalen, dreigeschossigen Häuser dicht aneinander und ließen kaum Sonnenlicht durch, so daß sich die Menschen in den geschäftigen Gassen stoßen und schubsen mußten. Der Ordensbruder drückte sich an Buden vorbei, in denen sich buntes Leinen aus Brüssel neben Wollstoffen aus dem Westen des Landes und Vorhängen und Wandtüchern aus Louvain und Dordrecht stapelten. Dann kam er nach Trinity, wo die Händler exotischere Waren feilboten. Die tiefliegenden Galeeren aus Venetien, die jetzt in der Themse vor Anker lagen, brachten diese Waren ins Land: Kisten mit Gewürzen, Beutel mit Safran, Ingwer und Anis, Fässer voll getrockneter Feigen, Orangen und Zitronen von den spanischen Inseln; Kästen mit Mandeln und Muskatnuß, Säcke mit gemahlenem Zucker, Pfeffer und Salz.

Schließlich wurden Schiffssegel sichtbar, und Athelstan stieg der frische, scharfe Geruch des Flusses in die Nase. Er war jetzt in La Reole, einem Ort, der von Quacksalbern, Wahrsagern und Reliquienverkäufern heimgesucht wurde wie Ägypten von den Plagen. Belustigt hörte er einen dreisten Burschen grölend Herodes'

Vorhaut zum Verkauf anbieten, die von einem Dämon abgetrennt und in einer Höhle über dem Toten Meer aufbewahrt worden sei. Zwei derbe Gehilfen bewachten einen Stand, an dem Bücher und Handschriften verkauft wurden. Athelstan wäre gerne stehengeblieben. Solche Waren wurden nicht oft zum Verkauf angeboten, und Athelstan, der entschlossen war, vor Anbruch des Winters den Nachthimmel zu studieren, war immer begierig auf Bücher zur Astronomie oder Astrologie. Solche Manuskripte schwemmten jetzt ins Land, Reisende brachten sie aus dem Orient mit, und sie wurden von Schreibern und Kopisten eifrig abgeschrieben. Aber er mußte sich beeilen. Mit Einbruch der Dunkelheit würde der Menschenfischer Segel setzen.

Athelstan atmete erleichtert auf, als er um eine Ecke bog und den Menschenfischer auf einer Bank vor seiner Kapelle sitzen sah. Sein merkwürdiges Gefolge umringte ihn, Ausgestoßene und Aussätzige, deren Gesichter und Hände mit schmutzigen Leinenfetzen verbunden waren. Nur einer, ein Junge namens Ichtys, unterschied sich von ihnen. Er hatte weder Kopfhaar noch Brauen und Wimpern, mit seinen vorstehenden Augen, aufgeworfenen Lippen und seinen mageren Rippen sah er aus wie ein Fisch, und in der Tat schwamm er auch wie einer.

Nur wenige Menschen näherten sich der Gruppe, die die Themse nach Leichen absuchte. An der Kapelle war eine Bekanntmachung angeschlagen, welche die Gebühren für aufgefundene Leichen aufführte:

Unfälle 3d. Selbstmorde 4d.
Morde 6d. Verrückte und Wahnsinnige 9d.

Der Menschenfischer erhob sich, als er Athelstan sah.

»Kann ich Euch helfen, Bruder?«

Der Menschenfischer zog seine Kappe zurück, und sein totenschädelartiges Gesicht strahlte vor Freude.

Niemand wußte, wo er herkam. Manche tuschelten, er sei ein Seemann, der Frau und Kinder von Plünderern ermordet aufgefunden hätte. Er hatte den Verstand verloren und war einige Zeit in dem Ödland nördlich der Stadt umhergewandert, bis er diese grausige Arbeit für die Stadtverwaltung angenommen hatte. Er klatschte in die Hände, und aus dem Inneren der Kapelle brachte jemand einen Schemel. Athelstan setzte sich.

»Möchtet Ihr eine Leiche ansehen?« fragte der Menschenfischer. »Wir haben heute einige schöne Funde. Ein junger Mann, der letzte Nacht zu tief ins Glas geschaut hat und die Themse durchschwimmen wollte; eine Frau, die sich von einer Brücke gestürzt hat, ein Soldat vom Tower und natürlich die üblichen Tiere: fünf Hunde, drei Katzen, eine Sau und ein zahmes Wiesel.« Er griff nach dem dürren Arm seines Hauptgehilfen Ichtys. »Und alle hat dieses Kind Gottes aus dem Fluß geholt. Wo ist denn Sir John?« schwatzte der Menschenfischer weiter. »Besucht mich der Lord Coroner nicht mehr? Ich habe ihn heute gesehen, wie er aus der Goldschmiede von Mr. Bapaume kam.«

»Ich freue mich, dich zu sehen«, antwortete Athelstan. »Möge Christus an dir und deinen Bemühungen Wohlgefallen finden. Sir John und ich sind mit einigen ungeklärten Fällen beschäftigt.«

»Und Ihr braucht meine Hilfe?«

»Ja, wir brauchen deine Hilfe.«

Er streckte die dünnen, knochigen Hände aus. Athelstan fiel auf, wie sauber und lang die Fingernägel waren, eher wie Krallen als menschliche Gliedmaße.

»Wir haben Ausgaben, Bruder. Ich habe eine Familie zu versorgen und Vergnügungen zu bezahlen.«

»Was für Vergnügungen?« fragte Athelstan neugierig.

Der Menschenfischer beugte sich vor. »Ich gehe zur Alten Mutter Harrowtooth auf der London Bridge. Sie verschafft mir Erleichterung.«

»Gewiß, gewiß.« Athelstan öffnete seinen Geldbeutel und nahm eine Silbermünze heraus, eine der Münzen, die Bladdersniff abgeliefert hatte. Die Augen des Menschenfischers leuchteten auf, aber Athelstan hielt die Münze noch fest.

»Ich will dir eine Geschichte erzählen«, hob er an.

»Wenn Ihr eine Silbermünze in der Hand habt, Bruder, mag sie so lang sein, wie Ihr wollt.«

»Ich bin ein Mörder«, begann Athelstan.

Der Menschenfischer wiegte sich vor Lachen hin und her. Seine Mannschaft stimmte in das Gelächter ein.

»Ich bin ein Mörder«, wiederholte Athelstan. »Ich reite durch die Felder von Southwark zurück. Ich reite nicht über die Brücke. Statt dessen steige ich irgendwo gegenüber von Billingsgate oder auch vom Wollkai ab, das ist eine ziemlich verlassene Gegend. Ich bin maskiert und möchte den Fluß in einem Kahn überqueren.«

»Deshalb hat es keinen Sinn, sich bei den Bootsleuten umzuhören?« unterbrach ihn der Menschenfischer.

»Genau. Ich überquere den Fluß in den Umhang gehüllt, den ich mitgebracht habe, und habe die Kapuze tief ins Gesicht gezogen.«

»Aber Ihr müßt das Pferd loswerden?« Der Menschenfischer verzog seinen Mund zu einem Lächeln. »In Southwark ist das nicht schwer. Ein Pferd, das alleine umherstreift, findet schnell einen Besitzer. Was noch, Bruder?«

»Das Pferd ist mir eigentlich egal«, erklärte Athelstan. »Aber was ist mit Sattel und Geschirr?«

»Ich verstehe.« Der Menschenfischer lächelte. »Die dürfen nicht gefunden werden. Sie sind schwer zu verstecken, nicht wahr, Bruder? Wenn ich ein Mörder wäre, würde ich hinaus in den Schlick waten und den Sattel in den Fluß werfen. Wenn ich Euch richtig verstehe, wollt Ihr, daß wir ihn für Euch finden, nicht wahr? Ein schwerer Sattel würde untergehen und im Schlick steckenbleiben. Aber es kann Monate dauern, bis der Schlick ihn ganz verschluckt.«

»Könnt ihr es versuchen?«

»Vor Einbruch der Dunkelheit, Bruder. Unsere Barke wartet.«

»Es gibt noch etwas«, fuhr Athelstan fort.

»Der ›Paradiesbaum‹?« sagte der Menschenfischer unaufgefordert. »Ich kenne Euren Fall, Bruder. Der guten Wirtin Kathryn Vestler droht die Todesstrafe. Ich kann nicht glauben, was man sich jetzt von ihr erzählt. Sie ist eine freundliche Frau, die uns und anderen große Wohltaten erwiesen hat. Sie hat den Vier Evangelien erlaubt, dort ihr Lager aufzuschlagen und die Ankunft des Erzengels Michael und seiner Engel zu erwarten.«

Bei diesen Worten brach seine kleine Schar in Gelächter aus.

»Sie werden noch lange warten müssen. Wir sehen oft das Licht, das sie am Ufer entzünden. In dunklen Nächten, wenn sich der Mond versteckt, ist es für uns ein Leuchtfeuer.«

»Sie interessieren mich eigentlich nicht«, sagte Athelstan.

»Ihr habt recht, Bruder, sie sind ein rundherum verrücktes Grüppchen. Die Töne, die wir aus ihrem Lager hören, sind, gelinde ausgedrückt, sonderbar.«

»Ihr seht doch sicher allerhand ... merkwürdige Dinge, wenn ihr den Fluß hinauf und hinab segelt?« Athelstan wählte seine Worte mit Bedacht. »Barken ohne Lichter, Maskierte und Vermummte?«

Der Menschenfischer sah ihn abweisend an.

»Bruder, was nachts auf der Themse geschieht, kann ich Euch nicht sagen. Wir sind nicht bewaffnet. Ja, wir haben eine Armbrust, ein Schwert und einen Speer bei uns an Bord, aber man läßt uns in Ruhe, weil wir andere in Ruhe lassen.«

Athelstan erhob sich seufzend. Er gab dem Menschenfischer die Silbermünze.

»Kann ich dir in dieser Sache trauen?«

Der Menschenfischer schüttelte Athelstan die Hand. Der Ordensbruder war überrascht, wie fest sein Griff war.

»Ihr und Sir John sind meine Freunde. Ich habe Eure Silbermünze angenommen. Ich habe Eure Hand geschüttelt.«

Athelstan bedankte sich bei ihnen und ging zum Ufer hinab, wo er einen Kahn anheuerte, der ihn über den inzwischen unruhigen Fluß übersetzte.

Athelstan saß dösend in dem Kahn. Auf der anderen Seite legte er müde seinen Weg durch die Täler und Bachbetten zurück, vorbei an der Priorei St. Mary Overy. Überall ringsum erwachte Southwark bei Einbruch der Dunkelheit zum Leben. Wirtshäuser und Aleschenken wurden geöffnet, Kerzen leuchteten in den Fenstern. An den Einmündungen von Gassen und Hauseingängen drängten sich dunkle Gestalten. Junge Burschen aus der City mit lauernden Augen und arrogant zurückgeworfenem Kopf stapften durch die Straßen, die Daumen hinter die Soldatengürtel geklemmt: rauhe Burschen, die Händel, billiges Ale und frische Mädchen suchten.

Athelstan haßte solche Männer. Sie kamen aus dem Gefolge der Edelleute in die Stadt und suchten hier ihr Vergnügen. Kämpferische Typen, die mit Schwert und Dolch umzugehen wußten. Jemand wie Pike ließ sich im angezechten Zustand leicht von ihnen herausfordern, und bevor er sich's versah, stachen sie ihn ab wie ein Schwein.

Er kam an der Schenke »Zum Gescheckten« vorbei und sah die Kurtisane Cecily in einem tiefausgeschnittenen Kleid, ihr Haar war frisch gelockt, ein blaues Band um den Hals. Er deutete mit der Hand einen Segen an.

»Du machst doch keine Dummheiten, Cecily?« rief er ihr zu.

»Aber nein, Bruder«, flötete sie, »ich bleib den ganzen Abend brav.«

Athelstan lächelte und ging weiter die Gasse hinauf. Der Platz vor der Kirche lag menschenleer da, und er seufzte erleichtert. Aber als er an der Kirche vorbei auf sein Haus zuging, sah er zwei Gestalten, die aus dem überdachten Eingang des Friedhofs traten.

»Oswald Fitz-Joscelyn! Eleanor! Was treibt ihr hier?«

Das junge Paar sah ziemlich zerzaust aus, an Eleanors Kleid hingen Grashalme, und um den Hals trug sie eine Kette aus Gänseblümchen. Der junge Mann, ein breitschultriger, kräftiger Bursche mit einem offenen Gesicht, lachte und schüttelte den Kopf.

»Bruder, wir haben zwar im Gras gelegen, aber dabei haben wir uns mit Godbless unterhalten.«

»Können wir mit Euch reden?« fiel Eleanor ein.

Athelstan verbarg seine Enttäuschung, daß er immer noch nicht dazu kam, sich auszuruhen.

»Natürlich, gewiß!«

Er führte sie in die Küche. Im Herd brannte kein Feuer, aber alles war gescheuert und sauber, die Pastete auf dem Tisch sah frisch aus. Daneben stand eine kleine Schale mit Gemüse.

»Wollt ihr etwas essen?« fragte Athelstan.

»Nein, Bruder.«

Die beiden jungen Liebenden setzten sich an den Tisch, und Athelstan beschloß, daß die Pastete warten konnte. Jetzt lächelten die beiden nicht mehr. Sie sahen besorgt aus, und Athelstan empfand Mitleid mit ihnen. Oswald hatte seine Hand auf die Eleanors gelegt und drückte sie ab und zu.

»Bruder, was sollen wir tun?«

»Vertraut auf Gott, vertraut mir und betet.«

»Ich kann nicht mehr warten.« Tränen traten in Eleanors Augen. »Die Frau von Pike, dem Grabenbauer, wetzt ihre Zunge überall. Die ganze Gemeinde weiß schon, daß Ihr bei der Ehrwürdigen Veronica gewesen seid.«

»Es tut mir leid«, mischte Oswald sich ein. »Ich weiß, daß Ihr Eure eigenen Probleme habt, Bruder: Mistress Vestler ist von den Bütteln abgeholt worden.«

»Kennst du sie?«

»O ja. Eine großherzige Frau, die Lebensmittelhändler mögen und achten sie sehr. Mein Vater kauft bei ihr Wein, sie hat den besten Bordeauxwein.«

»Aber nun zu euren Schwierigkeiten«, sagte Athelstan.

»Was passiert, wenn wir im Gras liegen und eins werden?« fragte Eleanor. »Was passiert, wenn ich schwanger werde?«

»Davon kann ich dich nicht abhalten«, sagte Athelstan kühl.

»Aber dann könnten sie nichts daran ändern, oder?«

»Nein, das könnten sie nicht.«

»Warum müssen wir denn in der Kirche getraut werden, um verheiratet zu sein?« beharrte sie.

»Wenn sich ein Mann und eine Frau vereinigen, ahmen sie das Leben der Gottheit nach. Gott ist gegenwärtig. In den Augen der Kirche muß eine so heilige Handlung gesegnet und von Christus selbst bezeugt werden.«

»Aber Christus wird doch mit uns sein?«

»Christus ist immer mit euch«, versicherte Athelstan. »Aber seid ihr auch bei ihm?«

»Bruder!« Eleanor senkte den Kopf.

»Hört zu.« Athelstan streckte die Hand über den Tisch und berührte sie beide. »Vertraut mir. Wartet noch etwas ab, macht keine Dummheit, die ihr später bereuen würdet. Die Liebe ist etwas Wunderbares, sie wird immer einen Weg finden. Ihr mögt es jetzt nicht glauben, aber Gott ist euch hold, und Hilfe wird kommen.«

Eleanors Gesicht wurde weicher.

»Bitte!« sagte Athelstan flehend. »Meinetwegen!«

Die beiden jungen Leute gaben ihr Versprechen.

»Und jetzt geht geradewegs nach Hause«, sagte Athelstan warnend, als er sie zur Tür brachte. »Ihr geht direkt nach Hause, nicht wahr?«

»Bruder, wir haben Euch unser Versprechen gegeben.«

Sie zogen die Türe hinter sich zu. Athelstan legte sein Gesicht in die Hände.

»Mein lieber Bruder«, murmelte er. »Was soll geschehen, wenn sie dir nicht vertrauen können? Was passiert, wenn sie dir nicht vertrauen durften?«

»N'abend, Bruder. Selbstgespräche? Ihr braucht wohl ein bißchen Gesellschaft?«

Athelstan ließ die Hände sinken. »Komm herein, Godbless, die Pastete reicht für uns beide.«

Nach dem Essen ließ Athelstan Godbless die Küche aufräumen. Er nahm den Schlüssel und ging zur Kirche hinüber. Er hatte die Absicht, in den Turm hinaufzusteigen, sich dort hinzusetzen und die Sterne zu studieren. Er würde sich an ihrem Glanz erfreuen, ihre majestätische Großartigkeit würde ihm helfen, einen klaren Kopf zu bekommen. Sein Schlüssel steckte schon in der Kirchentür, als er das Klirren von Stahl hinter sich hörte. Er drehte sich blitzartig auf dem Absatz um. Zu fünft standen sie da, alle maskiert und vermummt, der Anführer war ein wenig vorgetreten. Er trug eine rote Kapuze und eine blaue Maske mit Schlitzen für Augen, Nase und Mund.

»Nun, einen guten Abend, Bruder Athelstan!« Die Stimme klang spöttisch. Der Mann machte eine höhnische Verbeugung. »Die Sterne wollen wir studieren, was? Vielleicht sollte ich Euch begleiten, näher zum Himmel werde ich wohl nicht kommen.«

Athelstan tastete nach der Tür hinter sich und drehte den Schlüssel im Schloß um. Im äußersten Notfall könnte er in die Kirche fliehen und die Türe hinter sich verriegeln und abschließen.

»Ich habe gehört, daß Euer Freund, der Coroner John Cranston, mit dem Vikar der Hölle plaudern möchte?«

Athelstan war erleichtert. Diesem verkommenen Subjekt war er schon einmal begegnet, er wußte, daß der Mann keine Gefahr darstellte.

»Warum kommt Ihr mit Schwertern und Knüppeln?«

fragte Athelstan. »Ich gehe jeden Tag durch Eure Straßen.«

»In der Tat, Bruder.« Der Vikar der Hölle steckte sein Schwert in die Scheide. »Mal geht Ihr in eine Schenke, mal zu diesen merkwürdigen Geschöpfen an der St. Peters Barke.«

Er nahm seine Maske ab und schob die Kapuze zurück. Ein sonnengebräuntes, spöttisches Gesicht und schwarzes, öliges Haar, das zu einem Zopf zurückgekämmt war, kamen zum Vorschein. Von einem Ohrläppchen baumelte eine Perle, und bis auf den ironischen Zug um den Mund und die unsteten Augen machte sein glattrasiertes Gesicht einen sanften, fast mädchenhaften Eindruck.

»Mit Sir John müssen wir immer aufpassen wie die Schießhunde. Hier stehe ich, Bruder, ein ehemaliger Priester, einstmals ein Herumtreiber, dem alle Verbrechen in London angelastet werden.«

»Cranston ist ein ehrenwerter Mann«, versetzte Athelstan. »Eines Tages wird er Euch erwischen, und Ihr werdet hängen.«

»Keineswegs, Bruder, denn deshalb habe ich meine Jungs mitgebracht – für den Fall, daß der alte Jack mit ein paar Bogenschützen vom Tower heimlich im Schatten steht. Im Tower seid Ihr ja bereits gewesen, wie ich gehört habe.« Er drehte sich um und warf einen Blick über die Schulter. »Bewacht die Gasse«, befahl er leise. »Laßt jedermann vorbei, aber beim ersten Anzeichen einer Gefahr gebt ihr das übliche Signal. Kommt, Bruder Athelstan, gehen wir in die Kirche.«

Die Dunkelheit verschluckte die schattenhaften Gestalten hinter dem Vikar der Hölle. Athelstan betrat die Kirche. Er führte den ungebetenen Besucher durch das Mittelschiff in die Apsis und zündete jede verfügbare Kerze an. Der Vikar der Hölle hieß ihn die Sakristei und die schmale Sargtür öffnen, die in den Friedhof hinaus führte.

»Nur für den Fall, daß ich schneller verschwinden

muß, als ich gekommen bin«, grinste der Schurke und klopfte Athelstan auf die Schulter.

Er setzte sich auf die Ministrantenbank, hielt aber den Kopf in dem flackernden Schatten.

»Ich war einst ein Priester, Athelstan.« Er griff nach der kleinen Meßglocke. »Wie geht es noch?« Er läutete die Glocke. »Dreimal für das Sanctus.« Er läutete wieder. »Einmal, um die Gläubigen auf die bevorstehende Wandlung vorzubereiten.« Er schüttelte die Glocke noch einmal. »Dreimal für die Hostie, dreimal für den Kelch und dann für die Kommunion: *Agnus dei, qui tollis peccata mundi ...*«

»Lästere nicht!« wies Athelstan ihn zurecht.

»Ich lästere nicht, Bruder. Ich erinnere mich nur. Ich wäre ein guter Priester geworden. Wie Ihr. Ach, aber die Verlockungen des Fleisches, der Welt und des Teufels. Na ja. Aber Eure Kirche gefällt mir. Ihr habt Euch hier eine schöne Gemeinde aufgebaut, Bruder. Ich kann mich an Euren Vorgänger erinnern. Das war ein übler Hund!«

»Warum seid Ihr gekommen?« Athelstan setzte sich ihm gegenüber auf die Altarstufen.

»Sir John hat nach mir verlangt.«

»Dann geht und stattet ihm selbst einen Besuch ab.«

Der Vikar der Hölle lachte. »Was wollt Ihr, Bruder? Dann bin ich sofort weg.« Er öffnete seinen Geldbeutel und schüttelte ein paar Münzen heraus.

»Ich will Euer Geld nicht.«

»Nehmt es als Opfergabe und sagt mir, was Ihr wollt.«

»Alice Brokestreet«, setzte Athelstan an. »Sie arbeitete in einer Schenke, dem ›Fröhlichen Schwein‹, das auch ein Bordell ist.«

»Der Ort ist mir wohlbekannt. Sie hat einen Schreiber erstochen, mit einem Spundhahn hat sie ihn durchbohrt. Eine aufbrausende Frau! Und jetzt wird sie dafür sorgen, daß Mistress Vestler hängt, wie ich höre.«

»Ihr wißt von dem Vorfall?«

»Ich war zugegen, es war Mord.«

»Und Mistress Vestler?«

»Verschlossen ist sie, unsere Wirtin. Sie hält sich abseits. Ich bin einmal mit einem Anliegen bei ihr gewesen.«

»Warum?«

»Ich wollte ihr ein gemeinsames Geschäft vorschlagen, es ging ums Verschieben von Waren in London. Vielleicht ein oder zwei von meinen Mädchen, die sie für ihre Taverne anheuern konnte. Aber sie hat abgelehnt.«

»Und Ihr wißt nichts von einem Kahn, der nachts die Themse hinab kommt und im Schlick in der Nähe des ›Paradiesbaums‹ anlegt?«

Der Vikar der Hölle lachte leise.

»Mit dem Fluß habe ich nichts zu tun, Bruder Athelstan. Der gehört Leuten wie dem Menschenfischer. In meinem neuen Beruf muß man aufpassen, daß man anderen nicht auf die Füße tritt, Bruder. Nur so bleibt man am Leben. Aber ich will Euch eines sagen, und zwar umsonst: Auf der Schwarzen Wiese hat man Leichen gefunden? Bartholomew Menster?« Der Vikar der Hölle schnalzte mit der Zunge. »Bartholomew war ein Schreiber, ein königlicher Archivar, doch er selbst hat einen meiner Mitstreiter aufgesucht. Er hat gefragt, wieviel er bezahlen würde, wenn ein großer Klumpen Gold in seinen Besitz käme.«

»Was?« Athelstan beugte sich vor.

»So etwas kommt oft vor, Bruder. Man stiehlt einen Becher, einen edelsteinbesetzten Teller, einen Pokal oder einen Kelch. Damit kann man ja nicht zu einem Goldschmied gehen. Dasselbe gilt für einen reinen Goldbarren. Da werden Fragen gestellt! Es gilt als Betrug, einen Schatzfund an sich zu nehmen, ohne der Krone davon zu melden.«

»Und das hat Bartholomew Menster gefragt? Wann?«

»Anfang Juni wird das gewesen sein.«

»Aber das Gold ist nie aufgetaucht?«

»Uns hat die Sache sehr interessiert, aber zwischen dem Reden von Gold und dem Besitzen von Gold liegt ein weiter Weg.«

Plötzlich durchschnitt ein gellender Pfiff die Nachtluft. Athelstan sprang auf und trat an die Öffnung des Lettners.

»*Pax et bonum*, Bruder«, hörte er jemanden flüstern.

Athelstan drehte sich um, aber der Vikar der Hölle war schon verschwunden.

»*Pax et bonum*«, erwiderte Athelstan. »Möge Christus Wohlgefallen an dir haben.«

Er schloß die Sargtür und die Sakristei ab und ging zur Kirchenpforte. Godbless und Thaddäus saßen draußen auf den Stufen. Der Bettler sah ihn an.

»Ich dachte, ich hätte Lärm gehört, deshalb bin ich herübergekommen.«

»Nein, es war nichts«, antwortete Athelstan. »Nur ein paar Schatten in der Nacht, Godbless.«

»Seid Ihr wohlauf, Bruder?«

Athelstan zuckte zusammen. Benedicta trat aus der Gasse. In der einen Hand hielt sie eine Laterne, in der anderen ein mit Zwirn umwickeltes Leinenbündel.

»Ich habe ein Brot gebacken«, sagte sie.

»Du solltest um diese Zeit nicht draußen sein«, antwortete Athelstan.

»Ich habe mir Sorgen gemacht.« Sie schlug ihren Umhang zurück. Athelstan bemerkte den walisischen Dolch in ihrem Gürtel. »Ich habe Freunde in Southwark, niemand würde mir auch nur ein Haar krümmen.«

Athelstan ging zu seinem Haus hinüber. Er hatte jeden Gedanken an ein Studium der Sterne aufgegeben. Godbless hatte den Küchentisch abgeräumt, und der Herr der Gassen lag ausgestreckt vor dem Kamin. Athelstan legte das Brot in die kleine Speisekammer. Er schenkte für jeden einen Becher Ale ein.

»Warum hast du dir Sorgen gemacht?« fragte er.

»Um die arme Eleanor.« Benedicta biß sich auf die Lippe. »Es ist so traurig, einen so jungen, so verliebten Menschen zu sehen.« Sie lächelte. »Ich habe gehört, Ihr wart bei der Ehrwürdigen Veronica?«

»Ach ja.« Athelstan holte den *Grimoire* aus seinem Schreibbeutel. »Das hier hat sie mir gegeben, William Fitzwolfe, mein Vorgänger, hat es hinterlassen.«

Benedicta blätterte in dem Buch.

»Du kannst es behalten«, sagte Athelstan. »Bring es nach St. Paul zu den Pergamentverkäufern, da bekommst du sicher einen schönen Preis für den Einband. Aber zuvor muß ich euch um etwas bitten, Godbless und Benedicta.« Er leerte den Inhalt des Schreibbeutels auf den Tisch, öffnete ein Tintenfaß und kritzelte eine kurze Nachricht auf ein Stück Pergament.

»Geht zur London Bridge. Wenn möglich, holt Bladdersniff unterwegs ab und nehmt ihn mit. Ihr sollt zum Torhüter dort gehen.«

»Zu Robert Burdon, dem Zwerg?«

»Ja, genau. Bringt ihm diese Nachricht. Sagt ihm, er soll versuchen, sich genau zu erinnern, und sich dann bei mir melden. Er muß die Wahrheit sagen.«

Benedicta warf einen Blick auf das Stück Pergament, zuckte mit den Schultern und verließ dann in Begleitung von Godbless und Thaddäus das Haus. Als sie gegangen waren, verschloß und verriegelte Athelstan hinter ihnen die Tür. Er setzte sich wieder an den Tisch.

»Also, Bruder«, seufzte er. »Keine Ruhe für die Sünder, und dazu gehörst du auch.«

Bonaventura hob kurz den Kopf und ließ ihn schnell wieder sinken. Athelstan schrieb die Ergebnisse nieder, zu denen er in Zusammenhang mit dem Mord an Miles Sholter und den beiden anderen Unglücklichen gekommen war.

»Sehr schlau«, sagte er zu sich selbst. »Es stimmt, daß die Söhne und Töchter Kains gerissener sind als die Kinder des Lichts. Aber zwischen der Feststellung und dem Beweis liegt ein weites Feld.«

Auf ein Stück Pergament schrieb er einen Titel: »Der Paradiesbaum«. Bonaventura sprang auf den Tisch.

»Du willst die Geschichte gerne hören, was? Wir haben also eine Gastwirtin, Bonaventura.«

Die Katze stupste seine Hand an, und Athelstan streichelte Bonaventuras gesundes Ohr.

»Wir wissen, daß sie eine gute Viktualienhändlerin ist. Was noch? Sie ist eine Witwe. Sie erlaubt den Vier Evangelien, auf ihrem Grundstück zu lagern. Was die anderen menschlichen Überreste angeht, ist sie eindeutig unschuldig. Das sind die Skelette armer Leute, die während der großen Pest gestorben sind. Aber!« Das sagte er so laut, daß Bonaventura auffuhr. »Wir haben Bartholomew Menster und Margot Haden! Die beiden sind zweifellos auf ihrem Grundstück umgebracht worden, entweder im Gasthaus selbst oder auf der Schwarzen Wiese. Ihre Leichen hat man hastig verscharrt. Warum?« Athelstan schloß die Augen. ›Gold!‹ dachte er. ›Bartholomew glaubte, der Schatz des Gundulf sei in der Kirche oder Kapelle neben dem Tower verborgen. Ein Schatz, der wie die Sonne glänzt. Bartholomew hat auch eine Bemerkung gemacht, für die ich keinen Beleg finden kann, etwas über den Schatz, der wie die Sonne glänzt und unter der Sonne vergraben ist. Das heißt, ein Stück Pergament, ein Beweisstück fehlt, wahrscheinlich ist es vernichtet worden.‹

Dann schrieb Athelstan die anderen Ergebnisse auf:

Item – Wie konnten Bartholomew und Margot ohne Kathryn Vestlers Wissen auf die Schwarze Wiese gelangen?

Item – War Kathryn Vestler auf Margot Haden eifersüchtig?

Item – Bartholomew hat ein Kaufangebot für den »Paradiesbaum« gemacht. Warum? Um nach Gold zu suchen? Oder hatte Mistress Vestler es bereits gefunden und beschlossen, Bartholomew und seine Liebste zum Schweigen zu bringen? Wenn Bartholomew wußte, daß das Gold gefunden worden war, hätte er Mistress Vestler erpressen können, weil sie dem Schatzmeister der Krone ihren Fund nicht gemeldet hatte.

Item – Warum hat sie Margot Hadens Habseligkeiten verbrannt?

Athelstan hob den Kopf. »Wir wissen nichts über das verstorbene Mädchen«, sagte er. »Aber ich will wetten, daß Master Whittock etwas weiß.«

Athelstan kehrte zu seinen Aufzeichnungen zurück. Was hatte es mit den dunklen Gestalten und Schatten auf sich, die die Vier Evangelien erspäht hatten? Was hatten sie mit Mistress Vestler zu tun? Athelstan hielt inne.

»Irgend etwas fehlt«, flüsterte er. »Master Kater, es fehlt etwas, aber ich weiß nicht, was.«

Bonaventura gähnte und streckte sich. Athelstan ging in die Speisekammer und holte eine kleine Schale Milch und den Rest der Pastete. Er stelle sie neben die Feuerstelle und sah zu, wie Bonaventura in kleinen Schlucken trank und die Pastete aß. Was fehlte in dem Bild? Etwas, was er erfahren hatte? Athelstan rieb seine Arme. Wenn sich das Blatt nicht wendet, dachte er, wird Mistress Vestler hängen, und das ist das Ende der Geschichte.

»Es ist das Gold!« verkündete Athelstan laut. »Diese Legenden vom Schatz des Gundulf!«

Athelstan fiel das Hauptbuch ein, das Flaxwith aus dem »Paradiesbaum« geholt hatte. Er nahm eine Kerze vom Tisch und machte sich daran, das verfleckte, vielbenutzte Buch durchzublättern. Die Eintragungen lagen einige Jahre zurück. Einzelnen Einträgen konnte er entnehmen, daß sie aus dem Jahr stammten, in dem Kathryn Vestler Witwe wurde. Meßopferspenden waren aufgeführt, die sie in ihrer Gemeinde für die Totenmesse ihres

Mannes entrichtet hatte, sowie regelmäßige Zahlungen an einen Priester, der für Stephen Vestler Seelenmessen las. Gegenstände, die gekauft und verkauft worden waren. Athelstan blätterte zum Anfang des Hauptbuches zurück und stellte fest, daß dort als Jahr 1374 und 1375 eingetragen war. Er betrachtete die letzte Seite und pfiff leise durch die Zähne, als er die Gewinne des »Paradiesbaums« sah: Hunderte von Pfund Sterling.

»Ich bin sicher, daß Master Whittock dieselbe Entdekkung gemacht hat«, überlegte Athelstan. »Und wie kann Kathryn solche Gewinne erklären?«

Er ging die Liste der gekauften Artikel durch. Bei einigen Einträgen lief es ihm kalt über den Rücken. Margot Haden war offensichtlich Miss Kathryns Liebling gewesen. Eine Ausgabenliste enthielt Umhänge, Hauben, Kleider und Unterröcke, Schuhe, Gürtel und bestickte Taschen, die für das junge Dienstmädchen gekauft worden waren. Bei einem Artikel schloß Athelstan die Augen.

»*O Jesu miserere*!« rief er aus.

Er hob das Hauptbuch hoch, hielt es dicht an die Kerze und las laut:

»Ein Stundenbuch für besage Margot Haden, damit sie ihre Gebete sprechen und ihre eigenen Einträge machen kann.«

Athelstan schleuderte das Hauptbuch auf den Boden. Er war sicher, daß die Unterlagen, die Whittock beschlagnahmt hatte, ähnliche Einträge aufwiesen. Wie wollte Kathryn Vestler erklären, daß sie solche, von ihr als »ärmliche Kleinigkeiten« bezeichnete Dinge verbrannt hatte? Ein Stundenbuch? Hatte Kathryn Vestler vielleicht wichtiges Beweismaterial vernichtet, das sie in jedem Gericht an den Galgen bringen würde?

Elf

»*Ecce agnus dei. Ecce qui tollis peccata mundi:* Sehet das Lamm Gottes, sehet ihn, der hinwegnimmt die Sünden der Welt!«

Athelstan stand mit dem Rücken zum Altar und hob die Hostie über den Kelch. Er feierte die Messe, und die meisten seiner Pfarrkinder waren gekommen und drängten sich im Eingang zum Lettner. Athelstan wandte sich wieder dem Altar zu. Er aß die Hostie und trank aus dem Kelch.

»Möge das Fleisch und Blut Christ nicht zu meiner Verdammnis, sondern zum ewigen Leben führen«, flüsterte er. Er schloß die Augen. »Hilf mir, Herr«, betete er, »mach mich unschuldig wie eine Taube und listig wie eine Schlange. Sende Deinen Geist auf mich herab, damit er mich führe. Ich danke Dir für den großen Gefallen, den du mir erwiesen hast.«

Athelstan hätte sich selbst umarmen können. Er war in seinem Sessel eingeschlafen. Am frühen Morgen war er aufgewacht und hatte sofort das Stück Pergament entdeckt, das Benedicta unter die Türe geschoben hatte. Master Burdon hatte die Wahrheit gesagt. Zum ersten Mal konnte Athelstan einen Pfad erkennen, der ihn aus dem Dickicht der Schwierigkeiten ringsum führen würde.

Er hörte, wie es im hinteren Teil der Kirche unruhig wurde, und drehte sich um. Der Menschenfischer mit seiner absonderlichen Schar war eingetreten. Das führte zu Aufruhr in der Gemeinde. Der Menschenfischer war allenthalben gefürchtet, er galt aus Ausgestoßener, und die Mitglieder der Gemeinde von St. Erconwald beeilten sich, von ihm abzurücken. Athelstan setzte die Messe unbeirrt fort. Er ließ das Ziborium herab und verteilte die Hostien.

Dann trat er ins Kirchenschiff hinaus und hielt vor dem Menschenfischer eine Hostie empor.

»*Ecce Corpus Christi!* Siehe das Fleisch Christi!«

Tränen traten in die Augen des Menschenfischers.

»Wir sind nicht würdig, Bruder.«

»Kein Mensch ist würdig«, sagte Athelstan. *»Ecce Corpus Christi!«*

»Amen!«

Der Menschenfischer schloß die Augen und öffnete den Mund. Athelstan legte die Hostie auf seine Zunge. Dann ging er nacheinander zu jedem in der Schar. Manche lehnten ab. Athelstan empfand tiefes Mitleid mit diesen jammervollen Menschen, um deren Mund und Augen ein ganzer Kranz von Schwären lag. Er trat an den Altar zurück und führte die Messe zu Ende. Aber dann ging er nicht zurück in die Sakristei, sondern blieb oben auf den Stufen zum Altar stehen.

»Der Menschenfischer ist mein Gast«, sagte er zu seiner Gemeinde.

»Bruder!« meldete sich Watkin zu Wort. »Sie suchen nach den Toten und ...«

»Sie tun ihre Arbeit gut, Watkin, genauso wie du die Straßen von Southwark fegst.«

»Sie sind häßlich«, wandte Pernell, die Flämin, ein.

›Wer im Glashaus sitzt, soll nicht mit Steinen werfen‹, dachte Athelstan beim Anblick ihrer grell gefärbten Haare. Noch nie hatte er das Sprichwort so lebhaft veranschaulicht gesehen.

»Gott findet sie nicht häßlich«, erwiderte Athelstan. »Er sieht nur seine Kinder.«

Die Gemeinde murrte vernehmlich.

»Sie sind unsere Gäste«, sagte Athelstan mit Nachdruck. »Jetzt geht, die Messe ist beendet.«

Er trat in das Kirchenschiff, wo der Menschenfischer, umringt von seiner bunt zusammengewürfelten Schar, an eine Säule gelehnt saß.

»Möchtet ihr etwas essen oder trinken?« fragte Athelstan.

»Nein, Bruder, was Ihr getan und gesagt habt, hat uns schon sehr gut getan.« Ein Grinsen breitete sich über das totenschädelartige Gesicht des Menschenfischers, er packte die Schulter des jungen Ichtys, der wie ein Fisch mit vorgestülptem Mund starrte. »Los, Junge«, sagte er. »Zeig, was wir gefunden haben!«

Die Gemeinde am anderen Ende der Kirche sah gespannt zu. Ichtys hüpfte den Mittelgang hinab, und Athelstan erblickte ein Bündel am Eingang zur Kirche, das mit einem Leintuch zugedeckt war. Es tropfte vor Nässe. Ichtys holte das Bündel und legte es Athelstan vor die Füße. Als der Menschenfischer triumphierend das Tuch wegzog, blickte Athelstan auf einen schmutzigen, schlammverschmierten Sattel. Unterhalb des schweren Lederknaufes befand sich das königliche Wappen. Er drehte den Sattel um und erkannte die eingebrannten Initialen M. S. auf der Unterseite.

»Miles Sholter!« entfuhr es ihm. »Das ist der Sattel eines königlichen Boten!«

Der Ordensbruder drehte den Sattel wieder um, seine Hände und der Ärmelrand waren ganz von dem schmutzigen Flußwasser durchnäßt. Der Menschenfischer klopfte auf die kleine Ledertasche, die in den Sattel gestopft war.

»Weiter, Bruder!«

Athelstan ließ seine Finger in die Tasche gleiten. Er hätte laut »Hallelujah!« rufen können, als er fühlte, was darin war. Er nahm das große Christophorusmedaillon heraus und konnte sich einen kleinen Freudentanz nicht verkneifen. Etwas besorgt über den Geisteszustand ihres Priesters drängte sich seine Gemeinde nun doch näher heran.

»Ist alles in Ordnung, Bruder?« Pike warf einen zornigen Blick auf den Menschenfischer.

»Pike!« rief Athelstan aus. »Gott möge dir vergeben, aber manchmal bist du ein großer Trottel! Dasselbe gilt für euch alle!« Er faßte den Menschenfischer an der Schulter. »Ich habe um Erlösung gebetet! Und es ist wahr, was in der Schrift steht: ›Engel erscheinen in vielen Gestalten. Dieser Mann hat uns erlöst, fürwahr, aus der Grube, die andere für uns gegraben haben!‹« zitierte Athelstan aus den Psalmen. »Wir brauchen keine Strafe zu bezahlen!«

Das brach den Widerstand der Gemeinde. Angeführt von Benedicta strömten sie durch den Mittelgang, umringten den Menschenfischer und klopften ihm auf die Schultern. Merrylegs, der Pastetenbäcker, erklärte laut, er wolle jetzt jedem eine besonders süße und garantiert frische Pastete spendieren. Der Schankwirt Joscelyn wollte nicht zurückstehen und verkündete, er werde ein frisches Faß Ale anstechen. Athelstan hatte noch nie gesehen, daß sich die Kirche so schnell leerte. Der Menschenfischer und seine Schar wurden unter lauten Lobpreisungen der Gemeinde durch das Portal gedrängt, wobei keiner so recht wußte, welches Wunder diese absonderlichen Geschöpfe eigentlich vollbracht hatten. Crim kam quer durch die Apsis gesaust, aber Athelstan erwischte ihn noch an der Schulter.

»Crim!« Er langte unter sein Gewand und holte einen Penny aus dem Geldbeutel. »Merrylegs wird dir eine Pastete aufbewahren. Benedicta, hol den Menschenfischer wieder herein!«

Die Witwe eilte hinaus und kam bald mit dem unerwarteten Besucher zurück.

»Wo habt ihr den Fund gemacht?« fragte Athelstan.

»Es gibt nichts, was der Fluß vor uns verbergen kann, Bruder. Im Schilf gegenüber von Botolphs Wharf war er. Ich möchte wetten, jemand ist in den Schlick gewatet und hat den Sattel so weit wie möglich von sich geschleudert. Aber der Treibsand und die Algen am Boden haben ihn festgehalten. Wer auch immer es war, er war bestimmt in Eile.«

»Allerdings«, stimmte Athelstan zu. »Und jetzt werden sie in aller Eile aufs Schafott treten und sich vor Gott verantworten. Benedicta, kümmere dich um unsere Gäste. Crim, lauf zu Sir John Cranston. Er soll seine Büttel mitbringen und mich vor Mistress Sholters Haus in Mincham Lane erwarten. Lauf schon, Junge! Benedicta wird dafür sorgen, daß eine Pastete für dich aufbewahrt wird.«

Athelstan legte seine Gewänder ab und warf sie auf einen Schemel in der Apsis. Er gab Benedicta den Kirchenschlüssel und trug ihr auf, die Meßgefäße zu reinigen. Noch einmal bedankte er sich bei dem Menschenfischer, dann eilte er in sein Haus. Pike folgte ihm.

»Bruder?«

»Was ist, Pike?«

»Die Gemeinschaft des Reiches ...« Der Grabenbauer scharrte mit den Füßen. »Sie haben mit diesen Morden nichts zu tun.«

Athelstan lächelte. »Ja, Pike, das weiß ich jetzt.«

Eine Stunde später erreichte Athelstan verschwitzt und außer Atem die Mincham Lane. Es war ein schöner Tag, die Herbstsonne schien warm und golden. Auf seinem Weg aus Southwark und über die London Bridge hatte Athelstan in seiner Hast das schöne Wetter kaum bemerkt. Dann war ihm eingefallen, daß er noch gar nicht gefrühstückt hatte, und er machte kurz in einer Garküche halt, trank einen Becher Ale und aß ein Stück Brot. Jetzt blickte er die Straße hinunter, seufzte leise und schrak zusammen, als Sie John Cranston wie der Erzengel Gabriel aus einer Gasse trat. Seine Büttel hatte er im Schlepptau.

»Ihr seht prächtig aus, Sir John.«

Cranston trug eine flache graue Mütze auf seinem zerzausten weißen Haar, und ein weißes Leinenhemd unter dem weinroten Wams. Um seine beachtliche Taille hatte er einen breiten Schwertgurt geschnallt und trommelte mit den Fingern auf den Schwertgriff.

»Und du siehst aus, als hätte man dich durch die Mangel gedreht, Bruder! Warum diese Aufregung?«

Athelstan nahm ihn beiseite und flüsterte ihm die Neuigkeiten zu.

»Bei den Titten der Elfenkönigin!« rief Sir John aus. »Bei den Arschbacken des Satans! Ein richtiger kleiner Spürhund bist du, Athelstan.« Er ließ beide Hände auf die Schultern des Ordensbruders fallen. »So etwas! Das Gesicht einer Dienstmagd und das Herz eines Anwalts. Auf geht's, Mistress Sholter erwartet uns schon!«

Cranston sparte sich alle Förmlichkeiten und stürmte an den Gehilfen vorbei ins Haus der Verdächtigen. Mistress Sholter saß im Wohnzimmer an einem Zähltisch, vor sich hatte sie Münzen zu mehreren Stapeln aufgeschichtet. Auf der Bank am Fenster saß das Dienstmädchen Hilda und machte sich an einem zerrissenen Riemen zu schaffen, den einer der Gehilfen hereingebracht hatte.

»Ist Master Eccleshall hier?« dröhnte Sir John.

»Natürlich nicht!«

Mistress Sholter erhob sich erschrocken. Sie trug noch ihren Witwenschleier, ihr Gesicht war blaß. Athelstan fiel plötzlich auf, wie tief ihre Stimme war.

»Du verschwindest erst mal!« Sir John zeigte auf das Dienstmädchen.

Athelstan hörte einen Hund japsen. Flaxwith und Samson waren auch gekommen. Sir John ging zur Tür.

»Henry, sorge dafür, daß niemand hereinkommt! Bruder Athelstan und ich möchten mit Mistress Sholter reden.«

Der Coroner schlug die Tür hinter sich zu und schob die Riegel vor. Mistress Sholter hatte sich wieder gesetzt.

»Was soll das bedeuten?« Ihr Blick war reserviert. »Warum platzt Ihr auf diese Art und Weise herein? Ich bin Witwe, mein Mann ist noch nicht unter der Erde!«

»Ihr seid eine Mörderin!« Cranston ließ sich in einen Stuhl sinken und lehnte sich zurück.

Athelstan saß auf einem hohen Schemel vor dem Zähltisch. Er fühlte sich wie ein Vogel hoch in einem Baum. Die Witwe bewahrte die Fassung, aber es war offensichtlich, daß sie aufgeregt war. Sie schob die Münzstapel immer wieder hin und her.

»Sag es ihr, Bruder.«

»Letzten Samstag«, begann Athelstan. »Ihr erinnert euch doch an den letzten Samstag, Mistress Sholter?«

»Natürlich!«

»Euer Geliebter und Komplize Eccleshall brachte Pferde aus den königlichen Stallungen.«

»Mein Geliebter!«

»Jawohl. Darauf kommen wir später. Gleichwie, Euer Mann brach auf, gesport und mit umgeschnalltem Schwertgurt. Er gab Euch einen Abschiedskuß und bestieg sein Pferd. Während er die Straße entlang ritt, vielleicht sogar schon vorher, nahm er sein Christophorusmedaillon, das er immer bei sich hatte, und hängte es, wie es bei Reisenden Gewohnheit ist, über den Sattelknauf.«

»Unmöglich!« Mistress Sholter spie die Worte aus. »Er hatte es hier vergessen, es liegt noch oben.«

»Nein, Mistress, Euer Mann hatte zwei Medaillons. So etwas kommt nicht selten vor, wenn einem etwas besonders teuer ist. Ich will Euch sagen, was passiert ist: Er und Eccleshall verließen die Mincham Lane und ritten in Richtung London Bridge. Als königliche Boten mußten sie wie üblich den Torhüter Robert Burdon benachrichtigen. Er erinnert sich an Euren Mann, und ich habe eine bezeugte Aussage, daß er sich an das Christophorusmedaillon erinnert, das vom Sattelknauf hing.«

»Das kann auch etwas anderes gewesen sein«, warf sie ein.

»Das glaube ich kaum. Die Reiter setzten ihren Weg durch Southwark fort, und dann überredete Eccleshall Euren Mann unter wer weiß welchem Vorwand, die Straße zu verlassen und den Hügel hinauf zu dem verfallenen Haus eines alten Geizkragens zu reiten. Es ist ein ödes, weitläufiges Haus, und angeblich spukt es dort, deshalb ist es sehr einsam. Wenn Eccleshall jemanden bemerkt hätte, wäre er wahrscheinlich zu einem anderen Ort geritten. Wie gesagt, Gott weiß, welchen Vorwand er benutzt hat. Vielleicht täuschte Eccleshall Unwohlsein vor oder gab vor, daß etwas mit seinem Pferd nicht in Ordnung war? Oder bloß Neugier, die ihn zu dieser alten Ruine lockte? Sobald sie in dem Haus waren, fuhr Eccleshall jedenfalls fort, den mit Euch ausgeheckten Plan in die Tat umzusetzen. Er brachte Euren Mann um. Der arme Kerl hätte nie mit einem solchen Angriff gerechnet.« Athelstan hielt inne. »Was weiter geschah, wißt Ihr, Mistress. Sie hatten sich mit dem Überqueren der Brücke Zeit gelassen, damit Ihr unterdessen den Stand abräumen, Euer Dienstmädchen nach Hause schicken und durch Petty Wales eilen konntet. Ihr wart maskiert, in Kapuze und Kutte, ein Mensch unter vielen an einem belebten Samstagabend. Sobald Ihr Southwark erreicht hattet, eiltet Ihr durch die Gassen. Wart Ihr vielleicht schon vor den beiden dort?«

Mistress Sholter saß zurückgelehnt in ihrem Stuhl, ihr Atem ging rasch.

»Die Leiche Eures Mannes habt Ihr dann im Keller des Hauses versteckt. Euer Mann war glattrasiert, sein Haar war schwarz und lang. Ihr seid ungefähr so groß wie er, Mistress. Ihr legtet seine Kleider, Stiefel und seinen Umhang an und trugt sein Wappen. Dann seid Ihr mit Eccleshall weiter zum ›Sanften Thomas‹ geritten.«

»Das wäre doch aufgefallen!« unterbrach sie ihn.

»Nein, es ist niemandem aufgefallen. Eccleshall führte das Wort. Ein Zimmer war schnell gemietet, und Ihr gingt hinauf in die Kammer. Ich bin auch sicher, Mistress, Ihr könnt Eure Stimme so verstellen, daß sie sich anhört wie die eines Mannes. Warum sollte jemand etwas anderes denken? Warum sollte jemand den Verdacht schöpfen, daß Ihr kein Mann wart? Ihr wart fremd im ›Sanften Thomas‹, außerdem wart Ihr vermummt und von der Kapuze verdeckt. Die meisten Leute dort wollen mit königlichen Boten nichts zu tun haben. Im Gegensatz zum ›Paradiesbaum‹, nicht wahr?«

»Der ›Paradiesbaum‹!« rief sie aus.

»Ja, das Gasthaus in Petty Wales, wo Miles und sein sogenannter Freund Eccleshall oft getrunken haben. Merkwürdig, nicht wahr? Die Wirtin dort hat gesagt, Euer Mann sei für sein rabaukenhaftes Benehmen bekannt gewesen, er habe seine Bestellungen immer gegrölt. Doch im ›Sanften Thomas‹ war er anscheinend still wie ein Mäuschen.«

»Und dann die Sache mit dem Medaillon«, warf Sir John ein.

»Ja, daran habe ich von Anfang an meine Zweifel gehabt«, fuhr Athelstan fort. »Ein Mann bricht zu einer Reise auf. Er glaubt an den heiligen Christophorus. Er trägt das Medaillon nicht um den Hals, sondern in einer Tasche am Sattelknauf, und er hängt es über den Knauf. Ich soll Euch glauben, daß er das vor dieser langen Reise nach Canterbury vergessen hat? Daß es ihm bei keiner Gelegenheit eingefallen wäre, nicht einmal, als sie an der Kapelle von St. Thomas à Beckett auf der London Bridge haltmachten und um eine gute Reise beteten?« Athelstan bemerkte die Schweißperlen, die der Frau über das Gesicht rannen. »Es war ein plumper Trick«, fuhr er fort, »aber Ihr mußtet ja eine Erklärung dafür finden, daß Euer Mann so weit von Eccleshall entfernt umgebracht worden war.«

»Ich … ich …«

»Schweigt, Mistress. Laßt mich reden.« Athelstan räusperte sich. »Ihr verließet den ›Sanften Thomas‹ angeblich als Euer Mann, der nach Hause reiten wollte, um sein Medaillon zu holen. Aber wir kennen die Wahrheit, nicht wahr? Euer Mann hatte nämlich zwei Medaillons.

Als es dunkel wird, kommt Ihr an eine einsame Stelle am Fluß gegenüber von Botolphs Wharf. Ihr legt den Überzieher um, den Ihr wahrscheinlich in einer Tasche bei euch habt. Dann schnallt Ihr Sattel und Geschirr ab, watet ins Schilf und werft sie in den Fluß. Der Schlick ist tief, das Wasser fließt schnell. In wenigen Tagen wird der Sattel fortgeschwemmt sein oder anfangen zu faulen. Ihr steigt zurück auf die Uferböschung. Das Pferd laßt Ihr dort auf der Wiese, es wird nicht lange herrenlos bleiben, jemand wird es schon nehmen. Es wird Nacht, Ihr laßt Euch von einem Bootsmann nach Petty Wales übersetzen und kehrt heimlich in Euer Haus zurück, wo Ihr wieder Eure eigenen Kleider anlegt. Ihr beseitigt alle verräterischen Indizien und bereitet Euch darauf vor, die Rolle der trauernden Witwe zu spielen.« Athelstan machte eine Pause. »Ihr habt einen schweren Fehler gemacht: In der Eile habt Ihr vergessen, das andere Christophorusmedaillon zu entfernen. Hättet Ihr daran gedacht, hätten sich alle Vermutungen, daß Euer Mann zwei gehabt haben könnte, beiseite fegen lassen.«

»Euer Komplize verbringt unterdessen die Nacht im ›Sanften Thomas‹«, nahm Sir John den Faden auf. »Er hat zuverlässige Zeugen, die beschwören können, daß er das Gasthaus nicht verlassen hat. Am Sonntag spielt er den verzweifelten Freund und reitet hierhin und dorthin. Natürlich wartete er nur darauf, daß die Nacht hereinbrach.« Sir John nahm einen Schluck Wein. »Nur der Herr im Himmel weiß, was ihr wirklich vorhattet. Vielleicht wolltet Ihr die alte Ruine, wo die Leiche versteckt war, in Brand stecken? Oder die Leiche im Schutz der Dunkelheit herausholen, um sie an einem verlassenen Ort zu begraben, wo sie nie jemand finden würde?« Er zog ein Gesicht. »Was kümmert es Euch? Niemand wird die Wahrheit je erfahren, und man wird Räuber oder Rebellen der Tat bezichtigen.«

Cranston nahm noch einen Schluck und hielt Athelstan den Weinschlauch hin, doch der schüttelte ablehnend den Kopf. Der Ausdruck in Mistress Sholters Gesicht gefiel ihm nicht: Sie blickte arrogant und leicht spöttisch.

»Es hat Euch nicht im geringsten interessiert, wem man die Schuld dafür geben würde, nicht wahr?« fragte der

Ordensbruder forschend. »Meine unschuldige Gemeinde hätte zahlen müssen. Ihr und Euer Freund hättet Eure angenommenen Rollen weitergespielt. Die Zeit würde vergehen, Erinnerungen würden sich trüben. Sagt, wann habt Ihr angefangen, den Mord zu planen? Vor Tagen, Wochen oder Monaten? Warum? Damit ihr in ehebrecherischer Leidenschaft beieinanderliegen und eure Liebesspiele treiben konntet?«

Mistress Sholter schob ein paar Münzstapel hin und her.

»Was für ein haarsträubender Unfug!« stieß sie hervor. »Wie wollt Ihr beweisen, daß ich in den Kleidern meines Mannes Petty Wales verlassen habe und zum ›Sanften Thomas‹ geritten bin? Ja, es stimmt, wir hatten zwei Medaillons. Vielleicht hatte er es vergessen? Vielleicht ist er aus einem anderen Grund zurückgeritten? Hatte er womöglich eine Geliebte in der Stadt? Gleichwie, auf einer Straße wird er überfallen. Der Sattel trägt das königliche Wappen, deshalb wird es in den Fluß geworfen, das Pferd wird an einem anderen Ort verkauft.« Sie hielt inne. »Ich weiß wirklich nicht, wovon Ihr redet!« Sie strich sich die Haare zurecht.

»Das wißt Ihr sehr genau!« beharrte Athelstan. »Ihr wart am Mord an Eurem Mann beteiligt; Eccleshall hat die beiden anderen umgebracht, weil ihr Auftauchen seine Pläne durchkreuzte. Ein Leichnam läßt sich leicht verstecken oder verbrennen. Aber drei? Geriet er in Panik? Ist er geflohen? Ich bin sicher, Mistress Sholter, wenn Ihr dagewesen wäret, hätte man die Leichen nie gefunden.«

»Ich weiß nicht, wovon Ihr redet«, sagte sie wieder.

Draußen wurden Stimmen laut. Sir John sprang auf, und bevor Athelstan sich versah, riß er ihm das Christophorusmedaillon aus der Hand und ging hinaus. Eccleshall stand neben der Verkaufsbude, Flaxwith hielt ihn in Schach. Sir John ging auf ihn zu und ließ die Haustür hinter sich ins Schloß krachen. Er hielt das Christophorusmedaillon hoch.

»Bindet ihm die Arme!« befahl er.

Die Büttel ergriffen den königlichen Boten, und bevor er dagegen protestieren konnte, zogen sie Schnüre aus ihren Gurten und banden ihm die Handgelenke zusammen.

»Was soll das bedeuten?« stammelte Eccleshall.

Cranston schob ihn an den Buden entlang in eine enge Gasse. Der Coroner betete im stillen, daß es Athelstan gelingen würde, Mistress Sholter abzulenken. Er packte Eccleshall am Kinn und hielt ihm das Medaillon vor die Nase.

»Sie hat alles zugegeben, damit Ihr es nur wißt. Wie sie Euch im Haus des alten Geizkragens getroffen und Miles' Leichnam entkleidet hat und dann mit Euch verkleidet zum ›Sanften Thomas‹ geritten ist.«

Eccleshall blinzelte und fuhr sich mit der Zunge über die Lippen.

»Das Vögelchen hat gesungen, um den Hals aus der Schlinge zu ziehen, was, Burschen?«

Die Büttel nickten verdutzt.

»Sie hat uns erzählt , wie sie zur Themse hinuntergeritten ist, den Sattel in den Fluß geworfen und das Pferd freigelassen hat. Wie sie das zweite Medaillon benutzt hat, um das Dienstmädchen irrezuführen: Das sollte der Vorwand für seinen angeblichen Aufbruch im ›Sanften Thomas‹ sein. Wie Ihr den Sonntagabend abgewartet habt, um die Leiche zu beseitigen, aber dann die beiden anderen überraschenden Ankömmlinge umbringen mußtet. Sie ist Kronzeugin geworden, um ein Gnadengesuch stellen zu können.«

»Diese Hündin!« Eccleshall trat Schaum auf die Lippen. Er wollte mit einem Satz in die nächste Gasse springen, aber die Büttel hielten ihn fest. »Sie ist genauso schuldig wie ich! Jetzt mag sie kalt wie Eis sein, aber im Bett ist sie eine Hure!«

»Wollt Ihr damit sagen, daß sie Eure Komplizin ist?«

»Mehr als das! Sie hat den Plan von Anfang an ausgeheckt.«

»Und die beiden anderen Leichen?«

Eccleshall sackte in sich zusammen und sank seinen Fängern in die Arme. »Ich hatte keine Wahl«, murmelte er. »Ich hörte sie kommen. Ich legte einen Bolzen in die Armbrust, die ich bei mir hatte. Der Mann starb auf der Stelle. Die junge Hure machte Anstalten zu schreien.«

»Vielen Dank!« Sir John nickte den Bütteln zu. »Bringt ihn nach Newgate! Sorgt dafür, daß er von seiner Komplizin ferngehalten wird!«

Als Sir John Mistress Sholter mit dem Geständnis konfrontierte, verzog sich das Gesicht zu einer haßerfüllten Fratze. Sie schleuderte die Münzen von sich und wollte zur Tür stürzen, aber er packte sie am Handgelenk, warf sie herum und zwang sie an die Wand.

»Ihr werdet beide hängen«, sagte er gelassen, »für den Mord an drei unschuldigen Menschen!« Er öffnete die Tür und bedeutete Athelstan, vorauszugehen. »Seht Euch Euer Haus noch einmal gut an, Mistress Sholter, jetzt geht's nach Newgate mit Euch!«

Sir John gab den Bütteln Anweisungen, dann ging er mit Athelstan die Mincham Lane hinauf.

»Gute Arbeit, Bruder. Wirklich sehr gut.«

»Ihr habt schnell reagiert, Sir John! Wenn sie sich begegnet wären, hätte sich Mistress Sholters Schuld nur schwer beweisen lassen.«

Der Ordensbruder versetzte dem Coroner einen freundschaftlichen Rippenstoß. »Es stimmt also, was man von Euch sagt: schnell wie ein Windhund und gefährlich wie ein herabstoßender Falke!«

Sir John blieb in der Mitte der Straße stehen und nahm einen Schluck aus seinem Weinschlauch.

»Wenn du meinst, jetzt sei ich schnell, Bruder, dann will ich dir von der Zeit vor Poitiers erzählen. Wir gingen einen Landweg entlang ...«

Athelstan schloß die Augen. Er hatte diese Geschichte schon mindestens ein halbes Dutzend Male gehört und zuckte zusammen, als er hörte, wie jemand mit gellender Stimme seinen Namen schrie.

»Bruder Athelstan! Bruder Athelstan!«

Der Meßdiener Crim kam aus einer Gasse geschossen, sein Gesicht war von den Resten einer Fleischpastete verschmiert, sein schwarzes Haar stand wirr in alle Richtungen. Vor dem Ordensbruder blieb er stehen und packte ihn am Gewand.

»Bruder!« japste er. »Bruder, ich ...!«

Athelstan klopfte ihm freundlich auf die Schulter.

»Komm hier entlang.« Er führte den kleinen Meßdiener zwischen zwei Buden hindurch und drückte ihn auf eine wacklige Bank vor einer Aleschenke.

»Ist die Kirche abgebrannt?« fragte Athelstan.

Crim schüttelte den Kopf.

»Sind sich Pike und Watkin gegenseitig an die Kehle gefahren?«

Wieder ein Kopfschütteln.

»Mistress Benedicta«, japste Crim.

Athelstan erstarrte. »Was ist passiert?«

»Los, Junge.« Sir John setzte sich neben Crim. Er öffnete seine Tasche und nahm ein Stück Mandelbrot heraus. »Das hat mir eins meiner Kerlchen heute früh in die Tasche gesteckt. Sie wollen nicht, daß ihr Papa Hunger leidet. Ich habe es erst bemerkt, als ich schon draußen war. Jetzt sag uns, was passiert ist.«

Athelstan bekam kaum Luft.

»Benedicta«, keuchte Crim, »Benedicta, der Grimm ...«

»Wie bitte?«

»Benedicta, der Grimm, nein ... der Grimoire!«

Athelstan erinnerte sich an das Buch, das er Benedicta gegeben hatte.

»Sie ist in Eurem Haus, Bruder. Sie ist ganz aufgeregt.

Sie hat gesagt, Ihr sollt sofort kommen.«

»Dann wollen wir uns mal auf den Weg machen.«

Zu dritt marschierten sie die Eastchepe hinab, drängten sich zwischen den Fischständen in Billingsgate hindurch und heuerten einen Kahn an. Sir John versprach den Ruderern einen Penny extra. Die Bootsleute legten sich ohne weitere Aufforderung ins Zeug. Crim, den Mund voll Mandelbrot, hockte zwischen dem Coroner und Athelstan, der es aufgegeben hatte, ihn weiter auszufragen.

Der Kahn hielt auf die Flußmitte zu und wurde schneller, während er auf die Bögen unter der London Bridge zusteuerte. Crim saß mit weit aufgerissenen Augen da und starrte auf die Stangen mit den abgeschlagenen Köpfen von Verrätern und Flußpiraten, die von der Brücke über den Fluß ragten. Der Schatten der Brücke umfing sie, die Ruderer zogen die Ruder ein, denn die Strömung war schneller, und der Fluß trug sie aus eigener Kraft unter den Brückenbögen hindurch zur anderen Seite.

Bald darauf legten sie am Kai in Southwark an und stiegen aus dem Boot. Sir John marschierte durch die Gassen und schubste die Passanten aus dem Weg, während Athelstan und Crim hinter ihm her hasteten. Athelstan hatte erwartet, den Platz vor St. Erconwald voller Menschen zu finden, aber er lag verlassen da. Nur Bonaventura schlief wie ein fauler Wächter auf der obersten Stufe vor der Kirche.

»Sie ist im Haus«, erklärte Crim. »Sie hat gesagt, sie hat es noch keinem erzählt. Euch wollte sie es zuerst zeigen.«

»Sir John, Ihr hättet nicht mitzukommen brauchen« sagte Athelstan.

»Wenn du gespannt bist, bin ich es ebenso. Außerdem würde ich auch gerne Benedicta begrüßen.«

Die Witwe öffnete die Tür und stieß einen Überraschungsruf aus, als Sir John sie umarmte und schmatzend auf die Wangen küßte.

»Du bist eine hübsche Frau, Benedicta, und was ist der

Grund für diese Aufregung?«

Benedicta war wirklich ganz aufgeregt. Sie hatte ihren Schleier abgelegt, das rabenschwarze Haar fiel ihr auf die Schultern. Sie trat einen Schritt zurück, klatschte in die Hände und zeigte auf die Pergamentblätter, die auf Athelstans Tisch ausgebreitet waren.

»Das ist der Grimoire«, erklärte sie und setzte sich ans Kopfende des Tisches. »Als William Fitzwolfe, der letzte Priester, ihn binden ließ, benutzte er Teile des alten Kirchenbuchs und verschiedene Dokumente der Gemeinde, um die Bindung zu verstärken.«

Athelstan setzte sich an den Tisch. Benedicta hatte die rote Heftung aufgetrennt, die Seiten gelockert und auseinandergezogen.

»Als ich mir den Einband ansah, fiel mir auf, wie dick er war.«

Athelstan nahm den Einband in die Hand. Es war nicht viel mehr als ein ausgebreiteter Lederstreifen, verstärkt mit einem dicken Bündel Pergament, das an den Rändern zusammengeklebt und dann gegen das Leder gedrückt worden war. Er blätterte durch die Seiten. Dort fanden sich Einträge wie: »Fulke, Sohn von Thurston, dem Arbeiter, und seiner Frau Hawisia ...« Athelstan lächelte: Das war Watkins Vater. Seite um Seite war mit diesen verblaßten, kritzeligen Eintragungen bedeckt, welche die einzelnen Priester im Laufe der Jahre gemacht hatten.

»Jetzt seht Euch das hier an!« Benedicta nahm ihm die Seiten aus der Hand und zeigte auf einen Eintrag, den sie schon mit einem Stück Holzkohle aus dem Kamin markiert hatte. »Wenn Ihr genau hinseht, werdet Ihr feststellen, daß diese beiden Frauen die Urgroßmütter von Joscelyn, dem Schankwirt, beziehungsweise Basil, dem Schmied, sind. Sie haben offenbar am selben Tag geheiratet.«

Athelstan las den Eintrag zu Agnes Fitz-Joscelyn und

Ann, Tochter von William, dem Wildhüter.

»Sie hatten also auf jeden Fall verschiedene Väter«, sagte Athelstan. »Aber in dem Heiratseintrag werden sie als ›sorores‹, als Schwestern bezeichnet.«

»Ja, das stimmt.«

Benedicta nahm das Pergament, blätterte es durch und zeigte ihm einen anderen Eintrag. Diesmal trug die Seite einen Titel, den ein ausgebildeter Schreiber ordentlich niedergeschrieben hatte: »Die Bruderschaft von St. Erconwald«. In einer Spalte waren die »Brüder der Bruderschaft«, in einer anderen die »Schwestern« aufgeführt. Agnes Fitz-Joscelyn und Ann, Tochter des Wildhüters William, waren zusammen als »Schwestern« eingetragen.

Sir John, der ihm über die Schulter gesehen hatte, lachte glucksend.

»Du hast mir von dem Problem erzählt, Bruder.« Er tippte mit dem Finger auf das Pergament. »Und hier ist die Antwort. Bei meiner Abhandlung über die Verwaltung dieser Stadt bin ich auf viele solcher Bruderschaften gestoßen. Einst waren sie in einzelnen Gemeinden sehr stark. Die Bruderschaft des Gesegneten Sakraments, die Bruderschaft der Engel, die St. Lukas-Bruderschaft.«

Nachdenklich betrachtete Athelstan diese Seite des Pergaments.

»Das ist eine gute Idee«, sagte er. »Und hier muß es auch eine gegeben haben: die Bruderschaft von St. Erconwald. Ich vermute, es war folgendermaßen: Agnes und Ann waren Busenfreundinnen, das sieht man auch daran, daß sie am selben Tag geheiratet haben. Sie waren auch Mitglieder der Gemeindebruderschaft, vielleicht spielten sie sogar eine führende Rolle. Sie nannten einander Schwester. Als das Kirchenbuch verschwunden war, fand man keine Erklärung mehr dafür. Die Ehrwürdige Veronica hat die Wahrheit gesagt. Es ist viele Jahre her, daß diese beiden Frauen gelebt haben, sie sind schon lange tot. Alles, was Veronica noch wußte, war, daß sie einander Schwester genannt haben, daher der Irrtum.«

»Benedicta!«

Die Witwe wich vor Sir John zurück, der mit ausgestreckten Armen auf sie zukam.

»Du hättest Coroner werden sollen, da du schon nicht Ordensbruder werden konntest.«

»Benedicta, deine wachsamen Augen werden zwei junge Liebende sehr, sehr glücklich machen!«

»Heißt das, es wird noch mehr zu feiern geben?« meldete sich Crim von der Tür her.

»Und ob«, erwiderte Athelstan. »Es wird gefeiert und getanzt, Crim. Und jetzt lauf schnell und hol Oswald und Eleanor, aber verrate nicht, was wir gefunden haben!«

Zwölf

Alice Brokestreet hatte keine Ahnung, daß der Tod, dem sie meinte ein so schlaues Schnippchen geschlagen zu haben, ihr bereits ganz nahe war. Sie saß in ihrer Zelle im Torhaus von Newgate und betrachtete den Tisch, auf dem eine Zinnkanne, ein Becher und eine mit einem Leintuch bedeckte Schale standen: Geschenke eines Gönners, wie der Wärter ihr gesagt hatte. Die Sachen konnten warten, beschloß sie, stand auf und trat ans Fenster, um einen Blick in den Hof zu werfen. Hühner und Schweine liefen frei herum, gefährlich aussehende Hunde wühlten mit plündernden Krähen um die Wette in den Müllhaufen. Sie stieben auseinander, als große Zuber mit Waschwasser zum Säubern über den Hof geschüttet wurden.

Alice wollte sich schon abwenden, als ihr Blick auf zwei Büttel fiel, die einen verschlagen aussehenden Mann aus den Kerkern auf der gegenüberliegenden Seite zerrten. Der Mann sollte durch den in seine Wange eingebrannten Buchstaben *F* als Fälscher gebrandmarkt werden. Die Vollstrecker der Strafe folgten ihm mit den rotglühenden Brandeisen auf dem Fuße. Einer der Büttel las hastig vor, wie »Richard Bracklett, Fälscher und Betrüger, gefälschte Reliquien verkauft hatte, darunter ein Stück des Stabes des Elias, zwei Beine eines der Heiligen Unschuldigen, den Schädel einer der elftausend Jungfrauen von Köln«.

»Jedoch«, dröhnte der Büttel über den Hof, »besagter Richard wußte, daß diese Dinge nichts als Plunder und die Urkunden gefälscht waren.«

Alice drehte sich um, als der Vollstrecker auf den gefesselten Mann zukam, und hielt sich die Ohren zu, um die schrecklichen Schreie im Hof nicht hören zu müssen. Sie setzte sich auf das Bett. Sie wurde unruhig. Morgen früh sollte sie vor Gericht stehen, wo der Fall gegen Kathryn Vestler vorgetragen werden würde.

»Ich muß nur die Wahrheit sagen«, murmelte sie vor sich hin. »Jedenfalls so, wie ich sie sehe.« Dabei lächelte sie.

Sie würde ihre Geschichte wiederholen. Wie Kathryn Vestler, voll enttäuschter Leidenschaft, den Archivar Bartholomew Menster und die Schankmagd Margot Haden vergiftet und sie, Alice, gezwungen hatte, die Leichen draußen auf der Schwarzen Wiese zu vergraben.

Sie atmete tief ein. Bei Master Whittock, dem habichtäugigen Mann mit den forschenden Augen und der harten, kehligen Stimme, fühlte sie sich sicher. Er hatte überraschend viel über den ›Paradiesbaum‹ und seine Besitzerin herausgebracht: Geschichten von einem verborgenen Schatz und von nächtlichen Besuchern. Immer wieder kam er auf andere Beweise zu sprechen. Immer wieder ließ er sie ihre Geschichte wiederholen. Alice biß sich auf die Lippe. Man hatte ihr eine Begnadigung versprochen, aber ging es noch um etwas anderes? Whittock schien ein brennendes Interesse an den Geschichten von dem verborgenen Schatz des Gundulf zu haben. Sie hatte beobachtet, wie Whittock sich mit der Zunge über die Lippen fuhr und welch ein Glanz in seine Augen trat. Sie fragte sich, ob der Kronanwalt das Gasthaus kaufen und die Suche fortsetzen würde, wenn Mistress Vestler hängen mußte.

Alice fühlte, wie ihr Magen knurrte. Sie nahm das Leintuch von dem Tablett und fand eine Pastete darunter. Dann entfernte sie das Stück Pergament von dem Krug und füllte ihren Blechbecher. Mit dem Becher und der Pastete setzte sie sich auf einen Schemel und begann zu essen. Sie trank sehr schnell, deshalb machte sich das dem Wein zugefügte Gift rasch bemerkbar: Ein schneidender Schmerz stieg vom Bauch in ihre Brust und schnürte ihr die Kehle zu. Der Becher fiel ihr aus der Hand, der Rest spritzte auf ihr Gewand. Sie taumelte zur Tür, aber der Schmerz war bohrend wie ein Dolch, sie bekam keine Luft mehr und stürzte zu Boden. Flehend streckte sie die Hand aus, öffnete den Mund zu einem Schrei, aber kein Ton kam heraus. Sonderbarerweise konnte sie an nichts anderes denken als an die Schwarze Wiese, die große Eiche und die Gräber darunter.

In St. Erconwald waren die Vorbereitungen für das Fest in vollem Gange. Athelstan hatte dem glücklichen Paar mitgeteilt, daß ihrer Hochzeit seiner Meinung nach nichts mehr im Wege stand: Am nächsten Sonntag würde er ihre bevorstehende Trauung vor aller Ohren verkünden. Eleanor und Oswald tanzten vor Freude, und die Nachricht machte schnell die Runde. Die Schenke »Zum Gescheckten« war geschlossen, und Basil schloß auch seine Schmiede. Watkin und Pike, die ihre Arbeit nicht rasch genug beenden konnten, gaben die guten Nachrichten weiter, und die Gemeindemitglieder drängten sich vor der Kirchentreppe. Athelstan, neben dem der glückselig lächelnde Sir John stand, verkündete, daß sie die Strafe nicht bezahlen mußten. Die Mörder, die Miles Sholter auf dem Gewissen hatten, waren entlarvt und saßen schon im Krongefängnis von Newgate.

»Das müssen wir feiern!« rief Pike.

»Der Gemeinderat wird ein Fest veranstalten!« verkündete Watkin, der darauf brannte, seine Autorität zur Geltung zu bringen. Er warf einen boshaften Blick auf Pikes mürrische Frau, die sich im Schatten hielt und murmelte, »sie sei froh, daß sich die Probleme gelöst hätten«.

Tische wurden aufgestellt und Bänke aus der Kirche getragen. Watkin brachte seinen Dudelsack, Rattenfänger Ranulf seine Laute, der Henker Manger seine Trommel. Merrylegs spendierte Pasteten und Kuchen, die, wie er beteuerte, erst zwei Tage alt waren. Auch andere Gaben wurden gebracht, und man ließ Joscelyn hochleben, als er Fässer mit Ale aus seiner Schenke herbeirollte. Athelstan versprach, daß die Pfarrkasse einige Ausgaben erstatten würde.

Sir John war natürlich entschlossen zu bleiben. Er trank zwei Humpen Ale, und als Watkin und Pike ihn zum Wettrinken aufforderten, kippte er einen dritten Humpen, und zwar schneller als sie. Danach tanzte er mit Ursula, der Schweinebäuerin, und Pernell, der Flämin, eine Gigue, und sogar Crim erklärte, der Coroner sei leichtfüßig und behende wie ein Jongleur.

Athelstan saß auf den Stufen und beobachtete das Treiben. Er trank seinen Humpen Ale ein bißchen zu schnell und fühlte sich plötzlich müde.

Sir John und er überließen die Gemeinde ihrem Vergnügen und zogen sich ins Pfarrhaus zurück. Der Coroner warf seinen Biberpelzhut und seinen Umhang in eine Ecke, zog sein Wams aus, setzte sich Athelstan gegenüber auf eine Bank und tupfte sich den Schweiß vom Gesicht.

»Manchmal möchte ich deine Gemeinde verfluchen, Athelstan, aber es ist ein lustiges Häuflein. Tanzen macht solchen Spaß! Habe ich dir erzählt, daß ich in Windsor war, als die Gräfin von Salisbury ihr Strumpfband verlor?«

»Morgen wird eine andere Dame mehr als ihr Strumpfband verlieren, Sir John.«

Sir John wurde nüchtern. »Jawohl, Athelstan. Was wir erfahren haben, ist schlimm genug, aber der liebe Gott allein weiß, wieviel Master Whittock zutage gefördert hat. Ich hoffe, Hengan hat einen scharfen Verstand, denn er wird alle Kräfte brauchen, um Mistress Vestler zu verteidigen.«

»Nehmen wir einmal theoretisch an, daß Alice Brokestreet eine Lügnerin ist.«

»Was stimmt.«

»Aber wie, mein lieber Coroner, wußte sie dann von

den beiden Leichen? Das ist der Kernpunkt des Falls. Der Mord an zwei Unschuldigen ist nichts, was man vor aller Welt herausposaunt.«

»Und?«

»Es gibt mehrere Möglichkeiten, Sir John. Die erste ist, daß Kathryn Vestler ihr von den Leichen erzählt hat, aber das ist sehr unwahrscheinlich. Die zweite ist, daß Alice Brokestreet auf irgendeine Weise von den Morden erfahren und das Geheimnis für sich behalten hat.«

»In diesem Fall erhebt sich die Frage, warum der Mörder es ihr gesagt hat«, überlegte Sir John.

»Damit kommen wir zu meinem dritten Punkt, Sir John. Wenn Alice Brokestreet lügt und Kathryn Vestler unschuldig ist, hat ein anderer Bartholomew und Margot umgebracht. Er oder sie hat der Brokestreet das Geheimnis mitgeteilt, damit sie der Hinrichtung entgehen konnte, indem sie sich durch die Beschuldigung von Mistress Vestler entlastete.«

»Die Brokestreet wird also wissen, wer der Täter wirklich ist?«

»Nicht unbedingt, Sir John. Sie kann einen Brief bekommen haben, vielleicht hat sie in Newgate einen vermummten Besucher empfangen, vielleicht hat sie es schon gewußt, bevor sie ihren eigenen Mord beging. Die Brokestreet ist nicht das Problem. Sie ist nur eine Handlangerin. Sie hat es von dem Mörder erfahren, und der wird, wie ich annehme, Mistress Brokestreet aus dem Weg räumen, wann und wie es ihm paßt. Mistress Vestler ist Witwe. Wenn sie eines Verbrechens für schuldig befunden wird und hängt, wird die Krone den ›Paradiesbaum‹ beschlagnahmen und dem höchsten Bieter verkaufen.«

»Und?«

»Derjenige, der das Gasthaus dann kauft, um nach dem Schatz des Gundulf zu suchen, könnte der wahre Mörder sein.«

Sir John pfiff durch die Zähne.

»Das wird sich nur schwer beweisen lassen, kleiner Ordensbruder. Der ›Paradiesbaum‹ ist ein geräumiges, gewinnträchtiges Gasthaus; es wird viele Angebote geben.«

»Das weiß ich.« Athelstan seufzte. »Ich nehme also an, daß meine Schlußfolgerung auf schwachen Füßen steht. Gleichwie, morgen wird es für uns nicht gut aussehen. Die Gewinne des ›Paradiesbaums‹ müssen ebenso erklärt werden wie die geheimnisvollen nächtlichen Besucher und vor allem die beiden Leichen auf der Schwarzen Wiese. Ihr seid heute bei Bapaume, dem Goldschmied, gewesen?«

Sir John nickte. »Er hat mir erzählt, Bartholomew Menster habe angedeutet, daß er all sein Gold und Silber abholen wolle, um damit etwas zu kaufen, aber was das war, hat er nicht gesagt!« Er klopfte Athelstan freundlich auf die Hand. »Aber du hast etwas Gutes bewirkt: Zumindest wird Mistress Vestler nicht mehr die Schuld am Tod der anderen Leichen gegeben. Ich hoffe nur, der Oberrichter Brabazon erkennt deinen Einwand an, daß die Schwarze Wiese in der großen Pest ein Friedhof war.«

Er zuckte zusammen, als ein Klopfen an der Tür ertönte.

»Herein!« rief Athelstan.

Joscelyn, der einarmige Schankwirt, taumelte herein, ein Lächeln breitete sich über sein ganzes Gesicht. Unter dem Arm trug er ein kleines Weinfaß, das er nun auf den Tisch stellte.

»Sir John«, sagte er schleppend, »das ist das beste Fäßchen Bordeaux, das im Keller des ›Gescheckten‹ auf eine solche Gelegenheit gewartet hat. Es ist nur recht und billig, daß Ihr und Bruder Athelstan die ersten seid, die davon trinken.«

Cranston nahm das Fäßchen in den Arm wie eine Mutter ihr Lieblingskind. Er musterte die Markierungen an der Seite, zog seinen Dolch und begann, an dem Zwirn zu schneiden, der den Deckel festhielt. Plötzlich hielt er inne, legte seinen Dolch beiseite und hielt das Faß hoch, um es eingehend zu untersuchen.

Joscelyns Lächeln erstarb. »Was ist los, Sir John?«

»Das weißt du ganz genau. Ich bin ein Beamter des Königs.«

Joscelyn fuhr sich nervös mit der Zunge über die Lippen und ließ sich auf einen Schemel am anderen Ende des Tisches sinken.

»Was ist los, Sir John?« fragte Athelstan. »Ist etwas nicht in Ordnung?«

»Jawohl, Bruder.« Sir John klopfte mit dem Finger auf den Deckel des Fasses. »Das hier ist ein schwerer Bordeauxwein.« Er zeigte auf die Markierungen an der Seite. »Hier sind der Jahrgang und die Lage angegeben. Aber Joscelyn«, flötete er mit einem Blick auf den Schankwirt, »könntest du deinem Priester erklären, was hier nicht stimmt?«

»Warum ich, Mylord Coroner? Ihr seid der Beamte des Königs.«

»Dieser brave Wirt hat sehr großzügig ein Weinfaß zum Anzapfen gebracht, an dem leider eine Sache fehlt: Für jeden Wein aus Bordeaux, der in das Reich gebracht wird, muß Zoll bezahlt werden. Jedes Faß wird mit einem Stempel versehen, der besagt, daß es durch den Zoll gegangen ist. Dann bekommt es ein Siegel, das den Einfuhrhafen angibt. Solche Siegel sind sehr schwer zu fälschen.«

»Joscelyn, nein!« stöhnte Athelstan. »Du hast dich doch hoffentlich nicht in Schmuggeleien auf dem Fluß eingelassen?«

»Sir John, Bruder, das ist ein Geschenk von mir. Bei den Viktualienhändlern und Schankwirten in London gibt es viele solche Fässer.«

»Das stimmt.« Sir John schnalzte mit den Lippen. »Ich bin hier, um zu feiern, und ich bin kein Zollbeamter.«

»Joscelyn, du mußt aufpassen«, sagte Athelstan mahnend. Dann fiel ihm etwas ein. »Wo hast du es gekauft?

Sei ehrlich, Joscelyn. Wenn du in Schmuggeleien verwickelt bist, steckt mein ganzer sauberer Gemeinderat bis über beide Ohren drin: Moleskin, Watkin und Pike. Stimmt da? Ich möchte sie nicht gern an einem Strick baumeln sehen.«

Joscelyn schluckte.

»Du hast es bei einer anderen Person gekauft, nicht wahr? Dein Sohn hat vom ›Paradiesbaum‹ und Mistress Vestler gesprochen.«

Sir John stach mit seinem Dolch das Faß an und seufzte vor Vergnügen.

»Lüge deinen Priester nicht an!« Athelstan stand vor dem Schankwirt.

»Ja, Bruder, ich habe es bei Mistress Vestler gekauft. Etliche Schankwirte in Southwark ...«

»Genug.« Athelstan klopfte ihm freundlich auf die Schulter. »Du kannst gehen, Joscelyn, dank dir für den Wein. Geh und feiere mit den anderen. Dein Geheimnis ist bei uns gut aufgehoben.«

Joscelyn, der ganz nüchtern geworden war, schoß aus der Tür.

Sir John war bereits dabei, zwei Becher zu füllen.

»Ist es eine Sünde, diesen Wein zu trinken, Mönch?«

»Ordensbruder, Sir John. Nein, ich glaube nicht. Der Herr gibt, und der Herr nimmt. In der Stimmung, in der ich bin, fallen mir auch die Worte des Heiligen Paulus wieder ein: ›Trink deinem Magen zuliebe ein wenig Wein‹, auch wenn der Zoll nicht bezahlt worden ist.« Athelstan setzte sich seinem Freund gegenüber und nippte an dem Wein.

Sir John schloß die Augen und seufzte. »Ach, das ist wahrhaftig ein Geschenk des Himmels!«

»Nun, ein Rätsel haben wir gelöst«, sagte Athelstan. »Wir wissen jetzt, wer Mistress Vestlers mitternächtliche Besucher sind: Flußschmuggler. Sie fahren mit ihren Kähnen zu den Weinschiffen hinaus, bevor die Ladung gelöscht wird, zahlen dem Kapitän einen guten Preis, und dann geht es zum ›Paradiesbaum‹ und anderen Schenken am Fluß. Mistress Vestler muß einen schwungvollen Handel getrieben haben!« Er dachte an den einsamen Uferstreifen, der sich am Schlickrand entlang zog und lachte. »Das erklärt auch ihre Großzügigkeit, Sir John.«

Der Coroner, der mehr an dem Wein interessiert war, sah ihn verdutzt an.

»Die Vier Evangelien«, erklärte Athelstan. »Deshalb hat sie ihnen erlaubt, dort ihr Lager aufzuschlagen. Wißt Ihr noch, was die vier uns erzählt haben? Daß sie am Ufer ein Feuer anzünden, falls der Erzengel Michael nachts ankommt. Der Menschenfischer hat es als Leuchtfeuer bezeichnet.«

»Natürlich! Und in einer mondlosen Nacht mit wallendem Flußnebel ringsum gibt es für einen Schmuggler nichts besseres als ein Feuer. Ich wette einen Becher Wein gegen einen Becher Wein, daß Master Whittock davon weiß. Kein Wunder, daß Kathryn uns nichts davon erzählen wollte.«

Die Tür öffnete sich, und Athelstan drehte sich um.

»Ja, Benedicta?«

»Bruder, Ihr habt Besuch.«

Sie trat beiseite, und Hengan eilte in wallendem Umhang herein.

»Ich lasse Euch allein«, rief Benedicta und schloß die Tür.

Der Anwalt setzte sich, hakte den Umhang auf und ließ ihn auf den Boden fallen. Dann schlug er die Hände vors Gesicht.

»Master Ralph, was ist los?«

»Alice Brokestreet ist umgebracht worden!«

»Was!« rief Sir John aus.

»Jemand hat eine Karaffe Wein und eine Pastete ins Torhaus gebracht. Da die Brokestreet eine Krongefangene ist, behandeln die Wärter sie freundlich. Sie können sich nur daran erinnern, daß der Besucher ein Mann war, der eine Mönchskapuze trug.« Er lächelte schwach. »Er hatte auch noch die Dreistigkeit zu sagen, es sei ein Geschenk von Master Odo Whittock. Natürlich weiß unser braver Kronanwalt nichts davon. Unter anderen Umständen hätten die Wärter es selbst gegessen und getrunken, aber die Karaffe war versiegelt. Brabazon und Whittock sind beide dafür bekannt, daß sie einen langen Arm und einen Hang zur Rachsucht haben, deshalb wurde ihr der Wein unangetastet gebracht. Mistress Brokestreet muß sofort tot gewesen sein, in der Karaffe war mehr Arsen als Wein.«

»Heißt das, daß ihre Aussage ungültig wird?« fragte Athelstan.

»Nein«, sagte Sir John. »Sie hat vor dem Oberrichter eine feierliche Erklärung abgelegt, und wenn Master Whittock Grips im Kopf hat, wird er ihr eine eidesstattliche Erklärung abgenommen haben.«

»Das ist nicht alles«, setzte Hengan hinzu. »Brabazon wird fragen, wer an Mistress Brokestreets Tod interessiert war. Und die Schuld daran wird Kathryn in die Schuhe geschoben.«

»Aber das geht nicht!« wandte Athelstan ein. »Mistress Vestler ist doch selbst im Gefängnis. Wie kann man sie dann dafür verantwortlich machen?«

»Whittock wird seine Fäden schon spinnen. Er wird behaupten, daß Kathryn draußen einen Komplizen hat.«

»Jawohl, und das wird alles nur noch schlimmer machen«, knurrte der Coroner.

Er teilte Hengan in knappen Worten mit, was sie über Mistress Vestlers Verwicklungen in Schmuggelgeschäfte in Erfahrung gebracht hatten. Der Anwalt stöhnte.

»Ihr wißt nichts davon, Sir?«

»Natürlich nicht«, versetzte Hengan beleidigt. »Aber seid ehrlich, Sir John: Es gibt kaum eine Schenke in London, die keinen geschmuggelten Wein verkauft. Sogar der königliche Haushalt hat seine Finger darin. Es ist eine Art allgemeiner Zeitvertreib, aber ich weiß, was Ihr sagen wollt. Wenn Whittock das entdeckt, was zweifellos der Fall sein wird, wird er behaupten, daß Mistress Vestler mit bekannten Schmugglern und Gesetzesbrechern verkehrt.«

»Und einen davon hat sie beauftragt, den Mord an der Brokestreet zu begehen?«

»Genauso ist es, Bruder.«

Athelstan trat zur Tür und öffnete sie. Die Nachtluft kühlte sein Gesicht, während er seine Gemeindemitglieder beobachtete, die immer noch ausgelassen feierten.

»Warum ist er daran so interessiert?« fragte er und drehte sich um. »Alice Brokestreet hat eine Erklärung abgegeben; alles spricht ohnehin schon gegen Kathryn. Warum ist Whittock so engagiert? Hängen kann sie nur einmal.«

»Ich vermute, die Krone hat inzwischen vom Schatz des Gundulf erfahren«, erwiderte Hengan. »Vielleicht hat der Regent selbst die Finger im Spiel? Es geht um Tausende Pfund. Vielleicht meinen sie sogar, daß Mistress Vestler das Versteck entdeckt hat.« Hengan verzog das Gesicht. »Das ist eine sehr ernste Sache. Ihr dürft außerdem nicht vergessen, daß Bartholomew Menster ein königlicher Archivar war. Die Krone sieht es nicht gerne, wenn ihre Günstlinge ruchlos ermordet werden.«

»Letzten Endes dreht sich alles um einen Punkt.« Trotz der Mengen Ale und Wein, die er konsumiert hatte, blieb Sir John ruhig und nüchtern. »Letzten Endes gibt es nur eine entscheidende Frage«, wiederholte er, »nämlich: Was war am fünfundzwanzigsten Juni dieses Jahres, dem letzten Tag, an dem Bartholomew lebend gesehen wurde?«

»Am fünfundzwanzigsten Juni, dem Tag nach Johanni, hat er auf jeden Fall im Tower gearbeitet«, sagte Hengan. »Er verließ seine Kammer zu später Stunde und sagte, wie wir wissen, er gehe zum ›Paradiesbaum‹. Danach hat man ihn nie wieder gesehen. Ich habe auch in Erfahrung gebracht, daß das der Tag war, an dem Margot Haden zum letzten Mal im Gasthaus gesehen wurde. Laut Zeugenaussagen verließ sie das Gasthaus und kam nie mehr zurück.«

»Was!« rief Athelstan aus.

»Nun«, Hengan hob die Hand, »wir wissen, daß Bartholomew das Gasthaus besuchte, und beide gingen zusammen hinaus.«

»Und Mistress Vestler?«

»Sie war auf jeden Fall dort.«

»Woher wissen wir das?«

»Von den Bediensteten.« Hengan rieb sich nachdenklich das Kinn. »Ich wünschte, ich wäre in London gewesen.«

»Wo wart Ihr denn, Master Ralph?«

»Der Johannestag ist ein Feiertag. Am Vortag, dem vierundzwanzigsten, ging ich auf Pilgerfahrt nach Canterbury, eine Pilgerfahrt, welche die Gerichtskammer regelmäßig unternimmt.« Er zuckte die Schultern. »Ich quartierte mich im Wirtshaus ›Zum Schachbrett‹ ein. Ich hatte sogar das Vergnügen, Master Whittock dort zu treffen. Wir beteten beide am Grab von Thomas à Beckett. Zum Peter-und-Paulstag, am neunundzwanzigsten Juni, kam ich wieder nach Hause. Kathryn erwähnte, daß Margot und Bartholomew durchgebrannt seien, aber ich dachte mir nichts weiter dabei.«

Athelstan zog einen Schemel ans Kopfende des Tisches und stützte seinen Kopf in die Hände.

»Bartholomew und Margot verlassen das Gasthaus also am späten Abend des fünfundzwanzigsten Juni. Niemand wußte, wohin sie gingen. Mehrere Monate später findet man ihre Leichen auf der Schwarzen Wiese. Dort hat jemand sie getroffen, ihnen vergifteten Wein gegeben und ihre Leichen vergraben.« Athelstan schüttelte den Kopf. »Selbst das dümmste Jurymitglied wird nur zu einem Schluß kommen können: daß Kathryn Vestler die Mörderin ist!«

»Hört, hört! Alle, die ein Anliegen an die königlichen Richter des Schwurgerichts haben, das in der Guildhall der Königstadt London tagt, tretet heran und seid Zeuge der Rechtsprechung im Namen des Königs!«

Der Herold vor der Gerichtsschranke rief die Ankündigung noch zweimal aus. Unter lauten Fanfaren ließen sich die Richter auf ihren gepolsterten Sitzen unter dem großen scharlachroten Baldachin nieder. Athelstan, der neben Sir John auf der Zeugenbank saß, schloß die Augen, senkte den Kopf und betete. Brabazon sah prächtig aus, sein rotwangiges Gesicht strahlte. Er war des Königs oberster Richter, die anderen Richter, die zu seinen beiden Seiten saßen, waren bloße Anhängsel seiner eigenen Herrlichkeit. Auf den rotgoldenen Stufen unterhalb der Tribüne saß Master Whittock in rostroter, schafswollgefütterter Robe wie der Jagdhund des Oberrichters. Der Kronanwalt hatte sich leicht vorgebeugt und musterte aufmerksam die Geschworenen, die ihre Plätze einnahmen und ihren Eid ablegten. Auf der gegenüberliegenden Seite des Saals hielten bewaffnete Wächter in königlicher Livree die Menge zurück. Die Nachricht hatte sich in der ganzen Stadt herumgesprochen, und viele waren zur Guildhall geströmt, um Zeuge des Dramas zu werden.

Die Zeugen- und Zuschauerbänke waren voll besetzt, und Sir John hatte seine ganze Autorität aufwenden müssen, um eingelassen zu werden. Jetzt saß er dort in seinem blaugoldenen Wams, den Umhang über seine grünen Beinkleider geworfen. Die Beine hielt er leicht gespreizt und klopfte mit den Füßen, die in hochhackigen Stiefeln steckten, auf die hölzerne Tribüne. Er starrte den Oberrichter unverwandt und grimmig an. Athelstan, der nach der Feier des vorhergehenden Tages müde war, betrachtete Mistress Vestler. Sie war in Ketten hereingeführt worden und stand jetzt vor der Schranke, flankiert von zwei Gerichtsdienern mit ihren weißen Amtsstäben. Hinter ihr stand eine Reihe von Bogenschützen, deren Armbrüste von den Schwertgurten hingen.

»Mögen der Herr im Himmel und der heilige Antonius ihr helfen!« betete Athelstan.

Mistress Vestler wirkte blaß in ihrer Trauerkleidung, dem schwarzen Gewand und schwarzen Schleier.

»Man könnte meinen, sie wäre schon tot«, flüsterte Sir John. »Aber sie hält sich tapfer. Bitten um Gnade werden hier auf taube Ohren fallen.«

Neben Mistress Vestler saß Ralph Hengan und blätterte in seinen Akten. Die kleine Pforte in der Schranke stand offen. Zwei Schreiber brachten ein Pult mit einer Bibel herein. Dort würden die Zeugen stehen, den Eid schwören und ihr Zeugnis ablegen. Oberrichter Brabazon fuhr mit der Hand scharf durch die Luft. Die beiden Herolde traten vor und stießen schrill in ihre versilberten Trompeten. Die Schreiber am Fuß der Stufen erhoben sich, drehten sich um und machten eine Verbeugung vor Sir Henry. Er nickte.

»Die Sitzung des Gerichts ist eröffnet!« verkündete der Obersekretär. »Die Klage soll vorgetragen werden!«

Unruhe machte sich breit. Whittock sprang auf und nahm seine Stellung auf der anderen Seite der Schranke ein, an die Mistress Vestler gekettet war.

»Ihr seid?« fragte Henry Brabazon.

»Odo Whittock, Kronanwalt. Mylord, bevor die Klage vorgetragen wird, muß ich das Gericht davon in Kenntnis setzen, daß die Hauptzeugin, Alice Brokestreet, vergiftet aufgefunden worden ist.«

»In diesem Fall sollte die Klage abgewiesen werden«, unterbrach Hengan.

»Keinesfalls, keinesfalls«, versetzte Whittock. Er hielt einen Stapel Pergamentblätter hoch. »Mistress Brokestreet hatte bereits unter Eid eine Erklärung abgelegt; das Gericht hat ihre Aussage anerkannt.«

»Wollt Ihr damit sagen, daß der Mord an Mistress

Brokestreet Kathryn Vestler angelastet werden soll?« fragte Hengan scharf.

»Was macht das schon?« sagte Whittock lässig. »Ob für einen oder für zehn, am Galgen hängt man doch.«

Sir Henry lächelte.

»In diesem Fall möchte ich auch die anderen Fragen zur Diskussion stellen«, sagte Hengan und beugte sich über die Schranke.

»Welche anderen Fragen?« fragte Sir Henry.

»Mylord, die Leichen von Bartholomew Menster und Margot Haden wurden auf der Schwarzen Wiese gefunden, die meiner Mandantin gehört. Jedoch, Mylord« – dabei zeigte Hengan auf Athelstan – »ich kann Zeugen und Beweise beibringen, daß die Schwarze Wiese als Begräbnisstätte für Opfer der Pest diente. Diese bejammernswerten menschlichen Überreste können nicht Gegenstand dieser Gerichtsverhandlung sein.«

Sir Henry spielte mit seinem scharlachroten Käppchen und beriet sich kurz mit seinen Kollegen auf beiden Seiten.

»Diese Fragen sind Zeitverschwendung für das Gericht. Ob man für einen oder für zehn hängt, ist dasselbe. Der Mord an Alice Brokestreet liegt außerhalb der Befugnis dieses Gerichts. Was die andere Angelegenheit betrifft, besteht keine Notwendigkeit, Bruder Athelstan in den Zeugenstand zu rufen.« Der Oberrichter strahlte Sir John an. »Ich werde in Betracht ziehen, was Ihr zu sagen habt, Master Hengan. Schreiber, lest die Klageschrift vor!«

Athelstan war erleichtert und froh, daß er nicht als Zeuge aufgerufen wurde. Er hörte sich die Klage an, die in eindeutigen, unerbittlichen Worten feststellte, daß »Kathryn Vestler am oder um den fünfundzwanzigsten Juni des Jahres dreizehnhundertachtzig Bartholomew Menster und Margot Haden heimtückisch mit Gift getötet hat«.

»Mylord.« Hengan erhob sich und legte die Hände auf die Schranke. »Meine Mandantin hat einen Eid abgelegt und beschworen, daß sie an diesem Verbrechen und an allem anderen, was ihr zur Last gelegt werden könnte, unschuldig ist.«

»Gewiß, gewiß.« Sir Henry lächelte. »Schreiber, lest die unter Eid geleistete Aussage der Alice Brokestreet vor!«

Die Aussage enthielt nichts Neues. Master Whittock hatte sorgsam darauf geachtet, daß keine weitere Klage eingebracht wurde, die angefochten werden konnte. Die Aussage beinhaltete, daß Mistress Vestler Bartholomew und Margot durch Einflößen eines Giftes umgebracht hatte und daß die Brokestreet geholfen hatte, die Leichen in einem Handkarren aus dem Haus zu schaffen und unter der großen Eiche auf der Schwarzen Wiese zu vergraben. Daß allein Mistress Vestler die Verantwortung für diese verbrecherische Tat trug und sie, Alice Brokestreet, keine andere Wahl gehabt hatte, als ihren Anweisungen Folge zu leisten. Der Schreiber setzte sich.

»Mylord«, begann Hengan, »Mistress Vestler ist eine brave Frau, ein angesehenes Mitglied ihrer Gemeinde. Sie hat einen Spendenschrank für die Armen, gibt großzügige Almosen und achtet den Landfrieden.«

»Tut sie das? Tut sie das?« Whittock kam die Stufen herunter. »Mistress Vestler, Ihr habt in Newgate diese Anklage unter Eid geleugnet?«

»Ja.«

»Und Ihr behauptet, eine Frau von gutem Ruf zu sein?«

»Ja«, war die ruhige Antwort.

»Obwohl Ihr schmuggelt?«

Mistress Vestler, die von Hengan bereits über Sir Johns Entdeckung informiert worden war, bewahrte Schweigen.

»Im Keller des ›Paradiesbaumes‹«, fuhr Whittock fort, »haben wir kleine Fässer mit Bordeauxwein und sogar einige mit elsässischem Wein gefunden, die kein Zollsiegel tragen.«

»Mylord«, unterbrach Hengan ihn, »meine Mandantin wird des Mordes bezichtigt und nicht des Schmuggels. Sie braucht sich nicht unvorbereitet neuen Klagen zu stellen.«

»Gewiß, gewiß«, erwiderte Whittock in gespieltem Flüsterton, »das will ich gerne konzedieren, doch Ihr habt angefangen, vom Thema abzulenken, deshalb halte ich meine Bemerkung für relevant.«

»Mylord.« Hengan war verzweifelt bemüht, von diesem Thema abzulenken. »Die belastende Aussage behauptet, Mistress Brokestreet habe gewußt, daß Kathryn Vestler ihre beiden Opfer vergiftet hat. Doch wir haben verläßliche Zeugenaussagen, denen zufolge Margot Haden und Bartholomew Menster den ›Paradiesbaum‹ am Abend des fünfundzwanzigsten Juni verlassen haben.«

»Ja, ja«, unterbrach Whittock. »Aber, Mylord, Mistress Brokestreet hat geschworen, daß das Verbrechen in jener Nacht begangen wurde. Das heißt, Bartholomew und Margot können sehr wohl zum ›Paradiesbaum‹ zurückgekehrt sein, wo das Verbrechen dann begangen wurde, als die Schenke leer und kein Zeuge zugegen war. Ich kann auch beweisen, daß Mistress Vestler an diesem Abend einiges zu verbergen hatte. Mylord, es wird am besten sein, wenn wir alle Zeugen anhören, bevor wir dazu übergehen, die Wahrheit festzustellen.«

Sir Henry stimmte zu.

»In diesem Fall rufe ich Master Tapler, Schankmeister im ›Paradiesbaum‹, in den Zeugenstand.«

Die Schreiber riefen den Namen des Zeugen. Mistress Vestlers Schankmeister kam aus einer kleinen, im Querschiff verborgenen Kammer geschlurft. Der Mann war aufgeregt, und als er mit der Hand auf der Bibel seinen Eid ablegte, fuhr der Richter ihn an, er solle lauter sprechen.

»Nun gut, Sir.« Whittock lächelte ihn an. »Wir wissen, wer Ihr seid. Wir wissen, wo Ihr arbeitet.«

Master Tapler sah entschieden aufgewühlt aus.

»Ich möchte Euch bitten wiederzugeben, was am fünfundzwanzigsten Juni dieses Jahres geschehen ist.« Whittocks Stimme wurde fast zu einem Schnurren. »Ihr wart nach dem Feiertag alle wieder zur Arbeit gekommen, nicht wahr?«

»Jawohl, Sir.«

»Und in der Schenke war viel Betrieb?«

»Nein, Sir.«

»Um welche Zeit habt Ihr geschlossen?«

»Nun, Sir, es war Sommer, deshalb läutete es erst eine Stunde vor Mitternacht zur Sperrstunde.«

»Was ist an diesem Abend geschehen? Gab es besondere Vorfälle? Heraus mit der Sprache, Sir«, fuhr Whittock mit scharfer Stimme fort. »Ihr wißt, warum Ihr hier seid. Ist Master Bartholomew in die Schenke gekommen?«

»Ja, Sir, zwischen neun und zehn Uhr. Es war ein schöner Sommertag, die Sonne war noch nicht untergegangen.«

»Und was ist dann passiert?«

»Er hat einen Becher Ale getrunken; er war ziemlich aufgeregt. Danach ist er mit Margot hinausgegangen.«

»Wißt Ihr, wohin sie gingen?«

»Nein, Sir.«

»War Mistress Vestler zugegen?«

»Sie ist immer da, Sir.«

»Was hat Mistress Vestler an diesem besagten Abend gemacht?«

»Sir, sie bestand darauf, daß die Köche und Küchengehilfen, die Schankburschen und Mägde, darunter auch ich, alle früh nach Hause gehen sollten.«

»Sie war also eindeutig nervös, Master Tapler?«

»Jawohl, Sir, das war sie.«

Athelstan warf Sir John einen Blick zu.

»Verzeiht mir«, flüsterte er, »ich hatte den Kopf so voll von meinen eigenen Sorgen, ich hätte diese Leute selbst befragen sollen!«

Whittock, den das Flüstern anscheinend abgelenkt hatte, warf ihnen einen Blick zu und lächelte.

»Und was passierte dann, Master Tapler?«

»Mistress Vestler drängte uns alle zu gehen, auch die Gäste.«

»Warum?«

Taplers Stimme war nur noch ein Murmeln. »Ich hatte den Eindruck, daß sie jemanden erwartete.«

Whittock strahlte über das ganze Gesicht.

»Ich danke Euch, Master Tapler.«

DREIZEHN

Hengan versuchte sein Bestes bei der Befragung des Schankmeisters, aber es war eine von vornherein verlorene Schlacht. Ja, je mehr er fragte, desto belastender wurde es.

»Es war sehr ungewöhnlich, daß Mistress Vestler alle so früh zum Verlassen der Schenke drängte, warum tat sie es an diesem Abend?«

Als Hengan erkannte, daß er noch mehr Schaden anrichtete, brach er die Befragung ab, und Tapler wurde entlassen.

»Sie wird hängen«, murmelte Sir John. »Gott steh uns bei, Athelstan, aber ich glaube selbst, daß sie schuldig ist.«

»Das Gericht ruft Isobel Haden auf!« rief der Schreiber.

Athelstan fuhr auf. Eine junge Frau trat aus der angrenzenden Kammer in den Gerichtssaal. Der Gerichtsdiener führte sie zum Zeugenstand, und wieder wurde der Eid geleistet. Whittock machte die Sache jetzt offensichtlich Vergnügen.

»Wir wissen Euren Namen und Euren Beruf«, begann er. »Ihr seid Näherin in der Gemeinde St. Mary Bethlehem bei Holywell. Und Eure Schwester Margot war Schankmagd im ›Paradiesbaum‹?«

»Jawohl, Sir.«

Sir Henry beugte sich vor.

»Arbeitete Eure Schwester gerne dort?«

»Jawohl, Sir.«

»Woher wißt Ihr das? Los, Mädchen, erzählt es dem Gericht.«

»Meine Schwester hat mir geschrieben.«

»Mylord, wenn erforderlich, kann ich diese Briefe vorlegen«, sagte Whittock mit einem Blick auf Sir Henry.

Der Oberrichter sah Hengan an, der verzweifelt den Kopf schüttelte.

»Eure Schwester konnte also lesen und schreiben, obwohl sie nur eine Schankmagd war?« fragte Whittock.

»O ja, Sir, unser Vater war Wollhändler. Wir haben die Gemeindeschule besucht und unsere Fibeln gut gelernt. Er war sehr stolz auf Margot.« Ihre Stimme zitterte. »Sie konnte lesen und schreiben.«

»Dann war sie mehr als eine Schankmagd?« beharrte Whittock. »Eine junge Frau, an der ein Mann wie Bartholomew Menster sehr wohl Gefallen finden konnte?«

»Jawohl, Sir. Margot ging nur in Dienst, weil sie unsere Gemeinde verlassen wollte. Margot war ein braves Mädchen«, fuhr Isobel trotzig fort und warf einen bösen Blick auf Mistress Vestler. »Sie wäre eine gute Partie gewesen.«

»Und Eure Schwester hat Euch von ihrer Arbeit geschrieben?«

»Ehrlich gesagt gefiel ihr die Arbeit dort, Sir. Miss Vestler war sehr nett: Sie hat ihr Geld und Kleidung geschenkt und auch ein Stundenbuch.«

»Tatsächlich!« schnurrte Whittock. »Mylord, das ist ein Punkt, auf den wir bald noch zurückkommen werden. Mistress Isobel, in diesen Briefen schrieb Eure Schwester, daß sie Bartholomew Menster kennengelernt hatte, einen Archivar aus dem Tower, der an ihr Gefallen fand, aber Mistress Vestler gefiel das nicht?«

»Ja, das stimmt, einmal hatte Master Bartholomew deshalb einen Streit mit ihr.«

»Aus welchem Grund?« fragte Whittock nach.

»Wie meine Schwester schrieb, hatte Mistress Vestler ihn angefahren: ›Ich wünschte, Ihr ließet diese Sache aus dem Spiel. Ihr wißt, was ich dazu zu sagen habe.‹«

»Und Ihr meint, Mistress Vestler sagte das in bezug auf Eure Schwester?«

»Jawohl, Sir, und Margot war derselben Meinung.«

»Hat Bartholomew Eurer Schwester die Ehe angetragen?«

»Jawohl, Sir. Margot hoffte sehr, daß sie heiraten würden.«

»Hat Eure Schwester auch von anderen Dingen geschrieben?«

»Jawohl, Sir.« Isobel hielt kurz inne und tupfte sich die Augen mit der Manschette ihres braunen Kleides.

Athelstan sah, daß Isobel auf diese Befragung gut vorbereitet worden war. Sie sagte zweifellos die Wahrheit, aber Whittock holte Stück für Stück die Antworten aus ihr heraus, so daß die Jury folgen konnte und begriff, auf was er hinauswollte.

»Erzählt uns davon«, sagte Whittock freundlich.

»Meine Schwester schrieb, Master Bartholomew habe große Hoffnungen, einen verlorenen Schatz zu finden.«

Bei ihren Worten lief ein Raunen durch den Saal. Sir Henry trommelte mit den Fingern aufgeregt auf seine Knie.

»Mylord.« Whittock trat an den Fuß der Stufen und blickte zu den Richtern hinauf. »Es spricht vieles dafür, daß Gundulf, der Bischof von Rochester und Erbauer des Tower, diesen Schatz auf dem Gelände des jetzigen ›Paradiesbaums‹ vergraben hat.«

»Habt Ihr nach diesem Schatz gesucht?« fragte Sir Henry.

»Mylord, ich habe eine sorgfältige Suche in Garten und Keller vorgenommen.« Whittock lächelte. »Dabei haben wir die unverzollten Weinfässer gefunden.«

»Mylord.« Hengan sprang auf. »Ist das von Bedeutung? Ist Mistress Vestler angeklagt, einen Schatz in ihren Besitz gebracht zu haben, ohne es der Krone zu melden? Sie steht wegen Mordes vor Gericht, nicht wegen Betrugs!«

Sir Henry schürzte die Lippen. »Gewiß, gewiß, Master Hengan. Master Whittock, zurück zur Zeugenbefragung.«

»Mylord, Mylord.« Whittock breitete die Arme aus. »Ich möchte dem Gericht damit nur beweisen, daß Mistress Vestler mehr als einen Anlaß gehabt haben mag, gegen Bartholomew Menster einen Groll zu hegen. Es ging nicht nur um die junge Margot, sondern auch um den möglichen Schatzfund.« Er verbeugte sich. »Doch wenn Ihr wünscht, lasse ich diese Frage außer acht.« Whittock wandte sich wieder seiner Zeugin zu. »Wie lange war Eure Schwester im ›Paradiesbaum‹ in Diensten?«

»Etwa drei Jahre.«

»Und sie gab ihr Geld vernünftig aus, für Kleidung, Gewänder?«

»Ja, sie sagte mir, sie führe auf den letzten Seiten ihres Stundenbuches sorgfältig Buch über ihr Geld.«

»Jawohl, jawohl.« Whittock rieb sein Kinn und klopfte mit dem Finger an die Spitze seiner langen Nase. »Würdet Ihr sagen, Eure Schwester war eine vernünftige junge Frau, fleißig und von gutem Verstand?«

»Natürlich!«

»Sie gehörte nicht zu denen, die ...« Whittock machte eine Pause. »... die mitten in der Nacht durchbrennen und all ihr Hab und Gut zurücklassen?«

»Nein, Sir, so etwas hätte sie nicht getan.«

»Aber das hat Mistress Vestler behauptet, als Ihr im ›Paradiesbaum‹ nach Eurer Schwester fragen ließt?«

»Jawohl.«

»Und dann seid Ihr selbst dorthin gegangen?«

»Das war Ende Juli. Ich bin drei Tage geblieben.«

»Und man hat Euch Margots Zimmer gezeigt?«

»Ein Turmzimmer, Sir, oben im Haus. Es war völlig ausgeräumt.«

»Und das, was Eurer Schwester gehört hatte?«

»Mistress Vestler hat gesagt, so habe sie es verlassen. Nichts von dem, was sie hinterlassen hatte, eignete sich zum Verkauf oder zur weiteren Verwendung, deshalb hat sie es verbrannt.«

»Und was war Eure Meinung dazu?«

»Damals fand ich es seltsam, aber vielleicht hatte Margot ja ihre Sachen mitgenommen. Jetzt ...« Ihre Stimme stockte. »Ich kann nicht verstehen, warum Mistress Vestler alles verbrannt hat.«

»Nein, nein«, antwortete Whittock. »Und um ehrlich zu sein, ich kann es auch nicht verstehen.«

Whittock schloß die Befragung mit elegantem Schwung, und Hengan trat an die Schranke und sah Isobel Haden an.

»Ihr steht unter Eid, Madam.«

»Das weiß ich.«

»Und Ihr habt die Wahrheit gesprochen?«

»Gott ist mein Zeuge.«

»Aber damals habt Ihr doch geglaubt, Eure Schwester sei mit Master Menster durchgebrannt?«

»Jawohl, Sir.«

»Und als Ihr zum ›Paradiesbaum‹ kamt, habt Ihr Mistress Vestler geglaubt?«

»Natürlich. Sie schien mir sehr nett zu sein. Margot hatte immer sehr gut von ihr gesprochen.«

»Und jetzt?«

Die junge Frau wurde verwirrt. »Sie hat gesagt, meine Schwester sei durchgebrannt, aber das stimmte nicht. Die ganze Zeit hat ihre Leiche dort unter der Eiche gelegen.« Ihre Stimme zitterte.

»Fällt es Euch schwer, Euch vorzustellen, daß Mistress Vestler Eurer Schwester so etwas Schreckliches zufügen könnte?«

»Ja ...«

»Denkt daran, daß Ihr unter Eid seid!«

»Jawohl, Sir, das fällt mir schwer. Aber warum hat sie denn die Habseligkeiten meiner armen Schwester verbrannt?«

Hengan dankte der jungen Frau. Als sie den Saal verließ, wurde überall getuschelt, sowohl unter den Zuschauern wie den Geschworenen.

»Ich kann es nicht begreifen«, flüsterte Athelstan. »Whittock hat nur ein paar Tage Zeit gehabt, aber er hat eine Sache nach der anderen ausgeschnüffelt.«

»Er ist gut«, antwortete Sir John. »Sie wollen, daß Kathryn hängt. Der ›Paradiesbaum‹ wird dann gründlich durchkämmt.«

Athelstan sah auf, als der Gerichtsdiener den nächsten Zeugen aufrief, einen Burschen mit dürren Beinen, der sein fettiges Haar mit einem roten Band zurückgebunden hatte. Er trug ein verschmutztes Lederwams, eine geflickte Hose und abgewetzte Stiefel. Ein Hausierer oder Kesselflicker, dachte Athelstan, und seine Vermutung erwies sich als richtig, als Matthew Biddlecombe, Hausierer und Händler, seinen Eid ablegte.

»Nun, Sir«, begann Whittock. »Am fünfundzwanzigsten Juni dieses Jahres war ich auf dem Weg nach Canterbury, um am Schrein des Heiligen Thomas à Beckett zu beten.« Er zeigte auf Hengan. »Mein gelehrter Kollege dort drüben war auch auf Pilgerfahrt. Sir Henry Brabazon, unser edler Richter, tagte als Friedensrichter in Middlesex. Mistress Vestler war im ›Paradiesbaum‹. Und wo, Sir, wart Ihr?«

Der Hausierer scharrte mit den Füßen.

»Sie ist sehr nett«, murmelte er.

»Wo wart Ihr?« Whittock schrie fast.

»Ich ziehe in der Stadt herum.« Biddlecombe blickte zu dem Oberrichter auf. »Von Clerkenwall bis nach Westminster. Ich verkaufe Bänder und Spitzen, Nadeln und Flitterzeug ...«

»Und sicher alles von bester Qualität«, unterbrach Sir Henry ihn ironisch.

»Bitte, Master Matthew, weiter.«

»Ich verdiene nicht genug, um eine Kammer zu mieten«, erklärte der Bursche. »Aber Mistress Vestler läßt mich in einem ihrer Schuppen schlafen. Sie gibt mir Ale und kalte Pasteten ...«

»Ja, gewiß«, fuhr Whittock dazwischen. »Euer Bauch geht uns nichts an, Sir, nur das, was Ihr zu sagen habt.« Er schnaufte laut. »Ich habe vom Mittsommertag dieses Jahres gesprochen. Ihr steht unter Eid, Sir. Mit einem Meineid macht Ihr Euch strafbar.«

»Ich weiß«, stammelte Biddlecombe und vermied es, Mistress Vestlers Blicken zu begegnen. »Am Vorabend des Mittsommertags bin ich im ›Paradiesbaum‹ angekommen. Ich hatte vor, drei Tage zu bleiben. Am Feiertag selbst bin ich zu dem Jahrmarkt gegangen, der draußen vor dem Tower abgehalten wird.«

»Und am Tag danach?«

»Ich war an der London Bridge und bin spät zurückgekommen. Ich bin in dem Schuppen eingeschlafen. Es war eine sehr schöne Nacht. Ich wachte auf, weil mir komisch zumute war. In der Schenke war es ganz still, dann hörte ich ein Geräusch im Hof. Als ich die Türe öffnete und hinausspähte, sah ich Mistress Vestler.«

»Und was tat sie?« fragte Whittock ruhig.

»Sie hatte zwei Hacken und einen Spaten in einer kleinen Karre. Ich weiß noch, daß ich sie ganz genau sehen konnte, sie hatte die Schuhe ausgezogen und trug Stiefel.«

»Um wieviel Uhr war das, Sir?«

»Ich weiß nicht. Es war dunkel, aber der Himmel war klar.«

»Und«, fuhr Whittock fort, »ging sie fort oder kam sie zurück?«

»Ja, sie kam zurück. Sie lehnte die Hacke und den Spaten an eine Tür, schob die Karre weg und ging dann in die Waschküche.«

»Ihr fandet das doch sicher merkwürdig? Warum sollte eine Gastwirtin, die so wohlhabend ist und so viele Bedienstete hat, um eine so späte Stunde gärtnern und graben? Das habt Ihr doch sicher gedacht, Master Biddlecombe?«

»Jawohl, Sir.«

»Und was sonst noch?« Whittock lehnte sich zurück wie ein mißbilligender Schulmeister.

»Nun ja, sie war sehr leise, als wollte sie von keinem gehört oder gesehen werden.«

»Da bin ich sicher.« Master Whittock spreizte die Hände und sah Hengan an. Hengan erhob sich nicht einmal von seinem Platz.

»Master Biddlecombe, woher wußtet Ihr, daß es Mistress Vestler war?«

»Sie trug eine Laterne.«

»Danke.« Hengan rieb sein Gesicht: eine Geste, die Verzweiflung ausdrückte.

Aber Whittock war noch nicht fertig. Ein Holzfäller wurde gerufen, leichthin leistete er seinen Eid und erklärte laut und vernehmlich, daß Mistress Vestler ihn am Morgen des 27. Juni beauftragt hatte, die Zweige der Eiche auf der Schwarzen Wiese zu beschneiden.

»Das war sehr früh, nicht wahr?« fragte Whittock.

»Jawohl, Sir. Die Bäume werden in der Regel nicht vor dem Herbst beschnitten, und ehrlich gesagt konnte ich nicht verstehen, warum sie einen so mächtigen Baum beschneiden lassen wollte. Der Baum steht ja ganz allein auf der Schwarzen Wiese.«

»Was hat das mit dem Fall zu tun?« Hengan stand auf, das Gesicht vor Ärger verzerrt.

Sir Henry zog es vor, seiner Unhöflichkeit keine Beachtung zu schenken.

»Master Whittock?« fragte er.

»Aber Mylord, das liegt doch nahe. Die Leichen der beiden Opfer wurden unter der Eiche gefunden. Wenn sich ein Arbeiter um den Baum zu schaffen macht und die Äste beschneidet, werden das Gras und die Erde zertrampelt, und Zweige und Äste fallen zu Boden.«

»Mit anderen Worten ging es Mistress Vestler weniger darum, die Eiche beschneiden zu lassen, als die Erde auf den Gräbern zu verdecken«, bemerkte Sir Henry.

Whittock verbeugte sich. »Mylord sind wie immer äußerst scharfsinnig.«

Als Whittocks letzter Zeuge aufgerufen wurde, wurde es unruhig im Saal. Der Name, Walter Trumpington, sagte Athelstan nichts, aber dann erkannte er den Mann, der aus der Kammer kam und an die Schranke trat, um seinen Eid zu leisten. Es war Evangelium eins. Er hatte Verstand genug, hier auf seine Spielchen zu verzichten, aber er leistete seinen Eid, gab seinen Namen an und behauptete, er gehöre zu einem Orden namens »Vier Evangelien«, der die Nutzungsrechte an einem kleinen Stück der Schwarzen Wiese habe.

»Könnt Ihr Euch noch an den Morgen des sechsundzwanzigsten Juni erinnern?« fragte Whittock.

»Ja.«

»Warum?«

»Mistress Vestler kam zu uns, um mit uns zu reden. Sie fragte, ob wir am Vortag irgend jemanden auf der Schwarzen Wiese bemerkt hatten.«

»Und hattet Ihr jemanden bemerkt?«

»Nein, Sir.«

»Hat Mistress Vestler solche Fragen oft gestellt?«

Evangelium eins schüttelte den Kopf, offensichtlich bemüht, Mistress Vestlers Blick zu meiden.

»Sie war sehr gut und freundlich zu uns, aber ich fand ihre Frage damals sehr merkwürdig.«

Hengan erhob sich zur Befragung, aber Evangelium eins ließ sich nicht davon abbringen: Er und seine kleine Gemeinschaft erinnerten sich ganz deutlich daran.

Dann rief Brabazon Kathryn Vestler auf.

Hengan gab sich alle Mühe, ihre guten Taten, ihren hervorragenden Ruf und Charakter herauszustellen, aber er konnte nichts vorbringen, was die Aussagen so vieler Zeugen erschüttert hätte. Whittock machte sich ans Werk wie ein Wiesel an ein Kaninchen, er biß zu und riß. Wieder weigerte sich Mistress Vestler, sich zum Schatz des Gundulf oder zu der Bezichtigung der Schmuggelei zu äußern. Sie bekannte, Margot Hadens Kleidungsstücke und Hab und Gut verbrannt zu haben. Sie gab zu, den Holzfäller beauftragt zu haben und machte nicht einmal den Versuch, der Zeugenaussage des Hausierers zu widersprechen.

»Was ich wann und wie auf meinem Grund und Boden mache, ist meine Sache!« erklärte sie trotzig.

Sie leugnete auch nicht, Evangelium eins angesprochen und ihm die besagte Frage gestellt zu haben.

Athelstan hörte dem Verhör nicht richtig zu. Er musterte Mistress Vestler eingehend. Sie stand blaß, aber entschlossen und frei von aller Selbstgefälligkeit im Zeugenstand. Athelstan sah ein, daß die Logik, ja, daß jedes einzelne Beweisstück gegen sie sprach, und trotzdem war etwas zutiefst falsch. Er spürte, daß sie log – aber warum?

Die Gerichtsdiener traten zusammen, um Oberrichter Brabazon zu fragen, ob es eine Pause geben würde, aber er winkte mit seinem Rosmarinzweig ab: Er hatte Blut gerochen, die Jagd würde weitergehen, bis das Wild erlegt war.

Whittock faßte die Zeugenaussagen zusammen. Danach kam Hengan an die Reihe und lieferte ein leidenschaftliches und wortgewandtes Plädoyer zugunsten seiner Mandantin, aber seine Verzweiflung war offenbar. Einmal ließ er sogar durchblicken, daß die Krone vielleicht eine Begnadigung für alle vergangenen Vergehen erwägen könnte, wenn Mistress Vestler den Schatz des Gundulf präsentieren könnte. Sir Henry zog es vor, darauf nicht einzugehen. Er beriet sich mit seinen Richterkollegen und gab dann eine knappe, aber vernichtende Zusammenfassung des Falls gegen Mistress Vestler. Eine Stundenkerze wurde angezündet. Die Geschworenen zogen sich zurück, aber die Kerze war kaum angezündet, da trat der Sprecher der Geschworenen wieder vor und erklärte, sie seien zu einem Urteilsspruch gelangt. Die Geschworenen nahmen wieder auf ihrer Bank Platz. Der Gerichtsdiener las noch einmal die Klage vor und läutete eine Handglocke.

»Geschworene!« hob er an. »Seht die Gefangene an. Befindet ihr sie für schuldig oder nicht schuldig im Sinne der Anklage?«

»Schuldig ohne Gnadenempfehlung!« war die unerbittliche Antwort des Sprechers.

Kathryn Vestler schwankte kurz. Hengan schlug die Hände vors Gesicht. Sir John wischte sich die Augen, aber Athelstan schaute mit zusammengepreßten Händen zu, wie das kleine Stück schwarzer Seide auf Brabazons Käppchen angebracht wurde.

»Kathryn Vestler«, begann er, »Ihr seid des grausamen Verbrechens, dessen Ihr bezichtigt wurdet, für schuldig befunden worden. Geschworene Euresgleichen haben entschieden, daß Ihr Bartholomew Menster und Margot Haden auf arglistige und verabscheuungswürdige Weise umgebracht habt. Ihr behauptet, eine Frau von gutem Ruf zu sein. Das Gericht kann das nicht glauben. Wir sehen keinen Grund, warum das Gesetz nicht in aller Unbeugsamkeit auf Euch angewandt werden sollte.« Er hielt inne. »Kathryn Vestler, dieses Gericht fällt das Urteil, daß Ihr an den Ort, von dem Ihr gebracht wurdet, zurückkehrt und dort in Ketten gelegt werdet. Am nächsten Montag sollt Ihr um die Stunde vor Mittag zum rechtmäßigen Hinrichtungsort in Smithfield gebracht und an der Gurgel hängen, bis Ihr tot seid, und sodann in einem Gemeinschaftsgrab verscharrt werden. Möge sich der Herr Eurer Seele erbarmen!« schloß Sir Henry. »Büttel, führt sie hinaus! Geschworene, seid bedankt, ihr seid entlassen.«

Kathryn Vestler wurde sofort hinausgebracht. Athelstan hörte die Buhrufe und Schreie von draußen, als sie zu dem Hinrichtungskarren geführt wurde. Sir Henry und das ganze Gefolge des Gerichts zogen aus dem Saal. Sir John saß mit gespreizten Beinen und aufgestützten Armen da und starrte zu Boden.

»Es tut mir leid, Stephen«, murmelte er, als könnte ihn sein toter Freund hören. »Es tut mir leid, aber ich konnte mehr nicht tun.«

Hengan saß immer noch auf dem Anwaltssitz, er war blaß und schweißgebadet.

»Kommt mit, Mann!« rief Sir John ihm zu. »Dies ist nicht der Ort und nicht die Zeit für Tränen.«

Sie verließen die Guildhall durch einen Seiteneingang. Ein Quacksalber eilte herbei und bot ihnen ein sicheres Mittel gegen Mundfäule an.

»Ein Destillat aus Salbeiwasser!«

Aber als er den Ausdruck auf dem Gesicht des Coroners sah, packte er seinen Bauchladen und machte sich aus dem Staub.

Sir John marschierte die Cheapside hinauf, Athelstan ging an Hengans Seite. Von Zeit zu Zeit warf er einen Blick auf ihn; der Anwalt sah zutiefst bestürzt aus, seine Lippen bewegten sich tonlos, und er betupfte sein schweißbedecktes Gesicht mit einem Tuch. Die Menge ringsum, die Männer und Frauen, die Gehilfen, die um Kundschaft buhlten, die Ausrufer, die alle Haushalte dazu anhielten, für den Fall eines Feuers immer ein Faß mit Wasser in der Nähe der Tür zu haben – all das schien er gar nicht wahrzunehmen.

Sir John war auch nicht in der Laune, sich ablenken zu lassen. Leif, der Bettler, humpelte herbei, aber Sir John hob die geballte Faust, und der Bettler hüpfte davon, als wüßte er, daß jetzt nicht der Zeitpunkt für seine lästigen Bitten war.

Im »Lamm Gottes« angekommen, setzte Sir John sich auf die Bank am Fenster und verlangte barsch nach einer Fleischpastete und drei Humpen Ale. Athelstan spürte, daß ihm Mund und Kehle wie ausgetrocknet waren. Er konnte das Geschehene nicht glauben. Er beugte sich vor und ergriff Hengans Hand, die kalt wie Eis war.

»Ihr habt Euer Bestes getan, Master Ralph.«

»Ich wünschte, ich könnte mehr tun«, preßte der Anwalt hervor. »Ich sagte Euch schon, Bruder, ich bin Mistress Vestlers Testamentsvollstrecker. Sobald ich mich etwas erfrischt habe, gehe ich zum ›Paradiesbaum‹, um ihn vom Dach bis zum Keller zu durchsuchen. Und ich werde Gundulfs Gold für Euch finden, Sir Jack, der alten Freundschaft willen.«

»Wenn Ihr es findet«, erwiderte Sir John und setzte seinen Humpen ab, »dann werde ich sofort bei Lord von Gaunt um eine Audienz ersuchen. Das werde ich ohnehin tun. Ein Aufschub der Hinrichtung, eine Begnadigung vielleicht? Wer weiß, vielleicht erklären sie sich sogar bereit, Kathryn Vestlers Strafe in ein Wergeld umzuwandeln, und lassen es dabei bewenden?«

»Das glaubt Ihr doch nicht im Ernst?« fragte Athelstan.

Sir John schüttelte den Kopf. »Dieser Mord ist mit verbrecherischem Vorsatz begangen worden. Mistress Vestler hat sich geweigert, sich schuldig zu bekennen, und Bartholomew war ein königlicher Beamter. Die Krone wird Bitten um Strafmilderung kein Gehör schenken.«

»Woher hat Whittock all dies gewußt?« fragte Athelstan.

Hengan starrte in seinen Humpen.

»Ralph?«

»Es tut mir leid. Ich dachte gerade darüber nach, wie zufrieden die Krone sein muß, daß die Brokestreet tot ist. Sie war ja schließlich eine verurteilte Verbrecherin, die einen Mann mit einem Spundhahn erstochen hat. Jetzt werden die Gerüchte den Mord an ihr Kathryn Vestler in die Schuhe schieben. Die Klatschmäuler werden behaupten, der Mord an der Brokestreet sei in ihrem Interesse gewesen, Kathryn hatte Umgang mit Gesetzlosen und Schmugglern, und diese hätten die Bluttat verübt. Es tut mir leid, Bruder, ich bin durcheinander. Was ich sagen will, ist, daß jedes Gnadengesuch abgelehnt wird. Mistress Vestler gilt als mehrfache Mörderin. Ich muß diesen Schatz finden.« Er hielt inne. »*Thesaurus in ecclesia prope turrem:* ich frage mich, was das zu bedeuten hat?« Er lächelte Athelstan an. »Entschuldigt, Bruder, Ihr hattet mir eine Frage gestellt?«

»Wie konnte Master Whittock all diese Zeugen beibringen?«

»Das ist einfach«, sagte Sir John. »Daran habe ich selbst gedacht. Das waren ihre Rechnungsbücher, Master Ralph, nicht wahr?«

Der Anwalt nickte. »Ja, die Rechnungsbücher haben eine große Rolle gespielt, Sir John. Sie führen alle Gelder auf, die Kathryn Vestler für Margot Haden ausgegeben hat, einschließlich der Pennies für Boten, die ihrer Schwester Briefe überbrachten. Dasselbe gilt wohl für den Baumbeschneider und Master Biddlecombe. Whittocks Gehilfen haben jeden von ihnen aufgesucht.« Er leerte seinen Humpen und sprang auf. »Sir John, Bruder Athelstan: Heute ist Donnerstag. In drei Tagen soll Mistress Vestler hängen. Ich will sehen, was sich ausrichten läßt.«Athelstan folgte ihm mit den Blicken, dann lenkte ihn ein Bettler ab, der hereinkam und ein Wiesel zum Verkauf anbot. Sir John warf dem Burschen eine Münze zu und sagte ihm, er solle verschwinden.

»Wir können nicht viel tun, Bruder, nicht wahr?«

Athelstan stand auf. »Ihr könnt beten, Sir John, und wir beide können nachdenken.«

Er verabschiedete sich mit abwesender Miene und ging. Sir John war so verwundert, daß er noch einen Humpen Ale bestellen mußte, um wieder klar denken zu können.

Unterdessen trottete der kleine Ordensbruder die Cheapside hinab. Während er ging, schlug er seine Kapuze hoch und verschränkte die Hände in den Ärmeln.

»Ist es nicht sonderbar?« sagte er zu sich selbst. »Sir John und ich.«

Er hielt inne. Ja, das war es, was ihn so verwirrte. Er und der Coroner jagten Mörder und sorgten dafür, daß ihnen die gerechte Strafe widerfuhr. Und jetzt war er verzweifelt bemüht, eine Mörderin zu befreien.

Athelstan überquerte die London Bridge. Auf halbem Wege hielt er inne und trat in die Kapelle des Heiligen Thomas à Beckett. Er saß in dem kühlen Dämmerlicht und starrte auf das ewige Licht in der Apsis. Er konnte sich kaum auf ein Gebet konzentrieren. In seinem Kopf wirbelte alles durcheinander: die Szenen bei Gericht, die Zeugen, die die Hand zum Schwur hoben; Whittocks hartnäckige Fragen, Brabazons Lächeln, die düsteren Blicke der Geschworenen. Mistress Vestler, die angespannt, aber trotzig dagestanden hatte. Athelstan bekreuzigte sich und ging hinaus.

Als er St. Erconwald erreichte, war der Kirchplatz leer, aber das Portal stand offen, deshalb schlüpfte Athelstan hinein. Huddle, der Maler, saß verträumt auf einem Schemel. Dieser selbsternannte Künstler der Gemeinde war entschlossen, mit Bruder Athelstans großzügiger Unterstützung jede freie Stelle der Kirchenwände mit seinen Kunstwerken zu bedecken.

»Worüber sinnst du nach, Huddle?«

»Die Hochzeit von Kanaan. Ich habe Eleanor und Oswald. Joscelyn kann der Weinkoster sein und Benedicta unsere Gute Frau. Sir John würde einer der Gäste sein. Stellt Euch das doch mal vor, Bruder!«

»Und was wird die Frau von Grabenbauer Pike?«

»Sie ist natürlich Herodes' Frau.«

»Herodes' Frau war nicht auf der Hochzeit von Kanaan.«

»Woher wollen wir das wissen, Bruder?«

Athelstan klopfte ihm auf die Schulter.

»Hast du den Kirchenschlüssel?«

»Benedicta hat ihn mir gegeben. Sie hat mir auch eine Schale von dem Kaninchenragout gegeben, das sie für Euch gekocht hat. Es steht in der Küche. Ich habe mir auch ein wenig Ale genommen.«

»Wir sind eine Gemeinde, die wirklich alles brüderlich teilt«, bemerkte Athelstan.

Er sah nach Philomel. Das Pferd lag so still, daß Athelstan schon meinte, es sei tot, aber es schlief nur. Auf dem Friedhof sonnte sich Godbless auf einem der Grabsteine, während Thaddäus seelenruhig neben ihm graste.

Athelstan ging auf Zehenspitzen zurück. Das Haus war aufgeräumt. Bonaventura war draußen, und Athelstan setzte sich in den Stuhl neben dem leeren Kamin. Etwas beschäftigte ihn. Etwas, das er an diesem Morgen gesehen und gehört, aber nicht beachtet hatte. Er rief sich Master Whittocks Fragen in Erinnerung, die Reihe der Zeugen, die er aufgerufen hatte.

Athelstan suchte nach dem alten Hauptbuch. Er setzte sich an den Tisch und blätterte darin. Ja, es paßte alles zusammen. Mistress Vestler war eine gute Haushälterin. Sie und ihr Mann hatten ihre Bücher makellos geführt. Erworbene Artikel, Gäste, die gekommen waren, Almosen, die man Bettlern gegeben hatte. Er sah den Namen des Hausierers Biddlecombe, eines regelmäßigen Besuchers, dem oft im Schuppen draußen frisches Stroh zum Bett aufgeschüttet wurde. Athelstan wurden die Lider schwer, und er wollte die Seite schon umdrehen, als sein Blick auf einen Kauf fiel, den Kathryns Mann getätigt hatte.

Vierzehn

Athelstan ging sorgfältig das ganze Hauptbuch durch und stellte fest, daß es außer den beiden Einträgen, die er schon bemerkt hatte, noch weitere gab. Insgeheim bewunderte er ihre Genauigkeit. Kein Wunder, daß der Kronanwalt eine so überzeugende Beweisführung präsentieren konnte. Der Verdacht, der ihn schon seit einiger Zeit plagte, nahm allmählich Gestalt an. Athelstan dachte voll Traurigkeit an die Macht der Liebe, an den Schaden und das Gute, das sie bewirken konnte. Immer wieder ging er die Aufzeichnungen durch und wünschte, er hätte auch die anderen Rechnungsbücher zur Verfügung. Es wurde Abend, Bonaventura kam zurück und bettelte um Milch und etwas zu fressen.

»Du bist ein Gauner, weißt du das?« schalt Athelstan ihn. »Du gehst in den Gassen auf Beutezug und kommst schlechtgelaunt nach Hause.« Er sprang auf. »Schlechtgelaunte Katzen kommen nie in den Himmel, Bonaventura. Wenn du keine Jesuskatze bist, gibt es nicht viel Hoffnung für dich.«

Bonaventura strich um die Beine des Ordensbruders und verlieh seinen Forderungen hartnäckig Ausdruck, bis Athelstan ihm eine Schale Milch holte. Huddle brachte den Schlüssel vorbei, und Athelstan machte einen Rundgang, um sich zu vergewissern, daß alles in Ordnung war. Er war zu müde, um die Sterne zu studieren, deshalb ging er früh zu Bett. Beim Einschlafen dachte er an Kathryn Vestler, die in Ketten in der Zelle der zum Tode Verurteilten saß, und er sprach ein kurzes Gebet für sie.

Am nächsten Morgen überraschte Athelstan Crim damit, daß er die besonderen roten Gewänder herausnahm, die nur dem Pfingstfest vorbehalten waren: ein prächtiges Meßgewand mit einem aufgestickten Kreuz in Gold und Silber auf der Vorder- und Rückseite.

»Wir brauchen Gottes Hilfe«, sagte er zu dem Meßdiener, der kaum die Augen offenhalten konnte. »Ich bezweifle, daß die Gemeinde heute morgen sehr zahlreich erscheint; es wird ein paar Tage dauern, bis die Nachwirkungen des Festes überwunden sind.«

Athelstan las die Messe und betete zu Gott, daß er ihn so unschuldig wie eine Taube und so listig wie eine Schlange machen solle.

»Denn, Herr«, so schloß er, »heute muß Gerechtigkeit geübt werden.«

Athelstan beendete die Messe, frühstückte in aller Eile und schloß Haus und Kirche ab. Er eilte durch die Straßen zum Fluß hinunter. Dabei begegnete er zwar dem einen oder anderen Mitglied seiner Gemeinde, doch er hielt die Augen gesenkt, um nicht abgelenkt oder in ein Gespräch verwickelt zu werden. Der Flußnebel hing noch tief, aber ein schweigsamer Moleskin ruderte ihn bald zur anderen Seite hinüber. Auf dem Fischmarkt wurden gerade die Stände geöffnet, als Athelstan auf den Kai sprang. Dann eilte er durch Petty Wales zum ›Paradiesbaum‹. Der Schankmeister trat aus dem Haus und kam ihm entgegen; er sah etwas betreten aus und rieb sich verlegen die Hände.

»Es tut mir leid, Bruder«, sagte er, während er den Ordensbruder in den Schankraum führte, wo die Spuren des vorherigen Abends noch nicht beseitigt waren. »Ich hatte keine Wahl. Master Whittock war so hartnäckig.«

Athelstan setzte sich in die Nähe des Fensters und blickte in den Garten hinaus. Er genoß den frischen, frühen Morgen. Spatzen zankten sich in den Bäumen, Schwalben stießen herab und segelten über die Blumenbeete, auf denen noch der weiße Morgenreif lag. Dann wandte er sich an den Schankmeister.

»Bitte bringt mir einen Becher Wein mit Wasser und etwas Brot und Käse.« Der Mann eilte fort. Dann und wann steckte ein Dienstbote den Kopf aus der Küchentür, um einen Blick auf den kleinen Ordensbruder zu werfen, der sich so in die Angelegenheiten ihrer Herrin vertieft hatte. Athelstan hoffte, Sir John würde nicht zu lange auf sich warten lassen. Vor der Messe hatte er Godbless aufgetragen, dem Coroner die dringende Nachricht zu überbringen, daß er ihn hier erwartete.

»Am Montag bleibt die Taverne geschlossen«, erklärte der Schankmeister voll Trauer. »Und was soll dann werden, Bruder?«

»Ich weiß es nicht. War Master Hengan gestern hier?«

»Jawohl, Sir, und er hat eine ganz eingehende Suche durchgeführt.«

Athelstan dankte ihm und wandte sich um. Er hörte Hundegebell und Sir Johns Glockenstimme: »Um Gottes Willen, Henry, halt mir diesen verdammten Hund vom Leib!«

Sir John kam in den Schankraum, gefolgt von Flaxwith und dem ewig sabbernden Samson. Der Coroner klatschte in die Hände und schaute sich lächelnd um, aber Athelstan sah, daß es ein aufgesetztes Lächeln war: Seine Lider waren schwer und seine Gesichtszüge gequält. Er hatte noch nicht einmal sein Hemd und Wams gewechselt. Er ließ sich auf den Schemel gegenüber fallen und warf seinen Biberpelzhut auf den Tisch.

»Ich weiß nicht, wie du es hältst, Bruder, aber ich werde am Montag nicht in London sein. Flaxwith!« Er wandte sich an seinen so geduldigen Oberbüttel. »Geh zu den anderen und nimm Samson mit!«

»Nein, Henry!« Athelstan winkte ihn zu sich. »Ich möchte dich um einen größeren Gefallen bitten. Führe deinen hübschen Hund auf der Schwarzen Wiese aus. Sag diesen sonderbaren Gestalten, die in der Kate am Fluß leben, den Vier Evangelien, daß der Lord Coroner und

Bruder Athelstan unter der Eiche mit ihnen sprechen möchten.«

Flaxwith ging hinaus. Sir John sah seinen Gefährten aus zusammengekniffenen Augen an.

»Was soll das, Bruder?«

»Trinkt Euer Ale!« antwortete Athelstan.

Der Coroner gehorchte, aber seine Ungeduld war offensichtlich.

»Auf geht's!« Athelstan sprang auf. »Kommt schon, Sir John. Ich habe ein paar Überraschungen für Euch.«

Es war ein schöner Garten. Athelstan ging an der Sonnenuhr vorbei und bemerkte, wie das bronzene Zifferblatt im Licht der frühen Morgensonne glänzte.

»Eins nach dem anderen«, flüsterte er.

An dem Tor, das zur Schwarzen Wiese führte, blieb Cranston stehen.

»Um was geht es hier überhaupt, Bruder?«

»Um Walter Trumpington.«

Cranston runzelte die Stirn.

»Walter Trumpington«, wiederholte Athelstan. »Sagt Euch der Name nichts?«

»Ja, natürlich, das ist dieser Schurke, Evangelium eins.«

»Und Kathryn Vestler?«

»Was ist mit ihr, Bruder?«

»Was ist ihr Mädchenname?«

»Ach, das weiß ich nicht mehr. Sie kam aus einem Dorf bei Cambridge. Sie und Stephen haben vor Jahren geheiratet …« Sir John sah ihn mit offenem Mund an. »Doch nicht etwa Trumpington?«

»Doch, Sir John. Ich vermute, unser Evangelium eins ist Kathryns jüngerer Bruder.«

»Aber das hat sie nie erwähnt.«

»Niemand hat sie gefragt. Die Rückkehr des Erzengels Michael schert ihn so viel wie den Hund von Flaxwith. Kommt mit, Sir John, ich will es Euch beweisen.«

Die Vier Evangelien hatten sich unter den ausladenden

Ästen der Eiche versammelt. Sie murmelten die üblichen Begrüßungen und Entschuldigungen.

»Wir hatten keine Wahl«, heulte Evangelium eins. »Master Whittock war so hartnäckig.«

»Zeigt mir mal eine von euren Medaillen«, verlangte Athelstan. »Als ich zum ersten Mal hier war, wolltet ihr mir eine schenken.«

Der Bursche nahm eine Medaille aus seiner Tasche.

»Sie ist eigens geweiht ...«

»Ach, haltet den Mund!« Athelstan richtete sich auf und sah dem Mann direkt ins Gesicht. »Wißt Ihr was, Walter Trumpington? Es wird noch lange dauern, bis ich einem von Eurer Sorte begegne, der auch nur einen Funken Frömmigkeit hat!«

Evangelium eins sah ihn beleidigt und verwirrt an.

»Wollt Ihr mir jetzt auch etwas vorspielen? Warum habt Ihr es dem Gericht nicht gesagt? Warum habt Ihr mir oder Master Whittock nicht gesagt, daß Ihr Kathryn Vestlers jüngerer Bruder seid? Ich habe in einem alten Rechnungsbuch einen Eintrag gefunden. Ihr habt alles versucht, Walter, nicht wahr? Hausierer, Kesselflicker, Quacksalber, Soldat? Aber wenn schlechte Zeiten kommen, geht es immer zurück zu Schwester Kathryn, um von ihr durchgefüttert zu werden. Sie hat ein gutes Herz, nicht wahr? Und Ihr steht hier mit Euren drei Schwestern und spielt das Unschuldslamm. Ich werde Euch die Wahrheit sagen, Walter: Ihr seid ein Zuhälter, und diese drei Damen hier sind Huren.«

»Wie könnt Ihr es wagen!« kreischte eine von ihnen.

»Halt den Mund!« knurrte Sir John. Er war nicht minder überrascht als die vier, aber Athelstans Zornesausbruch gefiel ihm. »Noch ein Ton«, sagte der Coroner und zeigte auf Flaxwith, der, von Samson gefolgt, in einiger Entfernung auf und ab spazierte, »dann rufe ich meinen Büttel, der legt euch übers Knie und versohlt euch den Hintern! Also, mein Herr!« Er stupste Evangelium eins in die Brust. »Entweder Ihr beantwortet die Fragen meines Secretarius, oder ich lasse Euch aus der Stadt vertreiben.«

»Ich weiß nicht, wie Ihr es angestellt habt, wie Ihr sie überredet habt«, fuhr Athelstan fort, »aber als Walter Trumpington von Stephen Vestlers Tod erfuhr, beschloß er, zum ›Paradiesbaum‹ zurückzukehren. Solange der Gastwirt noch am Leben war, hielt er ein wachsames Auge auf die Großzügigkeiten, die seine Frau ihrem jüngeren Bruder erwies, aber als er tot war, kamt Ihr zurück. Sie ist eine liebenswerte Frau, Walter, nicht wahr?« Athelstan hielt inne und sah in den Baum hinauf, wo eine Amsel zu singen begann.

»Sie liebt Euch bedingungslos, nicht wahr? Ihr seid das schwarze Schaf der Familie. Ich wette, Ihr könnt gut den verlorenen Sohn oder in diesem Fall eher den verlorenen Bruder spielen. In Wirklichkeit aber seid Ihr ein hinterlistiger Mensch. Kathryn überläßt Euch die Kate am Rand der Schwarzen Wiese. Ihr gebt vor, einer unserer Propheten der Letzten Tage zu sein. Dabei habt Ihr die Finger in einem ganz lukrativen Geschäft: Ihr kauft geschmuggelten Wein von den Schiffen und verkauft ihn dann an Kathryn und ihresgleichen, die Euch nichts abschlagen können. Ich wüßte gern, wieviel Silber und Gold Ihr unter den Bodendielen dieser Kate versteckt habt.«

»Darf ich mich setzen?« Walters Gesicht bekam einen flehenden Ausdruck. »Mir ist nicht gut, Bruder.«

»Natürlich.«

Evangelium eins und seine drei Schwestern ließen sich auf die Knie nieder. Athelstan ging in die Hocke, um ihnen ins Gesicht zu sehen.

»Es war in der Tat ein raffinierter, schlauer Plan«, fuhr er fort. »Auf der einen Seite Eurer Kate schlängelt sich der Fluß vorbei, auf dem die Gaunereien wie Unkraut blühen. Auf der anderen Seite liegt eine unbenutzte Wiese und ein gutgehendes Gasthaus, das im Besitz einer alles verzeihenden Schwester ist. Kein Wunder, daß Ihr jede

Nacht ein Feuer entzündet habt: Schmuggler brauchen ein Leuchtfeuer, das sie ans Ufer führt.«

»Davon habe ich Euch aber erzählt«, murmelte Evangelium eins.

»Unfug! Es gab keine Barken voll mit vermummten, schattenhaften Gestalten, das habt Ihr gesagt, um uns irrezuführen. Als Sir John, der Coroner der Stadt, und ich mit einem Gefolge von Bütteln auf der Schwarzen Wiese auftauchten, müßt Ihr doch zu Tode erschrocken sein. Aber das ist nicht alles, was Ihr treibt, nicht wahr, Sir? Auf der Themse wimmelt es von Kriegsschiffen des Königs, den Koggen mit Wolle und Barken mit Wein. Die Seeleute bekommen manchmal keinen Landgang; was gibt es besseres für die nach Frauen lechzenden Seeleute als die kleinen Proviantboote herabzulassen und zu einem Schäferstündchen mit einer dieser Damen hier flußaufwärts zu rudern? Und welcher Ort könnte, besonders im Sommer, besser für die Liebe geeignet sein als die Hecken der Schwarzen Wiese? Kein Wunder, daß der Menschenfischer nachts sonderbare Laute und Schreie gehört hat.«

»Wißt Ihr, was für eine Strafe darauf steht?« fragte Sir John. »Für die Unterhaltung eines Bordells könnt Ihr an einen Karren gebunden quer durch die ganze Stadt gepeitscht werden.«

»Und das Gold?« fragte Athelstan. »Was ist mit dem Schatz des Gundulf?«

»O nein!« Evangelium eins machte eine abweisende Handbewegung. »Darin war Mistress Vestler unerbittlich: Die Schenke durfte ich nicht betreten. Kathryn kann sehr streng sein. Sie hat mir die Kate und das Stück Land unter der Bedingung gegeben, daß ich sie und das Gasthaus in Ruhe ließ.«

»Habt Ihr Euch deshalb auf das Geschäft mit Master Whittock eingelassen?« fragte Athelstan. »Habt Ihr eine Seele? Habt Ihr ein Herz? Ist Euch klar, daß Eure Schwester am Galgen enden kann? Wolltet Ihr deshalb dem Kronanwalt schmeicheln? Um Euren Platz hier behalten zu können?«

»Ich bin ein Schurke!« Evangelium eins verzog sein Gesicht zu einer häßlichen Grimasse. »Und es stimmt, Bruder, ich habe mich in der ganzen Welt herumgetrieben.« Er hielt inne. »Woher wißt Ihr von den Damen?«

»Ach, eine Bemerkung des Menschenfischers. Ihr habt ihn gesehen, wie er den Fluß nach Leichen absucht, und da war auch noch jemand anders.« Athelstan lächelte. »Tote reden nämlich doch. Erinnert Ihr Euch an einen merkwürdigen Burschen, den sogenannten Prediger? Groß, schwarzhaarig, das Gesicht sonnenverbrannt?«

»Es kann sein, daß er hier gewesen ist.«

»Er hat Euch eines der billigen kleinen Michaelsmedaillons abgekauft. Er hat sich in Southwark eine arme Hure genommen, und dann sind die beiden umgebracht worden. Das Medaillon wurde bei ihm gefunden. Aber es geht ja um Eure Schwester: Ihr habt Whittock Auskunft gegeben?«

Evangelium eins fuhr sich mit der Zunge über die scharfen weißen Zähne; der Anblick erinnerte Athelstan an einen hungrigen Hund.

»Er kam zu uns«, meldete sich eine der Frauen zu Wort. »Er fragte, ob wir etwas Verdächtiges gesehen hätten.«

»Aber was Ihr ihm gesagt habt, war nicht die Wahrheit«, beharrte Sir John.

»Nein, Mylord Coroner, es war nicht die Wahrheit«, fauchte Evangelium eins. Er erhob sich und stand mit gespreizten Beinen da.

Dann hielt er inne und ließ seinen Blick über die Wiese schweifen. Flaxwith saß inzwischen an der Hecke, einen Arm um seinen geliebten Mastiff gelegt.

»Der Anwalt ist zu uns gekommen. Er hat Fragen gestellt. Ich merkte, daß er ohne eine Antwort nicht weggehen würde. Ich habe ihm die Wahrheit gesagt, oder zumindest die halbe Wahrheit. Kathryn kam am Morgen des sechsundzwanzigsten zu uns. Sie hat gefragt, ob ich auf der Schwarzen Wiese jemanden gesehen hätte, den ich kannte. Ich habe nein gesagt.«

»Und das war die halbe Wahrheit?«

»Ja, in der vorhergehenden Nacht waren meine Mädchen hinter der Hecke beschäftigt. Es war eine warme, milde Nacht. Ich wollte ein bißchen spazierengehen.« Er warf Athelstan einen Blick zu. »Davon habe ich Whittock nichts gesagt. Ich sah nämlich den Schein einer Laterne, nur ein kleiner Punkt, deshalb schlich ich den Hügel hinauf.«

»Und was habt Ihr da gesehen?«

»Meine liebste Schwester Kathryn. Sie grub. Oder besser gesagt, sie hatte gerade eine Grube ausgehoben. Jetzt war sie dabei, Erde hineinzuschaufeln.«

»Wart Ihr nicht neugierig?«

»Bruder, mein Leben besteht darin, mich nicht in die Angelegenheiten anderer Leute zu mischen. Ja, ich habe mich gefragt, was sie dort mitten in der Nacht vergrub. Ich wollte sogar selbst nachsehen.«

»Und das habt Ihr auch getan, nicht wahr?« fragte Athelstan. »Lügt nicht!«

»Ja, Bruder, ein paar Tage später habe ich es getan. Ich stieß auf einen stinkenden Leichnam, deshalb warf ich die Erde wieder darüber und rührte nichts weiter an.«

Athelstan sah den schreckensstarren Coroner an.

»Sehr Ihr, wenn ich meiner Schwester wirklich hätte schaden wollen, hätte ich meinen Eid ablegen und davon erzählen können.«

»Habt Ihr Eure Schwester nie darauf angesprochen?«

»Das habe ich doch schon beantwortet, Bruder. Kathryn ist gütig. Sie hat sehr viel für mich getan. Am liebsten hätte ich die Leichen herausgeholt und in den Fluß geworfen. Aber ich habe ein bißchen Wein geschmuggelt und meinen Mädchen erlaubt, sich mit ein paar Matrosen zu vergnügen. Was wollt Ihr jetzt tun, Coroner? Werdet Ihr mich verhaften?«

»Nein.« Sir John wandte sich ab. »Heute ist Freitag. Am Dienstag komme ich wieder, dann seid Ihr hier verschwunden.«

»Ihr bekommt keine Schwierigkeiten«, setzte Athelstan hinzu, öffnete seinen Beutel und zog ein Stück Pergament heraus. »Aber Ihr müßt mir eine Frage beantworten.« Ein nervöses Kribbeln durchlief ihn, als er sich anschickte, den Hauptgrund für dieses Treffen anzuschneiden. »Als Ihr vor Gericht ausgesagt habt, hat Master Whittock gefragt, welche Frage Eure Schwester Euch am sechsundzwanzigsten Juni gestellt hat.«

»Ob ich auf der Schwarzen Wiese jemanden gesehen hatte, den ich kenne?«

»Schaut Euch diese Liste an«, sagte Athelstan. »Ihr könnt lesen?«

»Natürlich, Bruder.« Evangelium eins grinste. »Mein Vater hat immer gesagt, die Schule war der Anfang meines Verderbens.«

»Das ist eine Liste der Leute, die häufig in den ›Paradiesbaum‹ kommen. Welche dieser Personen kennt Ihr?«

Evangelium eins las die Liste aufmerksam durch. Athelstan zwinkerte Sir John zu. Er hatte die Namensliste an diesem Morgen in klaren, runden Buchstaben niedergeschrieben.

»Diesen hier«, sagte Evangelium eins und tippte mit dem Finger auf einen Namen. »Und sie natürlich und ihn auch, aber die beiden sind ja tot.«

»Sonst noch jemand?« fragte Athelstan. »Habe ich jemanden auf der Liste vergessen?«

Evangelium eins schüttelte den Kopf und gab ihm das Stück Pergament zurück.

»Habt Ihr sonst noch eine Frage, Bruder?«

»Nein, Sir.« Der Ordensbruder wandte sich um. »Engel kommen vielleicht nicht immer rechtzeitig«, erklärte er,

»aber Gottes Wege sind manchmal wundersam. Walter Trumpington, meine Damen, ich werde Euch nicht wieder belästigen.«

Athelstan ging zurück zum »Paradiesbaum«, und ein verwirrter Sir John folgte ihm auf dem Fuße.

Sie setzten sich in den Garten, wo sich Flaxwith zu ihnen gesellte. Cranston brachte Samson schnell eine große gekochte Wurst aus der Küche. Der Hund schnappte sie und fletschte seinen Wohltäter boshaft an.

»Halt ihn mir bloß vom Leib, Henry!«

Ein düster blickender Schankgehilfe brachte ihnen Humpen mit Ale.

»Master Flaxwith«, sagte Athelstan, »wenn du dein Ale getrunken hast, möchte ich dich bitten, zu Master Ralph Hengan zu gehen. Du weißt, wo er wohnt?«

Flaxwith nickte.

»Bring ihn her. Sag ihm, wir erwarten ihn unter der großen Eiche auf der Schwarzen Wiese.«

»Und wenn er beschäftigt ist?«

»Keine Sorge, er wird schon kommen. Sag ihm, wir hätten den Schatz des Gundulf gefunden.«

Flaxwith verschluckte sich an seinem Ale. Cranston ließ fast seinen Humpen fallen, sogar Samson hörte auf, an seiner Wurst zu kauen.

»Bruder, bist du von Sinnen?«

»Nein, Sir John, ich bin durchaus bei Sinnen. Der Schatz befindet sich in unserer unmittelbaren Nähe. Master Flaxwith, bitte geh jetzt.«

Flaxwith leerte seinen Humpen und eilte davon, Samson trottete hinter ihm her.

»Wo ist der Schatz, Bruder?« flüsterte Sir John.

»Hier im Garten.«

»Bruder, keine Spielchen, bitte. Wer weiß, wenn wir den Schatz finden, können wir Gaunt vielleicht zur Gnade bewegen.«

»Nicht nur das, Sir John. Erinnert Ihr Euch noch an

unseren Besuch im Tower?« fragte Athelstan. »Wir wissen, daß Bartholomew Manuskripte gelesen hat, die wir nie zu Gesicht bekommen haben. Aber in jener Chronik war die Rede von dem Schatz, der wie die Sonne glänzt. Wie hieß es noch? *In ecclesia prope turrem*, nicht wahr?«

»Richtig. Wir haben das übersetzt als ›in der Kirche oder Kapelle in der Nähe des Turmes, auf dem Grundstück des ›Paradiesbaums‹.«

»Ich glaube nicht, daß es richtig ist.« Athelstan lächelte. »Wißt Ihr, Gundulf war ein Bischof, der Bischof von Rochester. In Blackfriars habe ich darüber gelesen. Sein eigentliches Interesse war nicht die Theologie, sondern die Mathematik, er liebte Bauwerke und Messungen. Ihn faszinierte alles, was man berechnen, wiegen oder messen kann. Als bevorzugter Steinmetz von William dem Eroberer häufte Gundulf außerdem ein großes Vermögen an. Vor seinem Tod ließ er alles einschmelzen und zu einem großen Block gießen.«

»Ja, all das ist uns schon bekannt«, unterbrach ihn Sir John.

»Er war ein Kirchenmann«, fuhr Athelstan fort. »Und vor seinem Tod nutzte er seinen hohen Rang, um den Schatz zu verstecken.«

»Wo?« Sir John brüllte fast.

»Ganz einfach, Sir John, er ließ alles einschmelzen und ließ dann ein Bronzeblatt daraufsetzen.«

»Was?«

Athelstan zeigte auf die Sonnenuhr. »Ich glaube, daß sich der Schatz darin verbirgt.«

Sir John starrte die Sonnenuhr mit offenem Mund an. Der Steinsockel, auf dem sie stand, war rissig und mit Ranken überwuchert. Er erinnerte ihn an einen langstieligen Kelch, auf dem die Sonnenuhr befestigt war. Der Coroner ging hinüber und klopfte mit dem Finger daran.

»Aber das ist nur eine Sonnenuhr, Bruder. Siehst du, da

ist ein Zeiger, und das Blatt ist in römische Ziffern aufgeteilt.«

Athelstan trat neben den Coroner.

»Als Gundulf davon sprach, daß sein Schatz *in ecclesia prope turrem* sei, meinten wir, er beziehe sich auf den ›Paradiesbaum‹, aber das stimmt nicht, Sir John. Seht, seit jener Zeit ist der Tower ausgebaut und verstärkt worden. Doch als Gundulf seinen großen Mittelturm baute, war das sein ›*turris*‹. Die Kirche, auf die er sich bezog, war ...«

»Natürlich!« rief Sir John aus. »St. Peter ad Vincula! Die kleine Kapelle auf dem Gelände des Tower, die neben dem Mittelturm steht.«

»Ja, das war die Kirche, auf die er sich bezog«, bestätigte Athelstan. »Er hatte seinen Schatz einschmelzen und mit einer bronzenen Sonnenuhr verkleiden und in die Steinsäule vor der Kapelle St. Peter ad Vincula stellen lassen. Jahre vergingen. Man fand Hinweise auf einen versteckten Schatz, vergaß aber, daß zu Gundulfs Zeiten das Wort ›Tower‹ nur den Mittelturm bezeichnete und nicht die Mauern und Befestigungsanlagen, die wir heute kennen.«

»Woher hast du gewußt, daß der Schatz hier ist?«

Sir John legte die Hände um die Kanten der Sonnenuhr und versuchte, sie zu bewegen, aber es war nicht möglich.

»Es stand in dem Rechnungsbuch. Wißt Ihr noch, als wir zum ersten Mal hierhergekommen sind, Sir John? Wie jemand erwähnte, daß Stephen Vestler eine Vorliebe für Kuriositäten hatte? Daß er Schilde und Schwerter aus dem Tower mitbrachte, um sie hier an die Wände zu hängen?«

»Ja!« sagte Sir John atemlos. »Stephen liebte alte Dinge.«

»Anscheinend kaufte Stephen Vestler die Sonnenuhr von dem neuen Konstabler des Tower. Es gibt einen Eintrag über die Miete eines Karrens und die Bezahlung von Männern, die die Sonnenuhr hierherbrachten.«

»Bei den Titten des Satans!«

»Und als ich letzte Woche im Tower war«, fuhr Athelstan fort, »habe ich gesehen, daß der kleine Friedhof außerhalb des Tower eingebaut worden ist. Die alten Grabsteine sind verschwunden. Als ich diesen Eintrag las, begann ich nachzudenken.« Athelstan seufzte. »Nun, Sir John, Ihr seid Coroner, ein Beamter der Stadt. Dieses Gasthaus wird bald der Krone in die Hände fallen.«

Sir John zog seinen Dolch und versuchte, diesen unter die Leiste zu schieben, welche die Sonnenuhr von dem Granitstein trennte, auf dem sie befestigt war.

»Ich glaube nicht, daß es Euch auf diese Weise gelingen wird«, sagte Athelstan.

Der Coroner ging zurück zum »Paradiesbaum« und kam mit einem schweren Hammer zurück. Der Schankmeister stürzte aus der Schenke und wollte ihn daran hindern.

»Halt den Mund!« fuhr Sir John ihn an. »Und tritt weit zurück!«

Er warf sich den Umhang über die Schulter und begann, die Steinschale zu zertrümmern, auf der die Sonnenuhr ruhte. Anfangs lösten sich nur kleine Steinsplitter. Immer wieder ließ er den Hammer hinuntersausen. Dann spaltete sich der Stein, barst und rollte auf das Gras. Bevor sich der Staub gesetzt hatte, wußte Athelstan bereits, daß er recht gehabt hatte. Die Steinschale war geborsten, in dem Gras, das mit einer grauen Staubschicht bedeckt war, sah man einen leuchtend gelben Kreis von etwa einem Fuß Durchmesser und mindestens neun Zoll Dicke. Wie die Schale eines Kelches ohne Stiel lag er neben dem dünnen bronzenen Zifferblatt der alten Sonnenuhr. Sir John und Athelstan kauerten im Gras, die übrigen Dienstboten umringten sie. Athelstan nahm den Saum seines Gewands und rieb das gelbe Metall, bis es glänzte und die Sonnenstrahlen sich darin spiegelten.

»*Fulgens sicut solt*«, sagte Athelstan. »Glänzend wie die Sonne und verborgen unter der Sonne!«

Die Goldsäule, die sich an einem Ende verjüngte, kippte und fiel um. Auf den Gesichtern aller Anwesenden, Sir John nicht ausgenommen, lag ein seltsamer Ausdruck, sie sperrten den Mund auf, und ihre Augen blickten starr.

»Ich habe noch nie so viel Gold gesehen«, sagte der Coroner nachdenklich. »Nicht einmal auf einem Wagen voller Kriegsbeute.«

»Wie der Prediger sagt: Die Liebe zum Reichtum ist die Wurzel allen Übels«, bemerkte Athelstan. »Dies war Gundulfs Geheimnis, aber auch sein Scherz. Der Tod nahte, wahrscheinlich war er ein kränklicher Mann, und er überlegte sich, daß er diesen Schatz für etwas Nützliches verwenden wollte. Deshalb hinterließ er das Rätsel für diejenigen, die danach suchen wollten. Die Zeit verging, und die Menschen machten Fehler.« Athelstan tippte mit dem Finger an das Gold. »Hier liegt der Grund all unserer Sorgen, Sir John. Am besten sagt Ihr den Leuten, daß sie den Mund halten sollen.«

Sir John sprang auf und zückte sein Schwert.

»Dieser Schatz gehört dem König!« grollte er. »Der Diebstahl, ja sogar der Gedanke an Diebstahl ist Hochverrat!« Er deutete auf den Schankmeister. »Hol einen Karren, Mann!«

Der Mann rührte sich nicht, seine Augen waren immer von dem Gold gebannt. Sir John hob sein Schwert und kitzelte ihn damit unter dem Kinn. »Hol einen Karren und ein Tuch. Bruder, wir werden eine Gruppe Bogenschützen brauchen, um das hier zum Tower zu bringen.«

»Wir bringen es nicht zum Tower, sondern auf die Schwarze Wiese«, sagte Athelstan ruhig. »Geh, Mann!« befahl er dem Schankmeister. »Tu, was der Coroner dir aufgetragen hat.«

Der Bursche eilte davon. Kurz darauf kehrte er mit einem holpernden Schubkarren zurück, in dem ein schmutziges zusammengefaltetes Leintuch lag. Sie versuchten, das Gold hineinzuheben, aber es war zu schwer und glatt. Der Handkarren wurde auf die Seite gekippt, dann ließen sie das Gold hineingleiten und deckten es mit dem Leintuch zu. Mit der Hilfe des Schankmeisters schob Sir John den schwankenden Karren aus dem Garten und hinab in den Schatten der großen Eiche.

»Braver Mann.« Athelstan lächelte. »Jetzt bring Sir John und mir zwei Humpen Ale. Wenn Master Hengan kommt, führe ihn zu uns!«

Der Bursche gehorchte. Athelstan saß mit dem Rücken an die Eiche gelehnt. Er nippte an dem kühlen, herben Ale, das gebracht wurde; zwischen den Bäumen konnte er die Türme und Gesimse des Towers sehen.

»Worauf willst du hinaus?«

Der Ordensbruder drehte sich um und sah Hengan durch die Pforte kommen.

»Die Wahrheit, Sir John, aber da kommt Master Ralph.«

Mit flatterndem Umhang und vor Aufregung gerötetem Gesicht eilte der Anwalt auf sie zu.

»Ihr habt den Schatz gefunden!« rief er aus.

Athelstan zog das Leintuch zur Seite. Hengan ließ sich auf die Knie fallen wie ein Ritter vor dem heiligen Gral. Sein fahles, kantiges Gesicht wurde weich, alle Strenge verschwand daraus. Er streckte die Hand aus und berührte das Gold, streichelte es wie eine Mutter ihr liebstes Kind.

»Es ist so schön«, flüsterte er. »Gundulfs Gold!«

Er ließ seinen ledernen Schreibbeutel von der Schulter gleiten und legte ihn auf den Boden. Athelstan fiel auf, wie schwer er war. Hengan legte sein Gesicht an das Gold.

»Wo habt Ihr es gefunden?«

In kurzen, knappen Sätzen erklärte Athelstan, wie er das Rätsel entschlüsselt hatte. Dabei hielt er den Blick unverwandt auf die Augen des Anwalts gerichtet und bemerkte, wie Ärger darin aufglomm.

»So leicht«, sagte Hengan, »so einfach, so einfach.«

Athelstan machte Anstalten, das Gold wieder zuzudecken.

»Nein, nein!«

Sir John starrte ihn neugierig an.

»Master Ralph, das Gold muß zum Tower gebracht werden. Es müssen Kuriere an meinen Herrn John von Gaunt entsandt werden.«

»Gewiß, gewiß.« Hengan streichelte immer noch das Gold.

»War es all das wert?« fragte Athelstan plötzlich schneidend.

»O ja.«

»Für dies hier wart Ihr bereit, Mistress Vestler an den Galgen zu bringen!«

Der Anwalt schaute auf. »Wie meint Ihr das?«

»Das wißt Ihr ganz genau«, antwortete Athelstan. »Master Hengan, wir stehen hier unter der Eiche auf der Schwarzen Wiese. Ein Ort, der Euch wohlbekannt ist. Hier habt Ihr doch schließlich Margot Haden und Bartholomew Menster umgebracht, nicht wahr?«

Hengan erhob sich langsam von seinen Knien. »Ich? Ich war ...«

»Ihr seid ein Mörder«, sagte Athelstan ruhig. »Ihr habt Bartholomew, Margot und diese elende, unglückselige Alice Brokestreet umgebracht, und Ihr wart durchaus bereit, Mistress Vestler am Galgen hängen zu lassen!«

Fünfzehn

Hengan erinnerte Athelstan an eine sprungbereite Katze. Er saß in der Hocke, aber sein Körper zitterte angespannt, sein schmales Gesicht war leicht zur Seite gewandt.

»Das ist unerhört!« stammelte er. »Ein gewaltiger Irrtum!«

»Nichts dergleichen«, erwiderte Athelstan. »Unter dieser Eiche hier bringe ich meine Beweise gegen Euch vor. Kein Ort könnte passender sein. Denn hier habt Ihr Bartholomew und Margot an einem schönen Sommerabend getötet.«

»Ich war in Canterbury.«

»Ihr wart so wenig in Canterbury wie ich!«

Athelstan warf einen Blick auf Sir John, der nickte, als sei er über die Beweise gegen Hengan völlig im Bilde, aber hinterher würde Athelstan sich entschuldigen und ihm alles erklären müssen. Er verfluchte auch im stillen seine eigene Arroganz. Er hatte gedacht, es sei eine gute Idee, Hengan hier gegenüberzutreten, aber jetzt, da die Wahrheit ans Licht kommen sollte, war Hengan wie ausgewechselt. Es war, als habe der Anblick und die Berührung des Goldes diese Veränderung bewirkt. Er schien stärker und entschlossener.

»Davon habt Ihr geträumt, nicht wahr?« hob Athelstan an. »Ich frage mich, wo die Wurzeln Eurer Gier zu suchen sind? Ein Anwalt, der alles hatte. Seid Ihr in Petty Wales geboren, Master Ralph?«

Hengan hob den Finger. »Bravo, Bruder. Ja, ich bin im Schatten des Tower geboren. Ich kenne jede Einzelheit dieser Festung, ihre Geschichten, ihre Legenden. So weit ich zurückdenken kann, habe ich vom Schatz des Gundulf gewußt. Aber erst als ich Mitglied der Justizkammer wurde, begann dieser Traum Wirklichkeit zu werden. Ich fing an, Manuskripte, Dokumente, alte Chroniken und Historien zu sammeln. Ich stieß auf Hinweise, die von Gold sprachen, das wie die Sonne glänzte und in einer Kapelle am Tower versteckt war. Ich habe auch die Geschichte des ›Paradiesbaums‹ entdeckt.« Er hielt inne. »All die Geschichten, daß an dieser Stelle einst eine Kapelle oder Kirche gestanden hatte.«

»Wußtet Ihr, daß die Schwarze Wiese in der Pestzeit als Begräbnisstätte benutzt wurde?« fragte Athelstan.

»O ja, aber das hat mich nicht gekümmert.«

»Aber Stephen und Kathryn Vestler hat es gekümmert, nicht wahr?« fragte Athelstan. »Ihr habt Euch mit den beiden angefreundet und wurdet schließlich ihr Anwalt. Ihr konntet den ›Paradiesbaum‹ besuchen, wann immer Ihr wolltet. Monate und Jahre vergingen, doch Ihr bliebt Eurer Gier treu. Ihr spracht mit den Vestlers nicht darüber, aber benutztet jede Gelegenheit, euch umzusehen, zu suchen, vorsichtig Erkundigungen einzuziehen. Das war sehr schlau, denn jetzt hattet Ihr Zugang zu allen Dokumenten, Rechnungsbüchern und Aufzeichnungen. Ihr konntet jede verdächtige Entwicklung beobachten. Der arme Stephen starb, und Ihr wurdet der Berater seiner Witwe. Es war nur eine Frage der Zeit, nicht wahr?«

»Ihr habt einen scharfen Verstand, Bruder«, antwortete Hengan. »Schärfer als ich gedacht habe.«

»Das glaube ich nicht. Ich bete viel, Master Hengan. Das Gebet schärft den Geist und den Verstand. Vielleicht wollte Gott, daß Gerechtigkeit geschehen sollte, damit eine arme Frau vor dem Galgen gerettet wird?«

Hengan zog seinen Schreibbeutel an sich.

»Es ist ein schöner Tag«, bemerkte er und blickte in die Krone des Baumes hinauf. »So habe ich es mir immer vorgestellt, mit dem Gold vor mir.«

»Es gehört Euch nicht«, sagte Athelstan. »Es hat Euch

nie gehört und wird Euch nie gehören. Ihr werdet hängen.«

»Welche Beweise habt Ihr dafür?« versetzte der Anwalt schroff. »Ihr seid doch bei Mistress Vestlers Verhandlung gewesen.«

»Das alte Sprichwort stimmt«, meldete sich Sir John zu Wort. »*Cacullus non facit monachum*: die Kutte macht noch keinen Mönch. Ihr habt zwei Seiten, Master Ralph, nicht wahr? Der freundliche Anwalt, hinter dem sich Eure innere Verdorbenheit verbirgt.«

»Aber, aber, Sir John, seid Ihr neidisch? Gelüstet es Euch im geheimen nach Mistress Vestlers Liebe?«

Sir John wollte auf ihn zuspringen, aber Athelstan streckte die Hand aus.

»Laßt mich reden«, gebot er. »Alles in Eurem Garten, Herr Anwalt, war zum besten bestellt, bis Master Bartholomew auf der Bildfläche erschien, ein gelehrter Archivar aus dem Tower, der sich in eine Schankmagd im ›Paradiesbaum‹ verliebt. Zu Eurem Entsetzen stellt Ihr fest, daß er ein gebildeter Mann ist, der Zugang zu Manuskripten hat und genauso entschlossen ist wie Ihr, den Schatz des Gundulf zu finden. Aber Ihr wahrtet den Anschein. Ich wette, Ihr habt mit Bartholomew nie in Mistress Vestlers Anwesenheit gesprochen, sondern nur an anderen, abgelegenen Orten. Wahrscheinlich habt Ihr schon bald festgestellt, wie dicht dieser lästige Archivar an der Wahrheit war, deshalb habt Ihr beschlossen, ihn zu töten.«

»Und Margot?« fragte Sir John.

»Margot war genauso gefährlich«, sagte Athelstan. »Ihr habt doch die Beweise vor Gericht gehört. Margot hatte Schulbildung und einen scharfen Verstand, sie war entschlossen, eine gute Partie zu machen. Sie war bereit, ihr eigenes Schicksal an das eines gut bezahlten Archivars zu binden, der eines Tages einen Schatz finden würde. Was habt Ihr getan, Hengan? Habt Ihr angeboten, ihn an neuen

Informationen teilhaben zu lassen? Habt Ihr den freundlichen Anwalt gespielt, der bereit war zu helfen?«

Hengans Interesse an dem Gold schien größer zu sein als an Athelstans Worten.

»Ihr gabt vor, nach Canterbury zu reisen«, fuhr Athelstan fort. »Ihr habt die Stadt verlassen, seid aber dann in aller Eile über die Themse zurückgekehrt und konntet Euch hier, entsprechend verkleidet, in irgendeinem Gasthaus oder einer Aleschenke versteckt halten. Und dann habt Ihr folgendes getan: Ihr habt Bartholomew und Margot zu einem Treffpunkt gelockt. Ihr habt keinen Brief geschickt, nichts, was eine Spur hinterlassen würde; vielleicht nur eine leise, aufgeregt geflüsterte Mitteilung, daß Ihr das Versteck des Goldes entdeckt hattet und Bartholomew und Margot hier, unter der Eiche auf der Schwarzen Wiese, treffen wolltet.«

»Seid Ihr so sicher, daß das ein überzeugender Beweis ist?« spottete Hengan. »Hätten Bartholomew oder Margot nicht geplaudert?«

»Warum hätten sie das tun sollen?« versetzte Athelstan. »Sagt das Wort Gold, sagt das Wort Schatz, und die Menschen lecken sich die Lippen und kneifen die Augen zusammen, es juckt ihnen genauso in den Fingern wie Euch. Und warum hätten Bartholomew und Margot einem angesehenen Mann wie Euch mißtrauen sollen? Am Abend des fünfundzwanzigsten Juni haben sie den ›Paradiesbaum‹ verlassen und sind hierhergekommen. Und Ihr seid wie der Satan aus dem Schatten geglitten. Vermummt und in eine Kapuze gehüllt wart Ihr an diesem verlassenen Ort sicher. Ich bezweifle, daß Ihr Euch lange hier aufgehalten habt. Ihr brachtet ihnen Wein als Geschenk mit, ein Zeichen Eurer Freundschaft. Vielleicht habt Ihr vorgegeben, ein Manuskript oder Dokument vergessen zu haben, und damit seid Ihr verschwunden. Bartholomew und Margot sind glücklich, fröhlich, verliebt. Sie werden nur zu begierig gewesen sein, zusammen Euren Wein zu trinken, von dem hinterher keine Spur mehr zu finden sein sollte. Die Becher werden gefüllt, der Durst wird gelöscht, der Tod wird nicht lange auf sich haben warten lassen.« Athelstan zeigte auf die andere Seite der Wiese. »Habt Ihr Euch dort drüben versteckt gehalten? Seid Ihr noch einmal für einen Augenblick zurückgekommen, als die Schatten länger wurden, um sicherzugehen, daß sie auch wirklich tot waren? Um die Karaffe und die Dokumente zu holen, die Bartholomew vielleicht bei sich hatte? Ihr befindet Euch auf offenem Land in der Nähe der Themse. Sobald die Tat vollbracht ist, eilt Ihr zum Fluß zurück, heuert ein Boot an und setzt Eure Reise nach Canterbury fort. «

»Aber ich war dort, Bruder.«

»Ich bin sicher, daß Ihr dort wart. Ihr reist schnell, und wer wird in dem Betrieb noch wissen, wann Ihr gekommen und gegangen seid?«

»Und Mistress Vestler?« fragte Hengan.

»Ich weiß nicht, was Ihr für die Zukunft geplant hattet. Wem würde man die Tat anlasten? Mit Sicherheit würde man Mistress Vestler unter die Lupe nehmen, doch dann hat sie sich selbst ins Spiel gebracht, nicht wahr? Es wird dunkel, und Margot kommt nicht heim. Kamen Bartholomew und Margot oft an diesen Ort? Gleichwie, Mistress Vestler kam hierher und entdeckte zwei Leichen unter einer Eiche auf ihrer eigenen Wiese. Hatte sie einen Verdacht? Hat sie sich Fragen gestellt? Sie konnte die Leichen nicht verstecken, deshalb eilte sie zurück, um Hacke und Spaten zu holen, und begrub sie hastig an Ort und Stelle. Am nächsten Tag ließ sie einen Baumbeschneider kommen, der die Äste stutzen sollte. Die Blätter und Zweige würden den Boden bedecken, die Spuren verbergen, und keiner würde etwas bemerken.«

Athelstan beobachtete Hengan. Der Anwalt beugte sich vor und hielt seinen Schreibbeutel fest umklammert. Sir John war ebenfalls angespannt, seine Hand lag auf dem Griff seines Dolches.

»Keiner weiß, was Mistress Vestler gedacht hat«, fuhr Athelstan fort, »aber sie war in großer Panik. Sie durchsuchte den ›Paradiesbaum‹ und beging eine große Dummheit: Sie nahm alles, was Margot gehört hatte, und verbrannte die Sachen. Warum, weiß ich noch nicht. Später, als man Bartholomews Abwesenheit bemerkt, wird das Gasthaus durchsucht, aber nichts wird gefunden. Andere, die kommen und nach den beiden fragen, werden mit der unglaubwürdigen Erklärung weggeschickt, daß Bartholomew und die Schankmagd durchgebrannt sind.«

»Und Alice Brokestreet?« fragte Hengan. »Sie hat Mistress Vestler beschuldigt und nicht mich.«

»Die Brokestreet war eine durch und durch liederliche Person, die keine wahre Zuneigung für Mistress Vestler hegte. Das wußtet Ihr. Außerdem, Herr Anwalt, wart Ihr entschlossen. Ihr hattet zwei Menschen für den Schatz des Gundulf umgebracht. Aber vielleicht würde ein anderer kommen und Bartholomews Platz einnehmen? Es gab nur eines, was Ihr tun konntet: Mistress Vestler mußte auch beseitigt werden, und zwar so schnell wie möglich.«

»Warum hätte ich das tun sollen?« fragte Hengan heftig. »Mistress Vestler war immer liebenswert und gut zu mir.«

»Aus zwei Gründen«, fuhr Athelstan ihn an. »Erstens, Hengan, konntet Ihr wie alle Goldjäger mit niemandem teilen.«

»Und zweitens?« fragte Hengan ruhig. »Es gibt doch noch einen anderen Grund, Bruder?«

»Jawohl, Herr Anwalt. Bei Eurer Rückkehr aus Canterbury müßt Ihr überrascht gewesen sein, daß sich nichts verändert hatte. Mistress Vestler war noch die Wirtin im ›Paradiesbaum‹. Bartholomew und Margot hatten sich in Luft aufgelöst. Ich wette, Ihr ahntet, was geschehen war. Natürlich müßt Ihr die Möglichkeit in Betracht gezogen haben, daß Mistress Vestler Euch vielleicht im Verdacht hatte. Mit anderen Worten, Hengan, sie mußte zum Schweigen gebracht werden. Ihr konntet sie nicht vergiften, wie Ihr es mit Margot und Bartholomew getan hattet. Schließlich standet Ihr Mistress Vestler ja sehr nahe. Deshalb habt Ihr abgewartet. Dann hört Ihr davon, daß Alice Brokestreet festgenommen ist, weil sie im ›Fröhlichen Schwein‹ einen Mann erstochen hat. Hat sie Euch gekannt, Master Hengan?«

»Mistress Brokestreet hatte nie das Vergnügen, meine Bekanntschaft zu machen«, war die ironische Antwort.

»Dessen bin ich sicher. Dafür wird der große Anwalt schon gesorgt haben. Ich nehme an, in der Zelle der zum Tode Verurteilten in Newgate hättet Ihr jeder x-beliebige sein können, als Ihr als Ordensbruder verkleidet und mit der Kapuze tief ins Gesicht gezogen zu ihr kamt.«

»Seid Ihr in dieser Verkleidung dorthin gegangen?« fragte Sir John scharf.

»Sir John, erwartet Ihr von mir wirklich eine Antwort darauf?«

»Ja, das ist er«, sagte Athelstan. »Ihr habt die Zelle der zum Tode Verurteilten in Newgate gesehen, Sir John. Pechschwarz ist es dort. Unser braver Anwalt hier wird sich maskiert haben, und seine Stimme wird er verstellt haben. Aber das hat Alice Brokestreet wohl kaum gekümmert. Sie sah nichts als die Schlinge des Henkers, die vor ihrer Nase baumelte – und plötzlich erscheint Rettung. Unser braver Anwalt sagt ihr, was sie tun muß: Sie wird Mistress Vestler belasten, das ist alles, was sie sagen muß, und sie ist eine freie Frau. Selbst wenn der Besucher der Satan höchstpersönlich gewesen wäre, hätte das die Brokestreet nicht gekümmert.« Athelstan seufzte. »Damit fing das Spiel an. Mistress Vestler wurde beschuldigt und zum Tod am Strang verurteilt.«

»Aber dann würde die Krone doch den ›Paradiesbaum‹ beschlagnahmen.« Hengan sprach sanft wie ein Lehrer, der seinen Schüler berichtigt.

»Aber Master Hengan, Ihr seid doch Mistress Vestlers Testamentsvollstrecker, der das Recht hat, in alle ihre Angelegenheiten seine Nase zu stecken und darin herumzuwühlen; ja, der die Freiheit hat, überall zu suchen und den Schatz aufzuspüren. Und, wer weiß, zum rechten Zeitpunkt hätte Ihr den ›Paradiesbaum‹ vielleicht sogar kaufen können, wie Bartholomew Menster es gewollt hat. Er hat mit Euch wahrscheinlich über diese Absicht gesprochen, nicht wahr? Ihr habt von seinem Vorhaben erfahren und wurdet ganz aufgeregt.«

»Als Anwalt bleibe ich dabei, daß alle Beweise für Kathryn Vestlers Schuld sprechen«, wandte Hengan ein.

»Alle Beweise kamen aus ihren eigenen Rechnungsbüchern«, bemerkte Athelstan, »und das hat mich neugierig gemacht. Ihr wart Mistress Vestlers Anwalt und guter Freund, warum habt Ihr die Bücher nicht geholt, sie versteckt oder verbrannt? Es mag gegen das Gesetz verstoßen, aber das ist es, was ein guter Freund getan hätte. So aber hat Master Whittock sie beschlagnahmt und konnte den Baumbeschneider und den Hausierer ausfindig machen, ganz zu schweigen von Margot Hadens Schwester.«

Hengans Blick wanderte wieder zu dem Karren. Er starrte darauf wie eine Katze auf ein Mauseloch.

»Die Brokestreet war das nächste Opfer«, meldete sich Sir John. »Ihr habt ihr den vergifteten Wein geschickt, damit sie keine weiteren Probleme bereiten konnte. In Eurem krummen Denken betrachtet Ihr das wahrscheinlich sogar als eine Art Vergeltung für Mistress Vestlers Qualen.«

»Das ist alles schön und gut.« Hengan legte seinen Schreibbeutel neben sich auf den Boden und tupfte sich das Gesicht mit der langen Manschette seines Gewandes ab. »Aber Ihr habt einen wichtigen Faktor vergessen: Es war Mistress Vestler, die die Leichen vergraben hat.«

»Das habt Ihr erraten«, unterbrach Athelstan ihn. »Das ist eine Frage der Logik und der Selbstverteidigung. Ich bin sicher, Ihr seid später auf die Schwarze Wiese hinausgegangen, um den Boden sorgfältig zu untersuchen. Wer weiß, in einer dunklen Nacht habt Ihr vielleicht Hacke und Spaten genommen und selbst dort gegraben, um sicherzugehen?«

»Nun ja«, erwiderte Hengan, »aber warum hat sie mich nicht beschuldigt? Warum hat sie nicht einfach unter Eid die Wahrheit gesagt?«

Athelstan schüttelte den Kopf. »Durch und durch der Anwalt, Master Hengan! Was für einen Beweis hatte sie denn? Sollte sie erzählen, sie sei an einem schönen Sommerabend hinausgegangen und habe zwei Leichen gefunden? Sie habe sie vergraben und sei dann in ihr Gasthaus geeilt, um dort alles zu verbrennen, was Margot Haden gehört hatte? Ich bin sicher, sie kann erklären, warum sie das nicht getan hat, aber dies ist weder die Zeit noch der Ort dafür. Was weitere Beweise angeht ...«

Athelstan sah zu der Gartenpforte hinüber. Einen Augenblick lang hatte er gemeint, dort etwas Buntes aufblitzen zu sehen, aber alles war ruhig.

»Ihr habt mir gesagt, die Brokestreet habe einen Mann mit einem Spundhahn erstochen. Es gab nur noch eine Person, die das wußte, und das war der Vikar der Hölle. Woher habt Ihr es gewußt? Weil Ihr Euch Mistress Brokestreets Fall genau angesehen hattet, bevor Ihr sie aufgesucht habt. Zweitens habt Ihr nach dem Prozeß ganz genau und Wort für Wort die Zeile aus der Chronik zitiert, die wir im Tower gefunden hatten, dabei hattet Ihr sie nur ein paar Sekunden lang gesehen. Was mich außerdem stutzig gemacht hat, war Mistress Vestlers Verhalten am Morgen nach dem Verschwinden von Margot und Bartholomew. Sie kam zur Schwarzen Wiese und stellte den Vier Evangelien eine ganz bestimmte Frage. Hatten sie am Vortag irgend jemanden auf der Wiese gesehen, den sie kannten? Diese Schurken aber ...« Athelstan sah, wie sich der Ausdruck in Hengans Gesicht veränderte, »ja, Schurken sind es,« sagte er noch einmal, »und sie durften nicht in die Nähe des ›Paradiesbaums‹ kommen. Die einzigen Personen, die sie kannten, waren Bartholomew, Margot, Ihr und

Kathryn selbst. Wo Kathryn Vestler war, wissen wir. Das Schicksal von Bartholomew und Margot ist uns auch bekannt. Auf indirekte Weise hat Mistress Vestler damit nach Euch gefragt.«

»Wer weiß, warum Mistress Vestler nicht gesagt hat, wie es wirklich war«, bemerkte Sir John und rückte seinen Schwertgurt zurecht, »aber ich habe meinen Verdacht.« Er streckte ruckartig den Kopf vor. »Ich glaube, sie hat Euch geliebt, Anwalt, aber das wolltet Ihr nicht begreifen, nicht wahr? ›Was hülfe es dem Menschen, wenn er die ganze Welt gewönne und nähme Schaden an seiner Seele?‹« zitierte er aus dem Evangelium. »Ihr habt um dieses Goldes willen Schaden an Eurer Seele genommen und wart durchaus bereit, dafür zu töten.«

Hengan verzog das Gesicht zu einer spöttischen Grimasse. »Ich habe Eure Beweise gehört, aber sie sind nicht so schlüssig, wie das Gericht es verlangt.«

»Aber wir haben ja noch gar nicht angefangen«, sagte Athelstan. »Noch nicht richtig jedenfalls. Sir John wird seine Büttel rufen und mit ihnen Euer Haus durchsuchen. Dort werden wir Manuskripte finden, die Euer außerordentliches Interesse an dem Schatz des Gundulf belegen. Vielleicht finden wir auch andere Dokumente. Dann können wir königliche Kuriere nach Canterbury schicken. Wo genau wart Ihr an jedem einzelnen Tag und Abend? Seid Ihr am dreiundzwanzigsten zu dem Schrein aufgebrochen? Wenn ja, in welcher Schenke habt Ihr Rast gemacht? Dann werden wir zu dem Ergebnis kommen, daß die Leute dort sagen, sie hätten Euch zwar gesehen, aber an Eure Ankunft in Canterbury kann man sich erst ein oder zwei Tage später erinnern, als Ihr behauptet. Und befinden sich vielleicht Gifte in Eurem Haus? Alice Brokestreet wurde vergiftet. Vielleicht kann man auch dem Gedächtnis der Wärter in Newgate auf die Sprünge helfen. Gleichwie« – Athelstan hatte die einzelnen Punkte an den Fingern aufgezählt – »Mistress Vestler wird nicht hängen.

Ihr werdet nie das Gold bekommen, und Ihr werdet einer hochnotpeinlichen Befragung unterzogen.«

Hengan blickte zu der Gartenpforte, wo Master Flaxwith gestikulierend stand. Hinter den Büschen kamen andere Gestalten hervor, darunter auch Whittock und hinter ihm eine Gruppe königlicher Bogenschützen in der rot-blau-goldenen Livree. Hengan öffnete seinen Schreibbeutel und nahm eine kleine Armbrust heraus. Sir John machte einen Satz auf ihn zu, aber Hengan war schon aufgesprungen.

»Bruder Athelstan! Sir John!« rief der Kronanwalt. »Ist alles in Ordnung? Ich höre, Ihr habt den Schatz gefunden?«

»Was habt Ihr vor?« fragte Athelstan ruhig.

»Ach, ich hatte eine verrückte Idee«, sagte Hengan lächelnd. »Ich wollte Sir John zwingen, den Karren zur Themse hinunterzubringen, und dann wollte ich mit dem Gold entfliehen. Aber das hier ist das Leben und kein Bänkellied.«

»Was habt Ihr vor?« wiederholte Athelstan.

Aus einer großen Börse, die er an seinem Gürtel trug, nahm Hengan einen Bolzen und ließ ihn in die Rille an der Armbrust gleiten.

»Ich gestehe alles, Bruder. In gewissem Maße tut es mir leid. Meinetwegen, Kathryns wegen, dieser ganzen niederträchtigen Geschichte wegen. Ich will nicht hängen. Ich will nicht in der Luft baumeln. Das hier geht viel schneller.«

Bevor Athelstan ihn aufhalten konnte, rannte Hengan auf Whittock zu. Verwirrung und Chaos brachen aus. Zuerst begriff Whittock nicht, was geschah, aber dann blieb Hengan stehen und schoß den Vierkantpfeil ab. Der Pfeil verfehlte sein Ziel und fiel irgendwo in das hohe Gras. Hengan wühlte hastig nach dem nächsten Pfeil. Whittock rief einen Befehl. Zwei Bogenschützen eilten durch die Pforte, die Bogen angelegt und die Pfeile schußbereit. Hengan begann zu laufen und hob seine Armbrust in einer dummen, sinnlosen Geste. Die beiden Langbögen surrten. Ein Pfeil traf Hengan mitten in den Hals, der andere in die Brust. Er warf die Hände empor, stürzte mit einem Aufprall zu Boden, rollte mit zuckenden Beinen auf die Seite, dann blieb er reglos liegen. Die beiden Bogenschützen liefen zu ihm und drehten die Leiche um.

»Tot, Sir!« rief einer von ihnen.

Whittock warf kaum einen Blick auf den Toten. Er schritt über die Wiese, zog wortlos das Leintuch beiseite und starrte mit offenem Mund auf das Gold.

»Der Schatz des Gundulf! Endlich!« stieß er hervor. »Habt Ihr ihn gefunden, Sir John?«

»Das hätte ich gerne, Master Whittock, aber es war Bruder Athelstan, der ihn gefunden hat.«

»Woher wußtet Ihr davon?« fragte der Ordensbruder.

Über die strengen Züge des Kronanwalts breitete sich ein Lächeln.

»Ich bin Beamter der Krone. Ich habe das Recht, es zu wissen. Außerdem habe ich die Diener und Gehilfen im ›Paradiesbaum‹ gut bezahlt, damit sie mich über alles benachrichtigen, was hier vor sich geht. Ich war in der Guildhall, als die Nachricht eintraf, deshalb bin ich zum Tower gegangen, habe diese fröhlichen Burschen geholt und bin hierhergekommen.«

»Master Hengan scheint Euch nicht sehr zu kümmern?« fragte Athelstan.

»Ich habe dort gestanden und die Szene eine Weile beobachtet. Es war sozusagen offensichtlich, daß sich das Blatt gewendet hatte.«

»Hattet Ihr irgendeinen Verdacht?«

Whittock schnalzte mit der Zunge. »Ich glaube schon.« Whittock grinste. »Kein Anwalt möchte im Unrecht sein. Wie soll ich es ausdrücken, Bruder? Ich hatte das Gefühl, daß etwas nicht stimmte, und habe mich gefragt, ob Mistress Vestler einen Komplizen hatte. Wirklich merkwürdig aber fand ich, daß Hengan die Rechnungsbücher, aus denen ich so viele Informationen bekommen habe, nicht versteckt hatte. Er ist der Schuldige, nicht wahr?«

Sir John nickte.

»Die Krone wird einen vollständigen Bericht verlangen, Sir John.«

Whittock schnippte mit den Fingern und rief die Bogenschützen herbei.

»Laßt den Leichnam zum Beinhaus im Tower bringen! Das hier« – damit deutete er auf die Schubkarre – »muß auch dorthin gebracht und unter Bewachung gestellt werden, bis seine Hoheit der Regent es begutachtet hat.«

»Es ist ein Schatzfund«, sagte Sir John ruhig. »Und nach dem Gesetz steht ein Teil davon demjenigen zu, auf dessen Land es gefunden wurde, und ein Teil dem Finder.«

Whittock kratzte sich an der Wange und hob Hengans Schreibbeutel auf.

»Keine Sorge, Sir John, zu guter Letzt wird alles nach Recht und Gesetz geschehen. Ich will mich um unseren toten Anwalt und das Gold der Krone kümmern. Und Ihr, Sir, habt meine Erlaubnis, Newgate aufzusuchen. Im Laufe der nächsten Stunde wird ein Freigabebrief entsandt. Alle Anklagepunkte gegen Mistress Vestler einschließlich der Schmuggelei werden für nichtig erklärt. Gutes Tagwerk, Sir John.« Er verbeugte sich. »Bruder Athelstan, ich sage Euch Lebewohl.«

Wenig später, als gerade die Glocken von Mary-le-Bow über die großen Märkte von London hallten, führten Sir John und Athelstan eine weinende, bleiche Kathryn Vestler ins kühle Dunkel der Schenke »Zum Lamm Gottes«. Sir John hatte sie aus der Zelle der zum Tode Verurteilten geholt, ohne Whittocks Freigabebrief abzuwarten. Jetzt saß er neben ihr, hielt ihre Hand und sprach ruhig auf sie ein. Er erzählte ihr alles, was geschehen war. Kathryn hatte ihre ruhige Gefaßtheit verloren, die Resignation, die sie ausgestrahlt hatte, war heftigem Schluchzen gewichen. Sie nippte an einem Becher Wein und wollte nichts von der Rindspastete, die Cranston aus der Küche hatte kommen lassen.

»Mistress Vestler!« Athelstan setzte seinen Humpen ab. »Meint Ihr immer noch, der Galgen warte auf Euch? Jetzt muß gefeiert werden!«

»Nein, Bruder.« Kathryn wischte sich über die Augen. »Jetzt müssen Fragen gestellt werden, nicht wahr? Es tut mir leid, Sir John und Bruder Athelstan, daß Ihr so viele Schwierigkeiten gehabt habt.«

»Warum?« fragte Sir John. »Erklärt uns nur, warum, Kathryn?«

»Ich habe ihn geliebt«, hob sie an. »Gott möge mir verzeihen, Jack, ich habe Ralph Hengan mehr als mein eigenes Leben geliebt, sogar mehr als Stephen. Ich habe ihn kennengelernt, bevor mein Mann starb. Er war kein edler Mann wie Stephen. Ralph war verschlossen, heimlichtuerisch, aber, Bruder, es ist, als ob das Herz nicht ganz wäre, und dann begegnet man einem Menschen, und auf einmal ist es ganz.«

»Wußtet Ihr, daß er an dem Schatz interessiert war?« fragte Athelstan.

»Ja und nein. Gewiß, er hat Fragen gestellt, aber nicht so, daß es aufgefallen wäre. Er kam oft in den ›Paradiesbaum‹, wenn keine Gäste da waren, und wenn ich es jetzt bedenke, wanderte er immer herum. Manchmal habe ich gesehen, daß er sich mit Bartholomew unterhielt, aber auch daran war nichts Auffälliges.« Sie hielt inne. »Nach Stephens Tod habe ich tatsächlich erwogen, ihn zu fragen, ob er mich heiraten würde, aber er ahnte diese Frage. Ja.« Sie hob den Kopf. »Und er erzählte mir, er könne keinen Gefallen an Frauen finden. Vielleicht wollte er mir damit die Erniedrigung einer Absage ersparen! Ich war mit seiner Freundschaft zufrieden. Ich konnte sehen, daß ihn etwas an Bartholomew aufbrachte. Davon, daß der Archivar den ›Paradiesbaum‹ kaufen wollte, habe ich Ralph nichts gesagt. Und so ging das Leben weiter.« Sie zuckte die Schultern.

»Und zu Mittsommer?« fragte Athelstan.

»Also, am Abend des fünfundzwanzigsten Juni kam Bartholomew in die Schenke. Er war sehr verliebt in Margot. Mir war das eigentlich egal. Bartholomew war wirklich ein netter Kerl, aber ich hatte bei Margot immer den Eindruck, daß es ihr mehr um den Geldbeutel ging als um das Herz. Bartholomew war jedenfalls ganz aufgeregt. Er saß mit Margot in einer Ecke, und die beiden tuschelten. Sie sagten, sie müßten etwas erledigen.« Wieder zuckte sie die Schultern. »Ich ließ sie gehen. Erst nachher fiel mir auf, daß sie nicht durch den Vorder- oder Seiteneingang hinausgegangen waren, sondern durch den Garten.« Sie lächelte durch ihre Tränen hindurch. »Ihr kennt auch die Wahrheit über Evangelium eins, nicht wahr? Ich überlegte damals, ob er vielleicht etwas im Schilde führte.«

Sie ließ ihren Blick durch den Schankraum schweifen. Athelstan sah, daß sie nichts wahrnahm, sondern in Gedanken jenen verhängnisvollen Sommerabend nachvollzog.

»Ja, das stimmt. Sie waren aus der Hinterpforte durch den Garten auf die Schwarze Wiese gegangen. Deshalb ging ich selbst hinaus. Es war ein wunderbarer Abend, die Sonne sah aus wie ein feuerroter Ball, und der Garten duftete. Ist es nicht merkwürdig – ich blieb vor der Sonnenuhr stehen. Stephen war sehr stolz darauf. Er liebte solche Kuriositäten.« Kathryn trocknete sich die Augen. »Ich ging auf die Schwarze Wiese. Die Schatten wurden länger. Ich traute meinen Augen nicht. Zuerst dachte ich, zwei dunkle Holzstücke lägen unter der Eiche. Ich lief hinüber und fand Bartholomew und Margot, die dort ausgestreckt lagen. Sie waren tot, der Ausdruck auf ihren Gesichtern war schrecklich. Man sah sofort, daß sie unter Qualen gestorben waren. Aber eines muß ich erwähnen, nämlich das Stundenbuch der kleinen Margot. Sie hatte es immer bei sich. Mir fiel auf, daß es verschwunden war, und jemand hatte Bartholomews Schreibbeutel durchwühlt. Ich wußte nicht, was ich tun sollte – zwei Leichen, Opfer eines Mordes auf meiner Wiese! Ich war die letzte, die sie lebend gesehen hatte. Ich hatte ihre Leichen entdeckt. Jeder Einfaltspinsel konnte sehen, daß sie vergiftet worden waren, und mich würde man der Tat bezichtigen.«

»Ihr seid also in die Schenke zurückgekehrt?« fragte Athelstan. »Und ihr habt alle gebeten zu gehen.«

»Ja, natürlich. Später, tief in der Nacht, bin ich hinausgegangen. Ich grub eine flache Grube und hievte die Leichen hinein. Dann begann ich nachzudenken. Die Schwarze Wiese wird nicht von den Gästen benutzt, sie ist Privatland.«

»Habt Ihr Euch gefragt, ob Euer Bruder in die Sache verwickelt war?«

Kathryn lächelte. »Er ist ein Gauner durch und durch, aber Mord? Ich überlegte, ob Ralph der Mörder war. Am nächsten Morgen ging ich zu den Vier Evangelien, aber sie konnten mir nichts sagen.«

»Natürlich«, warf Sir John ein. »Und es fiel Euch schwer, Euren Freund, den Anwalt zu verdächtigen, weil er angeblich in Canterbury war?«

Kathryn preßte die Lippen zusammen, unterdrückte ihre Tränen und nickte.

»Ich ließ die Eiche beschneiden, um alle Spuren zu verwischen«, fuhr sie fort. »Als Ralph zurückkam, beobachtete ich ihn genau, aber ich bemerkte nichts Auffälliges. Ich liebte hin damals, ich liebe ihn auch jetzt noch, vielleicht hat mich das blind gemacht.«

»Aber warum habt Ihr nichts gesagt?« beharrte Athelstan. »Warum habt Ihr nicht einfach die Wahrheit gesagt?«

»Ihr seid ein guter Ordensbruder.« Kathryn drückte Athelstans Hand. »Aber Ihr denkt auch wie ein Anwalt. Ihr kennt den Grund. Wer hätte mir geglaubt? Welche Beweise hatte ich denn? Wie sollte ich mich durch Beschuldigung eines anderen entlasten, wie Alice Brokestreet es getan hatte? Sollte ich falsche Anschuldigungen machen? Ich war mir selbst nicht sicher. War es Ralph? Würde man es meinem Bruder anlasten?« Erneut zuckte sie die Schultern. »Ich habe es Gott überlassen, und Gott hat geantwortet.« Sie warf einen Blick auf Sir John. »Sir Jack, könntet Ihr mich bitte zum ›Paradiesbaum‹ zurückbringen? Ich würde mich gerne baden, umziehen und in meinem eigenen Bett schlafen. Bruder, wenn ich in besserer Verfassung und fröhlicherer Stimmung bin, müßt Ihr mich besuchen.«

»Kommst du mit?« fragte Sir John.

Athelstan schüttelte den Kopf. »Laßt mich einmal der letzte sein, der die Schenke verläßt, Sir John. Sonst seid es immer Ihr.«

Der Ordensbruder folgte ihnen mit den Blicken. Er saß in dem leeren Schankraum, dann hob er seinen Humpen zu einem stillen Salut.

»Auf wen trinkt Ihr, Bruder?«

Athelstan blickte sich um und sah die fröhliche Frau des Wirtes, die in der Tür stand und ihre Hände trocknete.

»Wißt Ihr, Mistress, ich trinke auf die Liebe – in all ihrer Schönheit und all ihrem Schrecken!«